Sibylle Baillon

Die zweite Braut

Über dieses Buch:

Marburg, 1537: Die junge Anne kommt an den Hof des Landgrafen Philipp von Hessen, um ihm als Vorleserin zu dienen – und fällt aus allen Wolken, als er ihr eines Tages seine Gefühle gesteht. Um sie zu seiner zweiten Frau zu nehmen, will er alles riskieren und die Bibel mit Hilfe Luthers neu auslegen lassen. Doch Anne hat ihr Herz heimlich dem mittellosen Sattler Martin geschenkt. Sie ist fest entschlossen, für ihre wahre Liebe zu kämpfen – und verfängt sich immer mehr in einem Netz aus Intrigen.

Über die Autorin:

Sibylle Baillon wurde 1966 in Frankfurt am Main geboren und lebt heute mit ihren zwei Söhnen an der Côte d'Azur. 2006 machte sie sich in Frankreich selbstständig und bildet seither Imageberater und Life-Coachs aus. Seit sie mit sieben Jahren ihren ersten historischen Roman verschlungen hat, ist sie fasziniert von Geschichten vergangener Epochen – als Leserin wie auch als Autorin.

Sibylle Baillon

Die zweite Braut

Roman

Genehmigte Lizenzausgabe 2018
der Buchvertrieb Blank GmbH, Vierkirchen

Umschlaggestaltung: HildenDesign, München (www.HildenDesign.de),
unter Verwendung von Bildmotiven
von Shutterstock.com / Darja Vorontsova und
Shutterstock.com / Everett-Art
Gesamtherstellung: GGP Media GmbH, Pößneck
Printed in the EU
ISBN 978-3-94601-296-2

»Gruonet der walt allenthalben.
wâ ist mîn geselle alsô lange?
der ist geritten hinnen.
owî! wer sol mich minnen?«

Übersetzung:
»Es grünt der Wald überall.
Wo ist mein Geliebter so lange?
Der ist fortgeritten.
O weh! Wer wird mich lieben?«

Carmina Burana, 13. Jh.

Prolog

Frankfurt 1557

Ruhig sprach der Mann dem großen, schönen Tier zu, das ängstlich tänzelnd und mit angelegten Ohren in seiner Schmiede stand. Normalerweise waren die Pferde nicht so verängstigt, wenn sie zu ihm zur Neubehufung kamen. Er streichelte den Rappen und flüsterte ihm ins Ohr. Ab und zu spitzte das Tier die Ohren, und er machte den Strick los, um ihm das Gefühl zu geben, frei zu sein. Die Anspannung des Pferdes wich immer mehr, und es schnaubte zufrieden.

Langsam hob der Mann den rechten Vorderhuf, legte ihn sich übers Knie und begann, die Hufnägel zu entfernen. »Siehst du, mein Alter, es tut nicht weh«, sprach er weiter beruhigend auf den Hengst ein.

Wie zur Bestätigung drehte das Tier seinen großen Kopf, richtete seinen Blick auf ihn und nickte schnaubend. Mit dem Schweif schlug es sich die Fliegen von den Flanken, und sein Fell zitterte.

Nach dem dritten Huf, als der Mann gerade die Seite wechseln wollte, hob es den Schweif und ließ ein paar dampfende Pferdeäpfel fallen.

»Na, so wohl sollst du dich hier auch wieder nicht fühlen«, meinte er belustigt.

Der Gaul wieherte und bewegte den Kopf heftig auf und ab, als wollte er ihn auslachen. Der Mann grinste.

Als er fertig war, gab er dem Rappen einen liebevollen Klaps auf die Flanke und einen Kuss auf die samtigen Nüstern. Er liebte Pferde über alles. Im Gegensatz zu Frauen, mit ihnen wollte er nichts mehr zu tun haben.

Als junger Mann hatte er ein Mädchen geliebt, viele Jahre war das her, aber daran wollte er heute nicht mehr denken. Zu schmerzlich waren die Erinnerungen an das, was er hatte durchstehen müssen. Ein Frösteln durchlief seinen Körper. Er hatte alles darangesetzt, sich ein neues Leben aufzubauen, und er war damit zufrieden. Viele Menschen konnten nicht verstehen, wie ein noch verhältnismäßig junger Mann sich so von dem Leben, von Frauen und jeglicher Freude zurückziehen konnte. Doch ein Schutzmantel umschloss sein Herz, und er würde nie wieder jemanden hineinlassen. Nicht, dass es keine Frauen gegeben hätte, die ihm gefielen, aber er hatte keinem Annäherungsversuch bisher nachgeben wollen und fühlte sich gut alleine. Er liebte sein Leben, seinen Tagesablauf, seine Pferde und seine Arbeit als Hufschmied.

Er war ein angesehenes Mitglied seiner Zunft. Das hatte er nicht zuletzt dem Bürgermeister der Stadt zu verdanken, der ihn damals – zerlumpt und geschunden, wie er war – bei sich aufnahm, an ihn glaubte und ihm half, etwas aufzubauen. Sie waren sich zufällig begegnet, als das Gemeindeoberhaupt Frankfurts direkt vor seiner Nase einen Achsenbruch erlitten hatte und er ihm trotz seines Hungers und seiner Kraftlosigkeit bei der Reparatur geholfen hatte. Der Bürgermeister hatte ihm in seine ehrlichen Augen geblickt und gewusst, dass er ihm trauen konnte. Ein Almosen hätte ihm als Dank auch gereicht.

Er staunte heute noch manchmal darüber. Was wäre wohl aus ihm geworden, wenn der Bürgermeister ihm nicht zu Hilfe gekommen wäre? Er mochte gar nicht daran denken …

Daher wollte er sein Glück auch nicht auf die Probe stellen, und ein Mädel brachte, aus seiner Sicht, nur Ärger. Alleine der Gedanke an eine Verbindung versetzte ihn in Panik. Erinnerungen an die brutalen Misshandlungen, die er hatte ertragen müssen, stiegen in ihm hoch, sobald er an seine Vergangenheit dachte. Auch der Verlust, den er erlebt hatte, schmerzte zu gewaltig, sodass er jedes Mal die aufsteigenden Tränen niederkämpfen musste.

Als der Besitzer den Rappen abholen kam, war offensichtlich, dass er in der Zwischenzeit im Wirtshaus ein Glas Met zu viel getrunken hatte, denn er schwankte leicht und dunstete einen starken Alkoholgeruch aus. Die paar Heller, die der Kunde ihm in die Hand drückte, ließ der Hufschmied gleich in den Beutel unter seiner Lederschürze verschwinden.

»Na s-so was! Ich hab mein' Gaul noch nie so gutmütig erlebt. Sie sin' n Genie«, lallte der Kunde so laut, dass sein Pferd wieder nervös wurde. Entweder er hielt sein Pferd für taub, oder er war zu betrunken, um sich zu beherrschen, dachte der Schmied säuerlich. Kopfschüttelnd und mit ein wenig Bedauern übergab der Schmied dem Kunden das schöne Pferd. Manche lernten wohl nie, wie man mit Tieren umgehen musste. Er beließ es dabei, verbeugte sich zum Dank leicht vor dem Kunden, schob seine Kappe ein Stück zurück und fegte den Staub und Dreck seiner Arbeit sowie die Pferdeäpfel aus der Werkstatt hinaus.

Auf dem Bürgersteig hielt er einen Moment inne, stützte sich auf den Besenstiel und schaute dem Treiben in der Stadt zu. Fuhrwerke mit quietschenden Sprungfedern ratterten vorbei, Herren plauderten an Straßenecken, und Damen schlenderten mit Sonnenschirmen umher. Diese kleinen Schirme, die früher nur den Würdenträgern der Kirche und dem Papst vorbehalten waren, kamen offenbar in Mode. Nun sah man immer häufiger auch Damen des Adels und der reichen Oberschicht damit in den Gassen flanieren.

Er schaute auf die andere Straßenseite zum Geschäft des Baders, wo viele Herren in der Warteschlange standen und miteinander debattierten. Gerade wollte er wieder hineingehen, da stutzte er. Sein Unterbewusstsein hatte etwas wahrgenommen, er wusste jedoch nicht, was es war. Mit zusammengekniffenen Augen suchte er langsam die Straße ab.

Da stand sie! Sie schaute ihm direkt ins Gesicht. Sein Herz krampfte sich zusammen. Das konnte nicht sein, er musste träumen! Er schloss die Augen, und als er sie wieder aufschlug, war sie verschwunden. Ihm wurde heiß.

Mit klopfendem Herzen sah er sich um. Litt er an Halluzinationen? Er schüttelte den Kopf und drehte sich zur Werkstatt. Dort wartete sie einen Meter von ihm entfernt und hauchte: »Sei gegrüßt.«

KAPITEL 1

»Wenn du meinst, dass im Alter die Weisheit dich nähren soll, dann eigne sie dir in deiner Jugend an, sodass dir im Alter die Nahrung nicht fehle.«

Leonardo da Vinci (1452–1519),
ital. Universalkünstler

Marburg, 1538

Jakob von Traubenheim stöhnte. Es war heiß, er fühlte sich erschöpft von den Kampfübungen, und jetzt sollte die Jagd beginnen. Dazu trugen die Ritter über der Rüstung einen Wappenrock aus Samt oder Seide – oft in den Farben ihrer Damen –, der durch einen schmalen Gürtel zusammengehalten wurde, während ein breiter, reich verzierter Gurt, der Rittergürtel, links das Schwert, rechts den Dolch festhielt.

Das Anlegen der Rüstung begann an den Füßen, wozu Jakob der Hilfe seines Knappen Hans bedurfte. Danach legte Jakob den Ringkragen, die sogenannte Halsberge, an, weil an ihr der Harnisch mit Riemen befestigt wurde. Der Helm war mit einem Falz versehen, und dieser verband ihn direkt mit der Halsberge, sodass der Kopf bewegt werden konnte. Das Kinnreff wurde wiederum mit einem Haken an der Halsberge befestigt und hielt den Helm.

Seine vollständige Rüstung hatte das Gewicht einer erwachsenen Frau, Jakob grinste bei dem Gedanken. Auch wenn er die Notwendigkeit einer solchen Ausstattung bei Kämpfen einsah – denn sie hatte ihm schon oft das Leben gerettet oder zumindest vor schweren Verletzungen geschützt –, so fühlte er sich durch die Rüstung als Reiter schwer und unbeholfen. Auch die Pferde wurden seit der Herrschaft Maximilians I. in Plattenrüstungen in die Schlacht geschickt. Diese bestand aus einem Rosskopf, dem Kanz, dem Fürbug, welches oft zur Anbringung von Wappenemblemen benutzt wurde, sowie dem Gelieger, das Kruppe und Flanken schützte. Die Pferde waren wegen der zu tragenden Last zum gewaltsamen *Aufprall* unfähig und stürzten leicht im Kampf. Als erfahrener Ritter stand Jakob diesen schweren Rüstungen der Pferde mit Skepsis gegenüber. Denn selbst wenn sie vor Verletzungen durch Stiche schützten, so behinderten sie Pferd und Reiter erheblich in ihrer Bewegungsfreiheit, was oft genug zu schweren Unfällen führte.

Die Hörner bliesen zur Jagd. Jakob ritt hinter Philipp, dem Landgrafen von Hessen, vom Hof in Richtung Wald. Dessen kecke, mit einer Feder besetzte Kopfbedeckung saß schief auf seinem Haupt, und der grüne kurze Übermantel gab seinem eleganten Erscheinungsbild den letzten Schliff. Auf einem ledernen Schutzhandschuh an seinem rechten Arm saß ein edler, mit einer Lederhaube ausgestatteter Steinadler.

Jeder am Hof wusste, dass die Beizjagd Philipps große Leidenschaft war, das perfekte Zusammenspiel zwischen den Hunden, den Adlern und dem Jäger faszinierte ihn. Die Falknerei des Schlosses besaß an die hundert Vögel, darunter Wander-, Würg- und Gerfalken, aber auch Habichtadler und Kaiseradler, die sich allerdings weniger für die Jagd auf Hasen und Füchse eigneten. Aus diesem Grund hielt sich Philipp gerne und oft im Marburger Schloss auf, auch wenn er zu Beginn seiner Regentenzeit das Kasseler Schloss zu seinem Hauptsitz erkoren hatte.

Diese Entscheidung war ihm damals nicht leichtgefallen, wie Jakob wusste, dennPhilipp liebte die Stadt Marburg ebenso wie die umliegenden Wälder und Dörfer. Der Landgraf war hier geboren worden und hatte einen Teil seiner Kindheit im Marburger Schloss verbracht. Die wenigen Erinnerungen, die er noch von seinem zu früh verstorbenen Vater hatte, schienen innerhalb dieser Mauern lebendig zu werden. Philipps Gemahlin Christine jedoch hatte den prunkvollen Hof in Kassel vorgezogen, und Jakob musste ihr recht geben: Für Regierungsangelegenheiten und die Repräsentation eines Fürsten war er wirklich besser geeignet. Dennoch kam der Landgraf, sooft es nur möglich war, mit seiner gesamten

Gefolgschaft und Ausstattung nach Marburg, um hier mehrere Wochen, manchmal auch Monate, zu verweilen.

Hinter Philipp und Jakob ritten mehrere Damen und Herren des Adels sowie einige seiner Ritter in voller Rüstung auf. Neben den Pferden rannten die Hunde her, Schnüffler und Apportierhunde, und bald machten sie ihre Herren bellend auf einen Fasan aufmerksam, der auf einer Lichtung im Gras nach Würmern und Schnecken pickte. Der Steinadler des Landgrafen hatte seit zwei Tagen keine Nahrung mehr bekommen, damit er schärfer und angriffslustiger wurde.

Philipp ritt nun als Erster an, befreite den Adler von seiner Lederhaube und schmiss ihn regelrecht in Richtung des Fasans. Blitzschnell stürzte der Adler im geraden Flug auf seine Beute zu und brach ihr, mit einem einzigen Schlag seines Schnabels, das Genick. Auf Philipps Zeichen hin schnellten die Apportierhunde zu dem toten Fasan. Bello, ein schöner Windhund und der Schnellste von ihnen, brachte den toten Vogel stolz zu seinem Herrn und wurde gelobt.

Jakob beobachtete seinen Grafen amüsiert. Philipp war vernarrt in seine Hunde und belohnte sie für jede Kleinigkeit. Auch jetzt holte er aus einem kleinen, an seinem Gürtel befestigten Lederbeutel einen Leckerbissen hervor und warf ihn Bello grinsend entgegen. Die Damen, die neben ihm haltgemacht hatten, schauten ihn bewundernd an. Er schien zu wissen, dass die Weibsbilder sein Lächeln, seinen kurz gestutzten Schnurrbart, ja, seine gesamte jägerliche Erscheinung einfach hinreißend fanden, und er genoss ihre Blicke sichtlich. Ob er sich wohl gerade fragt, welche von ihnen er am Abend in sein Bett holen würde, dachte Jakob grinsend.

Der Adler kam in einem weiten, tiefen Bogen mit ausgebreiteten Flügeln zurück und auf Philipps Arm zum Sitzen. Dieser holte erneut einen Leckerbissen aus dem Beutel und steckte ihn dem Vogel in den Schnabel.

Viele nutzten diese kurze Pause, um aus ihren Feldflaschen zu trinken und die Pferde grasen zu lassen. Philipp hob den Fasan kurz hoch, und alle Anwesenden klatschten, dann hängte er ihn sich mit einer Kordel an den Sattel und bedeutete der Jagdgesellschaft mit einem Handzeichen, dass es weitergehen konnte.

Jakob seufzte und ritt an, nicht ahnend, welche Wende sein Leben heute nehmen würde.

* * *

Mit ausgestreckten Armen lag Anne auf der Wiese, schaute in den Himmel, beobachtete verträumt die vorbeischwebenden Wolken und lauschte den zwitschernden Vögeln.

Auf dem Weg zu ihrer Lieblingslichtung hatte sie einen Strauß aus zarten Blüten gepflückt, den sie Liese zur Versöhnung reichen wollte. Mal wieder hatte sich Anne vor der Hausarbeit gedrückt, und nun fühlte sie sich schuldig. Doch sie liebte es zu sehr, einfach nur so im Gras zu liegen und in den Tag hineinzuträumen. Eine leichte Brise streichelte über ihr Gesicht, und Anne schloss seufzend die Augen. Sie konnte stundenlang so daliegen. Bilder ihrer Kindheit kamen ihr in den Sinn, und sie dachte willkürlich an ihren Onkel, der sie vergötterte. Anne war froh, dass er sie zurzeit noch nicht zu einer Heirat zwang, mit 17 Lenzen galt sie eigentlich schon als eine alte Jungfer. Sie errötete. Die meisten Eltern versprachen ihre Töchter bereits im Kindesalter einem Mann und wurden mit 13 vermählt.

Manchmal versuchte Anne, sich an ihre Eltern zu erinnern, und sie meinte dann, ein Gesicht zu sehen, einen Geruch wahrzunehmen oder eine Stimme zu hören. Sie wollte sich daran festhalten, doch jedes Mal verflog der Eindruck so schnell, wie er gekommen war. Von ihrem Onkel wusste sie, dass ihre Eltern Adelige gewesen waren. Ihr Vater, von Geburt bürgerlich, war für den hessischen Landgrafen gegen Franz von Sikingen in die Schlacht geritten und hatte dem Fürsten im Gefecht das Leben gerettet, wofür ihm dieser einen Adelstitel verliehen hatte.

Anne erinnerte sich nicht gerne an ihre Familie, denn das löste in ihrem Bauch einen schmerzenden Druck aus. Ihre Eltern waren an der Pest gestorben, als sie noch keine fünf Jahre alt gewesen war. Daraufhin hatte ihr Onkel das Lehen der Familie an den Landgrafen zurückgegeben und Anne bei sich aufgenommen. An ein adeliges Leben konnte sie sich also nicht mehr erinnern, und wenn sie die aufgeplusterten Frauen am fürstlichen Hof beobachtete, war sie eigentlich recht froh darum.

Das Leben im Hause ihres Oheims war ihr viel lieber. Sie fühlte sich frei, denn sie verstand es großartig, sich vor der Arbeit im Haus zu drücken. Seit ihrer Kindheit ließ ihr Onkel für sie einen Hauslehrer kommen, der ihr Lesen, Schreiben, Latein und Griechisch beibrachte, was in ihren Kreisen eher unüblich war. Manchmal fragte sie sich, ob ihr Onkel damit eine bestimmte Absicht verfolgte. Als Händler brachte er ihr oft kostbare Bücher von seinen vielen Reisen mit, und abends am Kaminfeuer lauschte Anne gebannt den Erzählungen von seinen Erlebnissen. Vor dem Zubettgehen ließ Anne dann ihrer Fantasie freien Lauf und träumte von fremden Ländern, in der innigen Hoffnung, ihr Onkel würde bald sein Versprechen einlösen und sie mit auf Reisen nehmen.

Trotz Annes mangelnder Hilfsbereitschaft im Haushalt schien Liese, die Magd ihres Onkels, sie zu mögen. Liese zog Anne an Mutter statt auf und war außerdem die heimliche Geliebte ihres Onkels. Die beiden schienen zu glauben, dass ihre Beziehung geheim war, aber schon als Kind hatte Anne so manchen flüchtigen

Kuss mitbekommen. Auch wenn ihr Onkel und Liese in getrennten Gemächern schliefen, blieben Anne die in der Nacht über den Flur trippelnden Schritte nicht verborgen.

Anne hingegen hatte noch keinen Mann getroffen, der ihr Herzklopfen bereitete. Darüber war sie auch nicht traurig, denn ein Antrag, gefolgt von einem »Ja« ihres Onkels, würde ihr ganzes Leben grundlegend verändern. Auch wenn sie sich darüber im Klaren war, dass so eine Veränderung früher oder später kommen musste und würde, so war ihr »später« lieber.

Ein Geräusch ließ sie plötzlich aufhorchen. Anne stützte sich auf ihre Ellbogen und schaute sich um. Außer im Wind raschelnde Büsche und Sträucher konnte sie nichts entdecken, und sie streckte sich wieder im Gras aus. Sie versuchte, tief einzuatmen, doch ihr eng geschnürtes, weinrotes Mieder hinderte sie daran.

Manchmal, wenn sie und ihr Onkel zu einem Fest am Hofe geladen waren, steckte Liese sie in ein überaus kompliziert anzulegendes Kleid, welches aus einem eleganten Rock mit passendem Mieder und einer langen Schaube bestand. Die geschlitzten Ärmel wurden angeknöpft.

Solche Ärmel waren der letzte Schrei, sagte ihr Onkel. Auch wenn manche Hofdamen die *Schlitzerei* übertrieben, wie ihr Onkel zu schimpfen pflegte, schienen die Männer bei Hofe Gefallen daran zu finden. Von ihrem Onkel wusste Anne auch, dass diese bunte und neuartige Mode aus Italien stammte. Er hatte ihr erzählt, dass sich im südlichen, noch katholischen Teil Deutschlands die Mode nunmehr an die strengere spanische Hofmode anpasste. Dies käme von der Entdeckung eines fernen neuen Landes, welches man Amerika nannte. Da sie aber im nördlichen und reformierten Teil Deutschlands lebten, trugen sie noch die italienische, farbenfrohe Mode, die hier gängig war. Anne war froh darum, denn die zugeknöpften Kleider mit Halskrausen, die sie schon häufiger an Bürgern und Adeligen aus dem Süden gesehen hatte, gefielen ihr überhaupt nicht. Trotzdem fand sie es immer spannend, ihrem Onkel dabei zuzuhören, wie er fremde Länder, ihre Sitten und Moden beschrieb. Sie interessierte sich sehr dafür, doch letztlich gab es für sie nichts Schöneres, als in einfacher Alltagskleidung im Gras zu liegen. Sie schmunzelte. Eigentlich sollte sie ihre Haare hochstecken und ein Netz darüber tragen, aber sie liebte ihre Haare offen, sie wirkten dadurch unbändig und wild.

Wenn Anne ihren Onkel zum Fürstenhof begleitete, nahmen sie häufig an den Mahlzeiten teil, zu denen sich die Herrschaften, Ritter, Knappen und höhere Bedienstete im Waldecker Saal zusammenfanden. Ein Festmahl, welches hingegen im großen Saal stattfand, unterschied sich kaum von einer Alltagstafel, denn beide endeten meistens in einem wilden Treiben bis in die tiefe Nacht hinein.

Bis sich Fürstin Christine zurückzog, verlief die Mahlzeit in der Regel sehr sittsam und geordnet. Doch kaum war sie weg, begannen die Männer, ausgelassen zu singen und zu grölen, rissen zotige Witzchen und schlugen sich auf die Schenkel oder auf den Hintern der nächstbesten vorüberhuschenden Magd. Frauen kreischten und kicherten, es wurde gespielt, getanzt und in dem ein oder anderen Hinterhof oft auch mehr als das …

Anne wurde von ihrem Onkel und Liese so gut bewacht, dass es keinem Mann möglich war, ihr zu nahe zu kommen. Das war ihr auch ganz recht so, obwohl sie sich manchmal doch fragte, wie es sich wohl anfühlte, geküsst zu werden.

Wieder wurde Anne von einem Geräusch aus ihren Gedanken gerissen, und sie horchte auf. Ein merkwürdiges Kribbeln durchlief sie, als sie sich aufsetzte und in den Wald blickte. Liese ermahnte sie regelmäßig, nicht allein im Wald herumzustreunen, doch genauso regelmäßig schlug Anne die Bedenken in den

Wind – zu sehr genoss sie die Freiheit der Natur. Dann plötzlich sah sie ihn.

Ungefähr 300 Fuß von ihr entfernt stand ein Ritter in voller Rüstung mit dem Rücken zu ihr und breitbeinig vor einem Baum. Er trug das Wappen des Landgrafen auf seinem Wams. Offenbar entleerte er seine Blase.

Wie gelähmt blieb Anne sitzen. Sollte sie fliehen? Wo sollte sie sich verstecken? Verstört schaute sie sich um. Die nächsten Büsche befanden sich dreißig Fuß hinter ihr. In der Hoffnung, er würde sie nicht bemerken, schnappte sie sich ihren Strauß und krabbelte rückwärts in Richtung der Büsche. Dort angelangt, verharrte sie und wagte es nicht, sich zu bewegen. In ihren Ohren rauschte es, und sie versuchte, die Luft anzuhalten.

* * *

»Anne«, hallte ihre Stimme über den Hof. »Aaanne!« Wo steckte das Kind nur schon wieder?

Liese, die Magd im Haushalt von Jeronimus Händel, schüttelte den Kopf. Neben der Hausarbeit gehörte es vor allem zu ihren Aufgaben, sich um dessen Nichte Anne zu kümmern. Das machte sie gerne – obwohl sie beim besten Willen genug anderes zu tun hatte –, aber das Mädel wurde langsam flügge. Den ganzen Tag trödelte sie in Gedanken versunken im Wald und auf den Wiesen herum, anstatt sich nützlich zu machen oder zu lernen, so wie ihr Onkel es ihr aufgetragen hatte.

Wütend schrubbte Liese die Wäsche im Bottich. Das Fräulein hält sich wohl für etwas Besseres. Sie stieß die Luft wütend aus, hielt kurz inne und wischte sich mit einem Ärmel den Schweiß von der Stirn. Der Rücken tat ihr weh, wie an jedem Waschtag. Ihr guter Herr hatte Anne aufgetragen, Liese bei der Arbeit zur Hand zu gehen, denn auch wenn die Wäsche nicht gerade gebleicht werden musste, so war es doch mühselig. Nach dem Einweichen und Abkochen musste die Wäsche zuerst geschrubbt, mehrmals durch sauberes Wasser gezogen, dann geschlagen, gewrungen und schließlich aufgehängt werden, und dazu benötigte Liese Annes Hilfe. Aber immer wenn sich der Waschtag ankündigte, blieb diese Göre unauffindbar. Liese schnaubte. Sie hegte den Verdacht, dass sich das Mädchen wieder einmal bei Neslin, der Heilerin, herumtrieb, was schlecht für den Ruf des Hauses war. Wenn Anne irgendetwas anstellte, würde das womöglich auf Liese zurückfallen, und sie durfte ihre gute Stellung nicht verlieren. Obwohl …, sie grinste, sie hatte schon eine Sonderstellung. Nicht nur, dass Jeronimus ihren Kochkünsten verfallen war, auch für ihre körperlichen Vorzüge hatte er eine Schwäche, dachte sie wohlig.

Als einer der Lieblingshändler des Landgrafen Philipps von Hessen versorgte Jeronimus den Marburger Hof mit Stoffen, Gewürzen, Seifen und sonstigen exotischen Waren, die er in allen Ecken Deutschlands und oft auch im Ausland erwarb.

An dem Ruf seiner Nichte, der Tochter seiner Schwester, war ihm sehr gelegen. Anne hatte beide Eltern und alle Geschwister bei der letzten Pestwelle im Jahre des Herrn 1525 verloren. Alle paar Jahre kam diese schreckliche Seuche wieder und raffte immer aufs Neue Tausende Menschen dahin.

Anne war damals erst fünf Jahre alt gewesen und ein sehr schüchternes und ruhiges Kind. Kein Wunder, nach dem, was sie hatte erleiden müssen. Tagelang hatte sie unter einem Dach mit den toten Eltern und Geschwistern ausgeharrt, verfaultes Essen zu sich genommen und gewartet, dass sie wieder aufwachten.

Liese schauderte. Jedes Mal, wenn sie daran zurückdachte, ließ ihr Ärger über Annes Faulheit nach. Wenn die Göre sich dann wieder blicken ließ, warf sie ihr nur einen vorwurfsvollen Blick zu und brummte vor sich hin, was Anne mit reumütig gesenktem Kopf hinnahm, bevor sie schnell in ihr Gemach huschte.

Vor sich hin grummelnd, schlug Liese die Wäsche mit einem Pleuel auf der Kante des Waschtisches und hängte sie anschließend im Hof auf. Hühner und Gänse stoben erschrocken gackernd auseinander, um dann gleich wieder neugierig um sie herumzutanzen. Dann ging sie zurück in die Stube, um die auf dem Feuer brodelnde Kräutersuppe zu überwachen, die sie mit in Butter angebratenen Zwiebeln, Mehl, Milch, Schnittlauch, Knoblauch und Petersilie sowie Pfifferlingen und Speck zubereitet hatte.

Wie für einen Hoflieferanten üblich, durfte Jeronimus nicht nur an der fürstlichen Tafel speisen, sondern hatte zudem die besondere Erlaubnis des Landgrafen, sich in der Hofküche an Lebensmitteln zu bedienen, die er Liese dann stolz überreichte. Vor der Reformation hatte sie an kirchlich auferlegten Fastentagen ein Fischgericht vorbereitet, welches mit in Milch eingeweichtem Weißbrot, zerdrücktem frischen Fisch, Mandeln und Reis angesetzt wurde. Zu besonders festlichen Anlässen hatte sie auch schon mal einen Rehbraten gezaubert. Dieser wurde mit Weinbeeren, Weißwein, Mehl, Muskatnuss, Safran, Butter, Ingwer, Mandeln, Zucker und Nelkenpulver verfeinert. Da es sich bei diesem Gericht um Jeronimus' Lieblingsspeise handelte und Liebe bekanntlich durch den Magen ging, kochte sie diese Leckereien auch weiterhin. Allerdings achtete sie darauf, diese nie zu den früheren Fastenzeiten aufzutischen, damit nicht der Verdacht aufkam, bei Händels würde man sich der kirchlichen Reformation widersetzen.

Liese rührte die Suppe um und holte das knusprig goldene Weizenbrot aus dem Ofen.

Wo steckte Anne nur?

* * *

An diesem Tag fand Jakob kein rechtes Vergnügen an der Jagdgesellschaft. Nach den ausgedehnten Waffenübungen des Vormittags war er zum Jagen nicht aufgelegt, obwohl er die Falkenjagden eigentlich mochte. Er liebte den Augenblick, in dem der Falke im flachen Flug, schnell und gekonnt, auf sein Opfer niedersauste und seine Beute keine Chance mehr hatte. In solchen Momenten bot die Natur ein faszinierendes Schauspiel. Heute jedoch war er nicht in der richtigen Stimmung, und auch die Rüstung störte ihn gewaltig. Er ließ sich mit seinem Pferd ans Ende der Kolonne fallen, schlug einen kleinen Seitenpfad in den Wald ein und verfiel dann in einen gemächlichen Schritt. Er würde ein lahmendes Pferd als Ausrede vorbringen. Gestern gab es ein großes Gelage am Hof, und sein Kopf dröhnte noch vom Suff. Er hatte gelacht, getrunken und trotz des ausdrücklichen Verbotes von Philipp gewürfelt. Anschließend war eine dralle Magd seine Belohnung gewesen, ein süßes junges Ding, vielleicht gerade mal 14 Lenze alt, aber willig und genau das, was er brauchte. Für ihn als Ritter kam eine Heirat zum jetzigen Augenblick nicht infrage, er musste erst mal das Leben kennenlernen und von allen guten Dingen kosten.

Der hab ich's besorgt, dachte er selbstgefällig und grinste mit glasigen Augen genüsslich vor sich hin, als er an ihren kleinen, festen Hintern dachte. Eine Jungfrau war sie eindeutig nicht mehr gewesen – das war in einem Schloss wie diesem und in ihrem Alter auch schwierig. Die Weiber, besonders Mägde, wurden ab zwölf Jahren rangenommen. Nur die adeligen Damen wurden in ihrer Jungfräulichkeit verehrt, obwohl es da so manche gab, die es sich auch mal gefallen ließen. Er lachte anzüglich, nahm einen kräftigen Schluck Met aus seiner Feldflasche und rülpste herzhaft. Als er eine Lichtung erreichte, sah er eine Gestalt im Gras liegen.

Sofort hielt er inne und ließ seinen Gaul langsam rückwärtsgehen, bis er hinter den Büschen verschwand. Er stieg ab und band die Zügel an einem Ast fest, dann schlich er wieder vor und spähte über die Lichtung. Es handelte sich um ein junges Mädchen, das mit geschlossenen Augen im Gras lag.

Na, was haben wir denn da? Jakob beobachtete sie eine Weile und grinste. Irgendwie kam sie ihm bekannt vor, aber bei all den Weibern, die er sah, und dem ganzen Met, den er in sich reinschüttete, konnte er sich beileibe nicht an jede Einzelne erinnern. Lecker sah sie aus. Jakob leckte sich unbewusst die Lippen und beobachtete sie noch einige Minuten. Dann trat er geräuschvoll aus seinem Versteck hervor, wandte ihr den Rücken zu, stellte sich provozierend vor einen Baum zum Pinkeln und tat so, als würde er sie nicht sehen. Er schaute mal nach rechts, mal nach links, pfiff eine Melodie und nahm aus dem Augenwinkel wahr, dass sie sich langsam bewegte.

Er schmunzelte. Letztendlich machte ihm die Jagd wohl doch Spaß … Er schloss die gefütterte Schamkapsel, die sein Glied betonte, und drehte sich langsam um. Er wusste, dass sie sich hinter den Büschen versteckte, sah aber überallhin, nur nicht in ihre Richtung. Schlendernd und pfeifend überquerte er die Wiese und näherte sich langsam ihrem Versteck. Dabei streifte er wie beiläufig mit den Händen lange Grashalme, pflückte einen, steckte ihn sich in den Mund und sah einem Schwarm Vögel am Himmel nach.

Fast bei ihr angelangt, sah er, wie sie sich erhob und losrannte. Er tat es ihr nach und holte sie trotz der schweren Rüstung nach einem kurzen Wettrennen ein. Er hielt sie an einem Arm fest.

»Na, na, wen haben wir denn da? Warum läufst du denn weg, Häschen?«

Sie zerrte an ihrem Arm, versuchte, sich ihm zu entwinden, und trat ihm dabei gegen das Schienbein.

Aber er packte sie nur noch fester und schüttelte sie, sodass ihr der Blumenstrauß aus der Hand fiel. »Wirst du wohl antworten, du Biest. Ich bin ein Ritter des Ordens, diene dem Landgrafen und habe alles Recht der Welt, herumstreunenden Kätzchen wie dir Fragen zu stellen. Also antworte gefälligst!«

»Gut! Dann lassen Sie mich los«, fauchte sie zurück.

Er gab sie frei, verschränkte die Arme, verlagerte sein Gewicht auf ein Bein und streckte das andere lässig von sich ab.

»Also, ich höre«, meinte er nun und tippte mit seinem Fuß ungeduldig auf den Boden. Sie sah wirklich niedlich aus mit ihrer kleinen Stupsnase, den zerzausten Haaren und den aus dem Ausschnitt quellenden Brüstchen. Aufmüpfig mochte er die Weiber besonders gerne. Grüne Augen funkelten ihn wütend an.

»Ich bin Anne, die Nichte des Hoflieferanten Jeronimus Händel.« Sie zupfte ihre Frisur zurecht, verschränkte ebenfalls ihre Arme und sah ihn trotzig an.

»Ach, daher kenne ich dich. Du bist das bestbehütete Weib des Schlosses, das mit 17 Lenzen immer noch Jungfrau ist ... oder bist du das etwa nicht mehr?«, raunte er ihr zu.

Sie grinste ihn frech an. Sie hatte also Humor. Jedes andere Edelweib hätte ihn empört geohrfeigt oder zumindest so getan, als wäre sie empört. Bei ihr hatte er wohl ins Schwarze getroffen. Manche Frauen mochten es nicht, in dem Alter noch unberührt zu sein.

»Dem können wir Abhilfe schaffen, wenn du willst, junge Dame«, sagt er schelmisch und küsste ihre Hand.

Nun lachte sie laut heraus. Das Eis schien gebrochen, und er gratulierte sich innerlich zu seiner schier unwiderstehlichen Anziehungskraft auf Frauen. Denn die blieb unumstritten. Bei seinen funkelnden braunen Augen und seinem schiefen Lächeln wurden die meisten Frauen schwach. Seine schulterlangen, fast schwarzen Haare umrahmten sein ovales Gesicht und gaben ihm den Anschein eines romantischen Troubadours.

»Ich kenne Sie doch gar nicht«, sagte sie gespielt schnippisch.

»Das können wir ja ändern. Reitest du gerne?« Er grinste sie offen an, und kleine Fältchen bildeten sich um seine Mundwinkel.

Verlegen schaute sie zu Boden.

»Dann bringe ich es dir bei«, sagte er großmütig.

Ihre Augen strahlten bei dem Gedanken. »Mein Onkel würde mir nie erlauben, allein mit einem Ritter auszureiten … und noch dazu hätte er Angst, dass ich mir den Hals breche«, sagte sie etwas resigniert.

»Er braucht es ja nicht zu wissen.« Jakob grinste schief. »Morgen bringe ich dir eine Stute mit, und dann lehre ich es dich.« Er schaute in ihre schönen Augen und glaubte, darin zu versinken. Er hatte einen Kloß im Hals und kam sich auf einmal albern vor. *Was ist nur los mit mir,* dachte er, *ich bin doch sonst nicht so zimperlich.* Aber bei ihr war es anders. Sie sah aus wie eine bessere Hausangestellte, sprach jedoch wie eine Gelehrte, sie besaß die Haltung einer Prinzessin, aber sprühte die Lebenslust eines leichten Mädchens aus. Was für eine Mischung!

Sie knickste und lächelte verlegen. »Wie Sie wünschen, Herr Ritter.«

»Jakob ist mein Name. Mehr brauchst du vorerst nicht zu wissen.«

»Herr Jakob, ich fände es sehr aufregend, mit Ihnen auszureiten. Aber ich möchte nicht, dass Sie daraus falsche Schlüsse ziehen.« Sie stockte und errötete.

»Natürlich nicht«, sagte er belustigt und zwinkerte ihr zu, »ich werde nichts nehmen, was du mir nicht freiwillig geben möchtest«, entgegnete er und verbeugte sich übertrieben tief vor ihr. »Bis morgen, meine Dame, zu gleicher Zeit warte ich auf dich mit bebendem Herzen.«

Sie lachte wieder, und er wandte sich ab und lief schnellen Schrittes über die Lichtung zurück zu seinem Pferd. Seine Haare ließ er bei jedem Schritt wippen, denn er kannte sehr wohl deren Wirkung auf das weibliche Geschlecht. Kurz bevor er im Gebüsch verschwand, drehte er sich noch einmal um. Sie stand da und sah ihm nach. Das freute ihn. Als er ihr zuwinkte und eine übertriebene Kusshand zuwarf, sah er sie wieder lächeln. Dann hob sie ihren Strauß auf, drehte sich um und lief mit hüpfenden Locken, die ihre Wirkung ebenso wenig verfehlten, davon.

Was für ein süßes Geschöpf. Er verstand noch nicht ganz, wie ihm geschah, aber er merkte, dass sich etwas in ihm veränderte. Sein Herz schlug schneller, und er hatte keinen Brummschädel mehr. Jedes andere Weib in dieser Situation hätte er sofort verführt, ob sie es nun gewollt hätte oder nicht. Aber bei ihr war es anders, er hätte es nicht gekonnt. Es lag nicht daran, dass sie ihm nicht gefiel. Ganz im Gegenteil! Er lachte in sich hinein.

Ein Blick in ihre Augen reichte aus, um ihm das Blut in die Lenden schießen zu lassen. Aber nicht nur das – er fühlte ein seltsames Kribbeln im Magen. Ob er verliebt war? *Blödsinn, ich, der berühmteste Weiberheld von ganz Hessen doch nicht.* Außerdem hätte er sie in seinem jetzigen Zustand gar nicht küssen mögen. Er hatte sich seit Tagen nicht gewaschen, und aus dem Mund musste er fürchterlich nach altem Bier und Met riechen. Komisch, dachte er, das war mir doch sonst auch egal, meistens küsse ich die Weiber ohnehin nicht. Er nahm sich, was er brauchte, da, wo er es brauchte. Warum dachte er jetzt ans Küssen? Die Erkenntnis traf ihn wie ein Schlag. So ein Scheißdreck aber auch, dachte Jakob, da habe ich mich doch wirklich verliebt. Unwillkürlich schaute er sich um. Das durfte bloß keiner erfahren, sonst wäre sein Ruf ruiniert!

KAPITEL 2

»Wer vor der Vergangenheit die Augen verschließt,
wird blind für die Gegenwart.«

Richard von Weizsäcker

Marburg, 1538

Zwischen dem Marburger Rücken im Westen und den Lahnbergen im Osten wand sich die Lahn. Der Fluss schlängelte sich gemütlich durch die Stadt, war an einigen Stellen jedoch tückisch und gefährlich. Nicht nur arme Teufel, die sich das Leben nehmen wollten, wurden immer wieder von dieser unscheinbaren Schlange verschlungen. Vielmehr waren Ertrinkungsunfälle die häufigste Todesursache, denn die wenigsten Bewohner Marburgs konnten schwimmen.

Am Ufer gab es an manchen Stellen ein etwa 50 Fuß breites Wiesenband, an dem ein von Buchen und Eichen gesäumter Weg entlangführte. Hier konnten die Mägde 30 Fuß weit ins nur kniehohe Wasser waten und sich trotzdem ungefährdet der Wäsche widmen.

Nach wolkenbruchartigem Regen wurde der Fluss allerdings auch an dieser Stelle zum reißenden Strom und riss jeden unbarmherzig in die Tiefe. An schönen Tagen hingegen sah man Hunderte von plaudernden Mägden mit hochgesteckten Röcken im Wasser waten, um die Wäsche durchzuziehen. Andere standen am Ufer verteilt und schlugen die auf Steinen liegende Wäsche mit Stöcken oder breiteten sie auf der Wiese zum Trocknen aus. Je näher man kam, umso lauter wurde das Brummen, welches sich aus den Stimmen der schwätzenden Frauen formte, um dann in einem unglaublichen Geräuschpegel zu münden, sobald man direkt an ihnen vorbeiging.

Anne schlenderte gedankenverloren am Ufer entlang. Ein Bürgerlicher kreuzte ihren Weg und grüßte sie galant. Kinder liefen schreiend herum und wurden von den Mägden ermahnt, nicht so nah an das Wasser zu kommen. Auf einmal bemerkte Anne ein Rinnsal an der Innenseite ihres rechten Beines hinunterlaufen.

Nein, nicht das schon wieder. Sie lief nun schneller, um rechtzeitig heimzukommen und das Schlimmste zu vermeiden.

Als sie als junges Mädchen ihre Blutungen zum ersten Mal bekommen hatte, war sie entsetzt zu Liese gerannt, die gelassen abgewinkt und geflüstert hatte: »Du bist jetzt eine Frau. Das ist ganz normal. Lass es laufen.«

So hatte sie sich daran gewöhnt, einige Tage im Monat mit dem an den Beinen klebenden Blut zu leben. Niemand sonst schien sich daran zu stören. Am Ende der blutigen Tage durfte man sich dann mit Altlumpen abwaschen, sollte aber darauf achten, das unreine Blut nicht zu berühren. Die Lappen wurden anschließend sofort zum Abfall geworfen oder im Ofen verbrannt.

An einem dieser Tage hatte ihre Freundin Neslin einmal Annes Unwohlsein bemerkt und sie gefragt, warum sie sich nichts in ihre Unterwäsche legte. Anne hatte gestaunt, denn Unterwäsche trug sie nie. Neslin hatte gelacht und ihr erklärt, dass es zwar Sitte war, das Blut laufen zu lassen, dass man sich jedoch erheblich wohler fühlte, wenn man es in einem Tuch auffing. Dann hatte sie ihr Unterwäsche und drei frische Leinentücher gegeben, die sie regelmäßig mit Seife und kaltem Wasser auswaschen sollte. Als Anne später die Unterwäsche mit dem Tuch angelegt hatte, hatte sie sich sofort besser gefühlt.

»Warum machen das nicht alle Frauen so?«, wollte sie, neugierig wie immer, wissen.

»Weil die Blutungen als *unrein* angesehen werden und niemand dieses Blut anfassen möchte oder soll. Es aus Stoffstücken auszuwaschen, ist verpönt. Du solltest dir aber nichts daraus machen. Komme zum Waschen zu mir, dann sieht dich keiner.« Neslin hatte ihr aufmunternd zugelächelt.

Anne wusste, dass ihre Freundin eine Menge Erfahrung hatte in Dingen, die sonst niemand beherrschte oder über die man nicht sprach. Sie kannte Neslin, solange sie denken konnte. Die Hebamme arbeitete sowohl in der Stadt als auch auf dem Schloss und bewohnte eine kleine Hütte am Waldrand. Außerdem half sie im ehemaligen Kloster, das vom Landgrafen zu einem Krankenhaus für mittellose Männer umgewandelt worden war, und pflegte Kranke und Verletzte oder brachte ihnen Arzneien. Neslin kämpfte gegen die Methode des Aderlassens an, doch im Krankenhaus waren zu viele ehemalige katholische Nonnen tätig, die an den alten Lehren festhielten.

Oft besuchte Anne ihre Freundin in deren Haus, in dem es immer nach frischen Kräutern duftete. Sie hatte sich sofort geborgen gefühlt, als sie die Hütte zum ersten Mal betreten hatte, um zusammen mit Liese eine Arznei gegen den Husten ihres Onkels zu holen. Auf den ersten Blick hatte sie sich damals zu der hübschen Frau mit den klugen Augen und dem sanften, gutmütigen Blick hingezogen gefühlt – und nicht nur sie. Neslin war in der ganzen Stadt beliebt, nur einige Marburger Apotheker empfanden ihre Anwesenheit als störend.

Seit ihrem ersten Besuch schlich sich Anne wieder und wieder zu ihr, und im Laufe der Zeit waren sie, trotz des Altersunterschiedes, enge Vertraute geworden.

Als Neslin Annes Interesse für Pflanzen und deren Verwendung bemerkte und festgestellt hatte, dass diese lesen und schreiben konnte, weihte sie Anne immer mehr in ihre Geheimnisse ein. Gleichzeitig warnte sie Anne jedoch nachdrücklich davor, Hebamme oder Kräuterfrau zu werden.

»Erzähl niemandem, was du bei mir lernst«, hatte sie ihr eingeschärft. Als Anne den Grund dafür wissen wollte, antwortete Neslin: »Hebammen führen ein gefährliches Leben, Anne, und die Menschen, die ihnen zu nahe stehen, auch. Also versprich mir – schwöre mir auf unsere Freundschaft –, dass du niemanden in unser Geheimnis einweihst. Ich sage dir das zu deiner eigenen Sicherheit.« Anne schwor.

So kam es, dass sie sich nur heimlich trafen, um Zeit miteinander zu verbringen. Anne lernte eine Menge über Heilkunde und Kräuteranwendung, über Krankheiten und Hygiene. Manchmal fragte sie sich, welche Vergangenheit Neslin wohl haben mochte, denn es kursierten die wildesten Gerüchte. Sie hätte die Wahrheit gerne von Neslin selbst erfahren, aber diese ließ sich weder von den Gerüchten noch von Annes Schmollmund beeinflussen.

Als Anne nach ihrem Spaziergang am Fluss auf das Haus ihres Onkels zulief, sah sie schon von Weitem seinen voll beladenen Wagen im Hof stehen und jubelte innerlich.

Sie liebte es, wenn Jeronimus von langen Reisen zurückkehrte, das brachte wieder Leben ins Haus. Man wusste nie genau, wann es so weit war, manchmal war er mehrere Monate unterwegs. Aber jedes Mal brachte er ihr ein kleines Geschenk mit.

Anne lief auf ihn zu und fiel ihm um den Hals. Der erschöpfte Onkel lachte und drückte ihr einen Kuss auf die Stirn. »Na, meine Süße, warst du auch artig?«

»Natürlich«, sagte sie und schaute Liese an. »Nicht wahr, Liese?«

»Hmm«, brummte diese und verdrehte die Augen: »Kommt darauf an, was man unter *artig* versteht.«

Anne hatte mal wieder Glück, denn Liese war selbst viel zu glücklich über Jeronimus' Rückkehr, um diesen schönen Augenblick mit Klagen über Annes Faulheit zu verderben. Gemeinsam mit dem Knecht Albert, der Jeronimus auf so langen Reisen begleitete, halfen sie beim Abladen. Was für ein aufregender Tag, dachte Anne. Erst der Ritter Jakob im Wald, nun die Rückkehr ihres Onkels. Wie immer hatte er Stoffe aus Seide und Samt, fremdländische Gewürze und viele weitere faszinierende Dinge geladen. Auch Schwerter und Sättel waren darunter.

Nachdem alles gut in dem Schuppen, der vorläufig als Lagerhaus diente, verstaut war, gingen sie ins Haus, und Liese servierte Erfrischungen. Anne entschuldigte sich, huschte ins obere Stockwerk und legte die mit dem Tuch ausgepolsterte Unterwäsche an. Erleichtert aufatmend, dass ihr weißer Rock verschont geblieben war, ging sie wieder nach unten in die Stube. Alle saßen um den großen massiven Holztisch herum, und Anne schob sich auf einen freien Platz neben Liese. Der vertraute Duft von gekochter Gemüsesuppe und frischem Brot stieg ihr in die Nase.

Die Stube benutzten sie als Wohnraum und als Küche. Sie wurde von einem riesigen, offenen Kamin beherrscht, vor dem zwei geräucherte Schinken an einem Seil herabhingen. Auf der Feuerstelle stand ein großer brodelnder Topf, dessen Höhe mit einer Eisenschiene reguliert werden konnte. Würste hingen zum Trocknen über einem Napf, um das tropfende Fett aufzufangen, welches zum Einreiben von Schuhen benutzt wurde und diese so vor Feuchtigkeit schützte. Die hohen Wände der Stube waren beige getüncht, und der Fußboden war mit Holzlatten ausgelegt. Durch einen großen Türbogen konnte man das Treppenhaus erreichen oder in das gegenüberliegende Studierzimmer des Onkels gelangen, was den Raum noch größer erscheinen ließ. An den Wänden hingen Kübel, Pfannen und Kelche, und die Regale waren reich mit Zutaten und Gewürzen aller Art und aus aller Herren Länder bestückt.

Als sie endlich alle am Tisch saßen, holte Annes Onkel ein mit einer Kordel geschnürtes Päckchen aus seinem Wams, denn wie immer konnte er selbst es am wenigsten erwarten, seine Geschenke zu verteilen. »Dies ist für dich, Anne«, sagte er verheißungsvoll und überreichte ihr das kleine Paket feierlich.

Neugierig und behutsam nahm sie es entgegen und drehte es mehrmals herum. Sie tat, als versuche sie, den Inhalt zu erraten, dabei glaubte sie bereits zu wissen, dass es sich wie so häufig um eine Gedichtsammlung, Minnelieder oder Reisebeschreibungen von fernen Ländern handelte, die sie so gerne mochte. »Was ist es, Onkel?«, hauchte sie aufgeregt.

»Es handelt sich um ein leeres Buch«, antwortete er belustigt.

Sie schaute ihn fassungslos an. »Ein leeres Buch? Ja, was macht man denn, um Himmels willen, mit einem leeren Buch, Onkel?«, brach es aus ihr heraus.

Alle Anwesenden lachten bei diesem Ausruf, und Anne schaute Hilfe suchend zu Liese, die nur die Schultern hob und den Kopf schüttelte.

»Na, man beschreibt es, meine kleine Anne, man beschreibt es«, antwortete ihr Onkel geheimnisvoll.

»Aber was schreibt man denn, Onkel? Soll ich Geschichten erfinden?«, fragte sie ungläubig.

»Ja, das kannst du natürlich auch, aber es gibt noch andere Verwendungen.« Nun fing er an, von Bräuchen zu berichten, bei denen Menschen ihre geheimsten Gedanken aufzeichneten. Und das wäre schon seit der Antike so. Man würde es ein *Tagebuch* nennen, erklärte er. »Viele junge Damen bei Hofe widmen sich diesem Zeitvertreib. Es ist eine Beschäftigung wie jede andere. Und später, wenn du mal alt bist, kannst du dich dann erinnern an das, was du erlebt hast.«

Anne dachte nach, der Gedanke gefiel ihr. Es gab so vieles, über das sie oft nachdachte, Dinge, über die sie mit niemandem zu sprechen wagte. Nicht mal mit Neslin. »Aber wenn es jemand findet und liest?«

Der Onkel lachte schallend. »Hast du denn solche Geheimnisse, dass dies so schlimm wäre?«

Sie merkte, wie ihr die Röte ins Gesicht stieg. Sie fühlte sich unangenehm ertappt, zumal Lieses Blick sie nun zu durchbohren schien. »Nein«, sagte sie ein wenig zu lässig und lachte gestelzt.

»Dann musst du es eben sehr gut verstecken«, meinte ihr Onkel.

Nach der Mahlzeit, die ohne weitere Gespräche ablief, erhob sich Jeronimus. »Jetzt ziehe ich mich in mein Büro zurück und ruhe mich ein wenig aus.« Jeder der Anwesenden wusste, was das zu bedeuten hatte: Er durfte unter keinen Umständen gestört werden.

»Vielen, vielen Dank für das *leere* Buch, mein Onkel.« Anne umarmte ihn, sah Liese um Verzeihung heischend an und rannte schnell hoch in ihr Gemach, bevor diese etwas sagen konnte. Die Tür einmal geschlossen und den Riegel vorgeschoben, ließ sie sich, das neue Buch mit beiden Händen an sich drückend, auf ihr Bett fallen und dachte nach. Der Duft von frisch gewaschenen Leinenlaken stieg ihr in die Nase, und Anne sog den Seifengeruch kräftig ein.

Ihr Bettkasten war erhöht, um im Winter die vom Steinfußboden aufsteigende Kälte abzuhalten. Darüber war ein *Himmel* gespannt, der sie vor herunterfallenden Tierchen schützte, und mit dicken Gardinen konnte sie ihr Lager schließen. Ihr Blick schweifte zu dem kleinen Fenster, aus dem sie auch vom Bett aus über die Wiesen und Wälder hinwegschauen konnte. Schräg vor dem Fenster stand ein kleines Schreibpult mit einem Stuhl. Dort saß sie oft vor ihren Büchern und starrte verträumt aus dem Fenster, anstatt Latein zu studieren oder die Bibel zu lesen.

»Jakob«, flüsterte sie leise. Ein schöner Name. Sie kannte ihn schon seit Langem, hatte ihn aber immer für einen Rohling gehalten. Sie hatte angenommen, er sei ein Großmaul und ein *schöner Scholli,* wie man so sagte. Sicher, er war ein hübscher Mann, mit vielen Muskeln, schwarzen schulterlangen Haaren und einem ausdrucksvollen Blick. Allerdings hatte Anne schon so manches Gerede über Jakobs grobes Verhalten gehört. Es hieß, er ließe keine Magd aus und fragte nie um Erlaubnis. Aber das müssen Gerüchte sein, die von eifersüchtigen Freiern verbreitet wurden. Mit ihr war er schließlich so ganz anders umgegangen. Zuerst forsch, dann sehr zurückhaltend und respektvoll.

Ihr war bewusst, dass viele Edeldamen hinter ihm her waren, und die eine oder andere bereit wäre, ihren guten Ruf zu vergessen. Viele Frauen, die sich mit einem Ritter einließen, verschwanden plötzlich vom Hof, und man sah sie nie mehr wieder. Alles munkelte dann, dass ihr ein Balg angedreht worden war. Es wurde fast schon zu einem geläufigen Ausdruck, denn wenn eine Dame länger nicht mehr bei Hofe erschien, so sagte man, sie wurde *»vom Ritter markiert«*.Aber Jakob war anders, da war sich Anne ganz sicher.

Sie hatte absichtlich so getan, als ob sie ihn nicht kenne, damit er sich nichts einbildete. Auf den Festen hatte Jakob sie nie beachtet, was sie immer als Glücksfall ansah, sie mitunter aber auch gekränkt hatte. Und nun verhielt er sich ihr gegenüber so zuvorkommend. Sie lächelte. So verliebt und ehrfürchtig, wie er sie angesehen hatte, wäre wohl so manche Hofdame vor Neid geplatzt. Sie musste kichern. Er hatte sie das *bestbehütete Mädchen* vom Hof genannt. Das stimmte, denn wehe, jemand kam ihr mal zu nahe. Nicht nur ihr Onkel hatte immer ein Auge auf sie, auch Liese hatte es sich anscheinend zu ihrer höchsten Aufgabe gemacht, sie zu bespitzeln.

Anne hob ihr neues Büchlein hoch, öffnete es und ließ die weichen Seiten flattern. Der verschnörkelte Buchdeckel war aus einem samtenen Material, das sie nur von edlen Bibeln kannte. Die meisten ihrer Bücher hatten harte Holzdeckel. Ein Schatz, dachte sie nun. Ein Büchlein, das ihr ganz allein gehörte und in welches sie all ihre Gedanken aufschreiben konnte. Vielleicht würde es ihr helfen, sich selbst besser zu verstehen, denn oft hatte sie widersprüchliche Gefühle. Sie spürte die Sehnsucht nach einem Mann, nach einer romantischen Liebe, doch gleichzeitig wollte sie nicht ihrem jetzigen Leben entrissen werden. Scheute sie die Verantwortung, oder hatte sie nur Angst vor dem Unbekannten? Hoffentlich fand sie beim Schreiben so manche Antwort auf ihre Fragen.

Es war ein wunderschönes Geschenk. Sie musste nur ein sicheres Versteck finden, denn Anne wollte auf keinen Fall, dass ihr jemand in die Seele blicken konnte. Was immer sie auch schreiben mochte, was immer auch geschah, sie wollte nicht, dass ihre Geheimnisse in Lieses Hände fielen. Ihr schauderte. Diesen Gedanken empfand sie beinahe wie eine Gewalttat.

Sie wälzte sich auf die Seite und sah zu ihrem Schreibpult hinüber. Dort lagen alte Pergamente, ein Tintenfass und eine Schreibfeder. Nie zuvor hatte Anne auf Papier geschrieben. Von ihrem Onkel wusste sie, dass es sich um ein neues Material handelte, das für Bücher verwendet wurde, da seine Herstellung billiger war. Doch auch wenn Papier immer häufiger verwendet wurde, so besaß nicht jeder ein leeres Buch zum Schreiben. Anne war stolz darauf, überhaupt Lesen und Schreiben erlernt zu haben, was in ihren Kreisen sehr selten war.

Sie stand auf und setzte sich an ihr Pult. Nun konnte sie sowohl die Wiesen sehen als auch das Schloss und den Hof, und sie freute sich schon auf den nächsten Tag. Was würde dieser bringen? Die Begegnung mit Jakob war wie ein aufregendes Abenteuer.

Philipp saß erschöpft am Fenster. Es war Mitte Juli, soeben waren er und seine Männer von der Jagd zurückgekehrt, und heute

Abend würde es wieder ein Fest im Schloss geben. Er seufzte. Philipp liebte Wissen, Gerechtigkeit und Geselligkeit, dennoch machten ihm die vielen Feste zu schaffen. Er saß in einem großen Ohrensessel in seinen persönlichen Räumen im Südflügel des Schlosses und streckte die Beine aus. Mit 13 Jahren war er zum Landgrafen ernannt worden, was er mitunter der kämpferischen Natur seiner Mutter Anna von Mecklenburg zu verdanken hatte. Sie hatte ihn, nach dem schrecklichen Dahinsiechen seines Vaters Wilhelm I., der an der französischen Krankheit erkrankt war und an psychischer Demenz gelitten hatte, mit Haut und Haaren verteidigt und beim Kaiser Maximilian I. bewirkt, dass er als mündig erklärt wurde. Diese Entscheidung hatte Philipp endgültig aus den Klauen seiner Vormünder, Ludwig Boyneburg und dessen Adelsfreunde, befreit. Die Schmach, während der endlosen Jahre bei seinen Vormündern tyrannisiert worden zu sein, würde er nie vergessen.

Doch ein Jahr später verbannte er seine Mutter vom Hof, denn diese hatte sich gegen seinen Willen mit Graf Otto von Solms-Laubach vermählt, einem Mann, den er nicht ausstehen konnte. Noch dazu war der Graf zu jung für seine Mutter, eine bildhübsche Frau, und deren Stand als Landgrafenmutter nicht ebenbürtig. Philipp schaute wehmütig zu dem sie darstellenden Wandteppich auf. Man hatte sie *Frau Venus* genannt, und allerlei Gerüchte über sie waren im Umlauf, die aber eher hinter vorgehaltener Hand getuschelt wurden. Als Kind hatte er sie angebetet und sehr vermisst, als er von seinen Vormunden nach Kassel geholt wurde. Dass sie einen so viel jüngeren Mann heiratete, nachdem sie sich endlich wiedergefunden hatten, war für Philipp eine große Enttäuschung. Eifersucht hatte ihn gequält, und daran zu denken, bereitete ihm noch heute körperliche Schmerzen. Ihr zweiter Mann verstarb kurz nach der Hochzeit an einem Kehlkopfleiden, und Philipp weinte ihm keine Träne nach. Trotzdem blieb er noch lange gekränkt, erst kurz vor ihrem Tod hatte er sich mit seiner Mutter versöhnt. Trotzdem hatte Philipp das Gefühl, seinem Vater nähergestanden zu haben, obwohl er ihn kaum gekannt hatte, denn als Wilhelm verstarb, war er noch ein Kleinkind gewesen. Er erinnerte sich an das fröhliche Gesicht seines Vaters, sein Lachen und seine angenehme Art. Ständig hatte er Späße gemacht. Am Hof bekannt als guter Jäger und Weiberheld, sagten die Gerüchte ihm ein wildes Leben nach, was seine tödliche Krankheit zu bestätigen schien. Er selbst kam wohl mehr nach seinem Vater, dachte Philipp nun schmunzelnd und betrachtete den Wandteppich, der Wilhelm in einer Jagdszene darstellte.

Mit der Zeit hatte er sich ein Idealbild seines Vaters erdacht. Er redete oft in Gedanken mit ihm, fragte ihn nach Rat, überlegte, wie dieser wohl entschieden hätte, und betete für ihn. Ja, er betete oft, und jeden Morgen begann er sein Tagewerk mit der Lektüre der Bibel. Er beherrschte sowohl das Neue als auch das Alte Testament und las die Texte immer wieder. Er studierte sie im Sinne der Reformation, denn er war davon überzeugt, in ihnen die Lösung für so manche theologische Fragestellung zu finden, aber auch die Widerlegung des katholischen Glaubens, der für ihn einen klaren Irrtum darstellte.

Schon in ihrer Kindheit hatten er und seine Schwester Elisabeth die vielen strengen Regeln dieses Glaubens als unzumutbar empfunden und gehasst. Fastenzeit und Frühmessen waren ihnen ein Gräuel gewesen. Vielleicht nahm er aus diesem Grund das Werk des Augsburger Theologen Urbanus Rhegius mit Begeisterung an, als er es das erste Mal in den Händen hielt. Es wurde für ihn zu einer Offenbarung! Fromm sein zu können, ohne die vielen Verpflichtungen und ohne schlechtes Gewissen, empfand er wie eine Erlösung.

Nun herrschte er schon seit so vielen Jahren als Landgraf mit Christine als Gefährtin, hatte sechs Kinder gezeugt, unterstützte die Reformanten und hatte vor ein paar Jahren seinen größten Traum realisiert: Er hatte *seine* Universität gegründet, die erste protestantische Hochschule der Welt. Stolz blickte er auf das Erreichte zurück.

»Vater«, meinte er nun, »bist du stolz auf deinen Sohn?« Ob sein Vater wohl verstehen würde, warum er sich dem Protestantismus zugewandt hatte? Manchmal quälten ihn diese Fragen. Doch sein gutmütiger, lebenslustiger Vater wäre seinen Argumenten gegenüber sicher offen gewesen.

Mit Stolz erfüllte Philipp zudem, die Bauernkriege beendet zu haben. Zum einen hatte er die Aufstände mit seinen Truppen niedergeschlagen und Exempel statuiert. Das war grausam, das wusste er, brachte ihm jedoch den nötigen Respekt der Bauern und seiner Verbündeten ein. Denn ihm war bewusst, dass ein Verbündeter von heute bereits ein Feind von morgen sein konnte. Zum anderen hatte Philipp alles darangesetzt, um die Missstände, die erst zu diesen Aufständen geführt hatten, zu beheben. Er hatte sich von den Betroffenen selbst aufklären lassen und mit ihnen gemeinsam Lösungen erarbeitet. Diese Tatsache brachte ihm die Achtung der Bauern ganz Hessens ein. Er blieb seinen Untertanen so nahe, wie seine Stellung es ihm nur erlaubte, und er nutzte seine Jagden, um in allen Teilen des Landes präsent zu sein. Manche meinten, es geschehe aus Berechnung, doch es lag ihm wirklich am Herzen, eine Einheitspolitik in seinem Land zu schaffen und den Frieden zu wahren.

Er war viele Risiken eingegangen und hatte mit seiner stürmischen Art, Politik zu betreiben, viel errungen. Jetzt schien seine wilde Phase vorbei zu sein, denn nun wollte er das Erreichte sichern.

Es gab Zeiten, da hatte Philipp lutherische Prediger der Landgrafschaft verweisen lassen. Doch mit der hessischen Polizeiordnung von 1524 hatte er schließlich die protestantische Lehre gefördert und wurde somit ein Vorläufer der Reformation. Auch darauf war er stolz. Nachdem er ein Bündnis mit Johann von Sachsen und anderen protestantischen Fürsten verhandelt hatte, stand der Reformation in seinem Herrschaftsgebiet nichts mehr im Wege. Er hatte die Neugestaltung des Gottesdienstes und die Aufhebung der Klöster befohlen, sodass das eingezogene Klostervermögen nicht nur in die Armen- und Krankenfürsorge floss, sondern auch in die Gründung der Universität Marburgs. Einige Jahre später verzichtete der Mainzer Erzbischof auf die geistliche Gerichtsbarkeit über Hessen, und sein Plan ging immer mehr auf.

Philipp wusste, die Menschen fürchteten ihn eher, als dass sie ihn liebten, aber das störte ihn nicht. Im Gegenteil. Die Ereignisse seiner Kindheit waren letztendlich eine gute Lehre gewesen, und man brauchte ihm über Machtkämpfe nichts mehr beizubringen. Diese Tatsache, aber auch sein Wissen, seine Unberechenbarkeit und seine ungezügelte Natur führten dazu, dass er einer der gefürchtetsten Fürsten im Reich war. Er brummte zufrieden und strich über seinen Schnurrbart, den er so kurz wie möglich hielt.

Oft dachte Philipp an die Marburger Artikel und grübelte über eine Lösung nach. Wie man das Blatt auch wendete, es schien keinen Ausweg zu geben. Die Artikel waren auf dem Marburger Religionsgespräch entstanden, zu dem Philipp Martin Luther, Ulrich Zwingli und andere Reformatoren anlässlich ihres Streits um das Abendmahl geladen hatte, in der Hoffnung, ihre Zwistigkeiten beilegen zu können. Der Hauptstreitpunkt war die Lehre von der wirklichen Anwesenheit, der Realpräsenz Christi in den Mahlgaben Brot und Wein beim Abendmahl geblieben. Trotz des Gesprächs war es zu Philipps Leidwesen zu keiner Einigung gekommen. Sie hatten eine Schrift mit fünfzehn Artikeln verfasst, von denen vierzehn die Gemeinsamkeiten der lutherischen und zwinglianischen Lehre formulierten. Als es festgestanden hatte, dass es zu keiner Einigung kommen würde, hatte Luther das Tischtuch zwischen sich und Zwingli erbost durchgeschnitten.

Bei dem Gedanken daran schüttelte Philipp leicht amüsiert den Kopf, obwohl er fand, dass es überaus bedauernswert war, die allgemeine Reformation durch diese Spaltung geschwächt zu wissen, denn nur Zusammenhalt machte stark. Er ahnte in diesem Augenblick noch nicht, dass er selbst es sein würde, der die Reformation noch in Gefahr bringen sollte.

Auch der Verbesserung der Krankenfürsorge fühlte er sich verpflichtet. Im vorherigen Jahr hatte er das alte Kloster zum Hospital für kranke, mittellose Männer umbauen lassen. Seine Vorliebe und sein Interesse für die Medizin und Krankenpflege rührten von der Tatsache, dass er in seiner Jugend häufig krank war. Außerdem litt er an einer körperlichen Anomalie, über die sich die Hofärzte nicht einig wurden. Manche hielten die Verdickung seiner Hoden für ein Geschwür, andere nannten es eine *Triorchie*, also drei Hoden, die sein angeregtes, von den Ärzten als *unerhört gesteigert* bezeichnetes, wollüstiges Treiben erklären sollten.

Er grinste. Ja, so könnte man es nennen. Als Weiberheld verschrien und stolz darauf, standen seine Manneskraft und seine Lust, oft im wahrsten Sinne des Wortes, in voller Blüte. So konnte er ein Weib in einer Nacht zehnmal ohne Problem beglücken, ohne dass er dabei Müdigkeit empfand. In einem Punkt blieben die Ärzte sich allerdings einig: Es konnte nur krankhaft sein. Waren sie eifersüchtig? Dieser Gedanke gefiel ihm.

Trotz alledem fühlte er eine Leere in sich, die er nicht verstand. Was fehlte ihm? Er hatte schließlich alles, was er brauchte. Doch tief im Herzen wusste er, dass das nicht stimmte. Er fühlte sich einsam. Ja, inmitten seines Fürstenhofes von über 700 Personen fühlte er sich einsam. Er lachte freudlos auf. Weder mit seiner Gemahlin noch mit seinen Beratern konnte er über Dinge sprechen, die ihn wirklich bewegten. Natürlich, über Politik, über bevorstehende Kriege und über die beste Methode der Kirchenreformation konnten sie Stunden debattieren. Aber er, Philipp, in dessen Kindheit die Erziehung des Lesens und Schreibens vernachlässigt wurde, lechzte nach Größerem. Wissen zu teilen, über Bücher, Reisen und andere Länder zu sprechen, waren seine größten Freuden. Aber am Hof konnten die wenigsten lesen, und diejenigen, die es konnten, interessierten sich weder für Kunst noch für Literatur, sondern nur für Buchhaltung oder geistliche Texte. Der einzige Mensch, der ihm damit am nächsten stand, war sein Lieblingshändler Jeronimus Händel.

Dieser befand sich, wie er selbst auch, meistens auf Reisen. Also blieben ihre Zusammenkünfte eher seltener Natur, und Philipp langweilte sich. Trotz Banketten, Festen, Jagden, politischen Konferenzen und verschiedenen Landestagen hielt er sein Leben für unausgefüllt. Auch wenn er die Politik und die Reformen sehr ernst nahm, so schmachtete sein Herz nach … ja, nach was eigentlich? Denn so ganz konnte er dieses Gefühl nicht in Worte fassen …

Es klopfte.

»Herein!«, rief er genervt, denn er liebte es nicht, in einem Gedankengang unterbrochen zu werden.

Sein Diener, den er vor einigen Minuten gerufen hatte, trat in den Raum, servierte ihm eine Erfrischung und zog sich dann wieder zurück. Mechanisch hob Philipp den edlen, mit Met gefüllten Goldbecher an seine Lippen und trank.

Erneut klopfte es an der Tür, und Christine, seine Gemahlin, kam, ohne eine Antwort abzuwarten, in seine Gemächer gerauscht.

Diese Art, einfach so hereinzuschneien, erboste ihn gewaltig, trotzdem blieb er ruhig, denn er wusste, seine Wut würde sie nur erfreuen. Einst hatte er sie schön gefunden, damals, als sie noch jung waren. Geliebt hatte er sie nie.

Er fragte sich manchmal, ob er dazu überhaupt in der Lage wäre. Das überwältigende Sehnen in sich, nach einer Liebe, die ihm das Gefühl geben würde zu existieren, nicht alles gleich immer auf einem goldenen Tablett serviert zu bekommen, erdrückte ihn mitunter. Er sehnte sich nach Widerstand, nach dem Sehnen selbst, nach einer unerreichbaren Liebe, um die es sich zu kämpfen lohnte. Am Hofe kamen ihm die Menschen frivol vor, die Damen taten alles, um seine Gunst zu erlangen. Dies reizte ihn nie lange, und es hatte noch keine Frau gegeben, die ihm zumindest ein wenig widerstanden hätte. Natürlich erwartete er da etwas, was für ihn als Fürst unerreichbar blieb, denn keine würde es wagen, ihn vor den Kopf zu stoßen.

Er seufzte. Mit Christine hatte man ihn in eine arrangierte Pflichtheirat gezwungen, und doch fand er am Anfang als unerfahrener Knabe seinen Gefallen an ihr. Aber sie blieb so steif, unnahbar und zugeknöpft, dass er ihrer schnell überdrüssig wurde. Dennoch erfüllte er seine Pflicht als Gatte und bestieg sie regelmäßig, wenn sie nicht gerade in guter Hoffnung war. Mit den Jahren wurde sie immer spröder, unförmiger und auch, wenn sie als junges Mädchen schon keine Freude beim Geschlechtsakt zeigte, so hatte sie damals zumindest einen jungen, frischen Körper vorzuweisen gehabt. Dies gehörte nach sechs Kindern und 15 Jahren Ehe der Vergangenheit an. Ebenso wie in sexueller Hinsicht, standen sie sich auch geistig nicht nahe. Doch sie arrangierten sich miteinander. Christine kümmerte sich um den Haushalt und die Kinder und berichtete ihm ausführlich alle Geschehnisse am Hof. Auch er unterrichtete sie, meist schriftlich, über die politischen

Ereignisse. Es schien sie zu interessieren, auch wenn sie sich nie in seine politischen Angelegenheiten einmischte, wofür er ihr letztendlich dankbar war.

Auch für die Annahme des protestantischen Glaubens, gegen den ausdrücklichen Wunsch ihres Vaters, fühlte er sich ihr zutiefst zugetan. Sie hatte loyal zu ihm gestanden, trotz des Zerwürfnisses mit ihrer Familie, das rechnete er ihr hoch an. Allerdings hörten da die Gemeinsamkeiten schon auf. Philipp pustete stark die Luft aus. Ihre Ehe funktionierte wie ein Spinnrad, leise und stetig, ohne Leidenschaft und Aufregung. Sie stritten sich nie, lebten aber in einer stillen Feindseligkeit nebeneinanderher. Philipp sehnte sich nach einer Gefährtin, die ihn verstand, ihn beriet, ihm zuhörte, ihn anlächelte, ihn bewunderte.

Die Erfüllung solcher Träume schien unerreichbar, denn eine solche Zuneigung konnte er weder bei den Hofdirnen und Mägden finden noch bei den adeligen Weibern, die sich stundenlang über Stelzenschuhe und Schlitzmode aus Venedig unterhielten. Er holte sich bei den Damen, was er brauchte, und wurde durchaus reich bedient, aber er behielt keine länger als ein paar Wochen. Diese ganzen intrigierenden, höfischen Gänse langweilten ihn mit ihrem Geplapper zu Tode. Wieder seufzte er.

Dies war auch der Grund, warum Christine ihm nun nur noch *schnippisch* begegnete. Nicht, dass sie eifersüchtig wäre. Er fragte sich oft, ob sie zu Gefühlen jeglicher Art überhaupt in der Lage war. Nein, sie handelte vor allem aus verletztem Stolz, denn seine Liebschaften blieben alles andere als heimlich, und sie grämte sich, als die betrogene dumme Gattin dazustehen.

»Habe ich Sie nicht schon mehrfach gebeten, anzuklopfen und meine Antwort abzuwarten, Frau Gemahlin?«, fragte er sie nun schlecht gelaunt, aber ruhig.

Christine sah ihn kalt an und erwiderte ungerührt: »Sie werden im Saal zu den beginnenden Festlichkeiten erwartet, mein Gemahl. Halb Marburg ist schon da, und die dummen Hofweibsbilder warten auch schon darauf, besprungen zu werden.«

Er überging ihre bissige Anspielung wie immer geflissentlich und fluchte innerlich. Schon? Hatte man denn nie Ruhe? Mussten diese Festlichkeiten denn schon immer am frühen Nachmittag anfangen?

»Ja, ich komme«, brummte er.

Christine verließ erhobenen Hauptes den Raum, wohl wissend, dass sie ihn damit ärgerte.

KAPITEL 3

»Immer ist die wichtigste Stunde die gegenwärtige; immer ist der wichtigste Mensch, der Dir gerade gegenübersteht; immer ist die wichtigste Tat die Liebe.«

Meister Eckhart (1260–1327)

Marburg, 1538

Als Philipp sich dem Festsaal näherte, sah er seinen Hofstaat kreuz und quer herumstehen und plaudern. In der Halle angelangt, schwoll das Plaudern zu einem lauten Brummen an.

Man konnte eine bunte Mischung aus Stoffen aller Art ausmachen. Die Frauen trumpften mit ihren langen breiten Reifkleidern und den immer unerhört tiefer werdenden Ausschnitten auf. Wohlgeformte Brüste quollen aus den Nähten. Es gab Fürstentümer und Länder, in denen zu tiefe Ausschnitte von den vom Klerus unter Druck gesetzten Herrschern verboten wurden. Nicht so in Philipps Land Hessen. Auch die männliche Mode der immer kürzer werdenden Wämser, die einen freien Blick boten auf die von engen Hosen und ausgestopften, die Gemächte der Herren betonenden Schamkapseln, lösten Aufschreie des Entsetzens von den Kirchenmännern aus. Doch Philipp störte sich nicht daran, er mochte die Mode. Männer wie Weiber trugen den schönsten Hutschmuck zur Schau. Schief auf den Kopf gesetzte, aus dem gleichen Stoff wie die Wämser und Überkleider hergestellte Kappen waren am beliebtesten, und manche Damen trugen die Haare streng unter eine Haube geschoben, andere ließen sie frei über den Rücken fallen und bedeckten sie nur mit einem feinen Netz.

Hunderte von Kerzenleuchtern erhellten die durch die kleinen Fenster nur spärlich beleuchtete Halle. Die hohe Decke mit ihren vielen Rundbögen und den wunderschönen Fresken machte aus ihr einen der berühmtesten Festsäle Deutschlands. Elegante weißleinene Tischtücher zierten die mit Tafelsilber gedeckten Tische. Die von der Stadt und den Bauern kommenden Lebensmittel wurden in der gräflichen Küche zu Schlemmerspeisen hergerichtet, welche schon auf dem in einer Nische des Saals aufgebauten Buffet bereitstanden. Jeder Platz des Tisches wurde mit mehreren Brotlaiben, einen für jeden Gang, als Unterlagen für die Gerichte ausgestattet. Nur Bedienstete mussten sich einen Brotlaib teilen.

Als die Ersten Philipps Gegenwart gewahr wurden, verbeugten sie sich. Andere folgten ihrem Beispiel, bis der ganze Saal gebeugt vor ihm stand. Er machte eine Geste, die ihnen die Erlaubnis erteilte zu beginnen. Schemel und Bänke wurden gerückt, Mägde rannten geschäftig herum und gossen die Zinnbecher voll, Diener reichten den auf dem Podium sitzenden Herrschaften Schüsseln zum Händewaschen und Leinentücher zum Abtrocknen. Die Tische waren reich mit gefüllten Hühnern, Gänsen und Wildbret, Pasteten, Mandelpudding und Broten bestückt. Roggenbrot, saures Bier, Kohl, Haferbrot, Sauerkraut und Rüben standen wie immer am Hoftor für die Armen bereit.

Christine ließ sich stolzen Hauptes neben Philipp nieder und nickte ihm gebührlich zu. Er hob seinen Becher. »Auf dass das Fest beginne.«

Alle hielten sich an den Händen und wiederholten den Spruch im Chor. Dann brach Chaos über den Tischen aus. Philipp nippte an seinem Becher und schaute sich im Saal um. Beim Aufschneiden der Pasteten wurde begeistert geklatscht, es war Vogelgezwitscher zu vernehmen, und beim Öffnen der Pasteten flogen kleine Amseln heraus und schwirrten an der Decke umher. Die Gäste jubelten entzückt, wie immer, wenn sie diesem Schauspiel zusahen.

Philipp ließ seinen Blick weiter durch den Saal schweifen. Auch Jeronimus Händel war da, sein Lieblingslieferant, mit seiner Nichte und seiner Magd. Er mochte diesen Mann besonders, der viel herumgekommen war und vieles mehr wusste als mancher seiner hochgestellten adeligen oder kirchlichen Berater. Er besaß Menschenkenntnis, einen scharfen Verstand und kannte politische und wirtschaftliche Zusammenhänge zwischen den verschiedenen europäischen Ländern. Als reisender Händler hörte und sah er viel, wusste immer von interessanten Ereignissen zu berichten und kannte sich mit den neuesten Erfindungen und Gepflogenheiten, vor allem aus Venedig und Frankreich kommend, aus.

Philipp prostete ihm erfreut zu, was dieser, eine Verbeugung andeutend und seinen Becher hebend, erwiderte.

Sänger und Musikanten spielten auf, und die Herren und Damen redeten wild durcheinander. Hier wurde laut aufgelacht, dort wurde gegrölt, andere schmatzten, schlürften oder stießen auf. Wieder sah Philipp zu Jeronimus Händel hinüber. Er hätte sich am liebsten gleich mit ihm in seine Privatgemächer zurückgezogen, um dort ungestört Weltneuigkeiten zu erfahren, doch als Gastgeber war seine Anwesenheit bei dem Festmahl erforderlich.

Händels Nichte sah entzückend aus, bemerkte Philipp nachdenklich. Er räusperte sich und schielte schnell zu Christine, die mit ihrem Tischnachbarn, einem Geistlichen, in ein tiefes Gespräch verwickelt schien. Er schaute wieder zu der Nichte seines Lieferanten. Wie hieß sie noch? Anni, Anna, Anne? Es wollte ihm nicht mehr einfallen, denn er hatte sie noch nie wirklich wahrgenommen.

Doch an diesem Abend war sie nicht zu übersehen, sie strahlte wie ein Stern. Sie trug ein grünes, langes, ab der Taille offen stehendes Samtoberkleid. Eine über dem Ausschnitt gekreuzte und seitlich von den Schultern ausgehende hellgrüne, mit Goldfäden bestickte Borte spiegelte das Kerzenlicht wider und ließ sie wie einen Himmelskörper erleuchten. Sie bestrahlte den ganzen Saal, und Philipp war verwundert, dass nur er dies zu bemerken schien. Die passende grüne, schräg über ihre wilden, unbändigen Locken gelegte Kopfbedeckung brachte ihre grünen Augen zusätzlich zur Geltung.

Ja, wie hatte er sie bis jetzt nur übersehen können, schalt er sich. Seine Lebensgeister kehrten zurück, denn er wusste von Jeronimus, dass dessen Nichte das Lesen und Schreiben beherrschte. Je länger er sie ansah, desto mehr nistete sich eine Idee in seinem Kopf ein. Eine ungewöhnliche, ja fast betörende Idee. Aber fühlte er sich dazu in der Lage? Ja, dachte er, das ist die beste Idee, die ich seit Langem hatte. Das würde wieder den fehlenden Kitzel in sein Leben bringen.

Zufrieden mit sich und der Welt, lehnte sich Philipp zurück und schaute seine Frau mit einem Lächeln an. Christine quittierte diese ungewohnt freundliche Geste mit einem fragenden, verständnislosen, fast schon misstrauischen Blick. Seufzend wendete er sich seiner Pastete zu.

* * *

Die zu den Spielleuten gehörenden Jongleure und Akrobaten führten Kunststücke auf, und der ganze Saal lachte fasziniert auf. Ein Mann machte einen Handstand auf zwei Schwertern, wozu ein Musikant auf zwei Flöten gleichzeitig spielte. Viele der Anwesenden klatschten vor Begeisterung im Takt.

Anne, die solche Feste eigentlich nie genoss, war an diesem Tag besonders aufgeregt. Würde sie ihn heute wiedersehen? Würde er sie beachten? Sie spürte ihr Herz vor Aufregung hart in ihrer Brust klopfen. Auch wenn sie sich ihrer Empfindungen und Wünsche noch nicht ganz sicher war, gefiel ihr das Gefühl, umworben zu werden, noch dazu von einem so begehrten Ritter des Hofes. Sie versuchte, ihn in dem Durcheinander auszumachen, aber bei den vielen Menschen schien dies zurzeit unmöglich. Sie würde sich gedulden und vielleicht sogar den morgigen Tag abwarten müssen.

Ihr Onkel erhob sich, verbeugte sich leicht und streckte seinen Becher nickend dem Landgrafen entgegen. Dieser musterte sie eingehend. Auch sie erhob sich, knickste und nickte diesem zu. Er lächelte sie an, und sie fühlte die Röte in ihre Wangen steigen. Vom Landgrafen persönlich angelächelt zu werden, ja überhaupt beachtet zu werden, stellte eine große Ehre dar. Sie spürte mehrere eifersüchtige Blicke der Damen auf sich ruhen, so als ob man eine ernst zu nehmende Rivalin abmaß. Die Herren hingegen schmunzelten und gaben geheime Wetten ab, ob es sich bei ihr wohl um die nächste Geliebte des Fürsten handelte.

Was für ein Unsinn, dachte Anne, *als ob sich der Landgraf zu einer verlassenen Waisen herablassen würde.* Sie knabberte lustlos an einer Hühnerkeule herum, die zwar köstlich schmeckte, aber die Tatsache, dass sie Jakob nicht finden konnte, schnürte ihr den Appetit ab.

Ein Akrobat schlug nun zu Trommelschlägen Saltos, und die Menge fing aufgeregt an mitzuzählen, und wieder kam ein donnernder Applaus, als er nach 32 Saltos abbrach.

Da sah sie ihn, und ihr Herz machte einen Sprung. Wie immer saß er von einer Gruppe Rittern umgeben, trank, scherzte und schaute einer Magd lüstern hinterher. Es versetzte ihr einen Stich. Als die Magd an ihrem Tisch vorbeikam, kreuzten sich ihre Blicke, und er grinste Anne frech an. Wie schön und verwegen er aussah.

Sie lächelte verlegen und schaute gleich, mit dem Versuch, so gelassen wie möglich zu wirken, hochmütig weg. Nun wusste sie zumindest, wo er sich befand, aber auch, dass er nach wie vor ein Grobian blieb. Was hatte sie geglaubt? Dass er sich für sie ändern würde? Trotzig ließ sie ihre Keule fallen und wischte die Hände an ihren Ärmeln ab. Sie wollte nur noch wegrennen. Heim, in ihre Kammer, mit ihrem neuen Tagebuch. Sie sah nicht mehr zu ihm hin und entschied sich in diesem Augenblick, am nächsten Tag nicht zu dem geplanten Ausritt zu erscheinen.

Junge Frauen in durchsichtigen, fremdländischen Gewändern führten nun den Herren, die ihnen mit glasigen und lüsternen Blicken folgten, erotische Tänze der Salome vor. Hüften wurden hin- und hergeschwungen, Bäuche gebogen, und Hinterteile erzitterten. Es wurde gejohlt und geklatscht. Auch der Landgraf schaute verträumt lächelnd den Tänzerinnen zu, was die Gräfin geflissentlich zu übergehen versuchte. Stattdessen suchte sie das Gespräch mit ihrem Tischnachbarn, dem dies sichtlich unangenehm war, denn auch er wollte, trotz seiner Geistlichkeit, etwas von der Vorführung haben.

Der Nachmittag schritt voran, Spiele wurden veranstaltet, man hörte nie auf zu speisen und zu trinken, und gegen Abend wurde zum Tanz aufgespielt. Es wurde der aus Frankeich kommende *Bassedanse* getanzt, aber vor allem bevorzugte man den neuen, mit gesprungenen Schritten getanzten italienischen *Cinquecento-Stil* und den schon älteren eleganten *Quattrocento-Stil.* Ältere deutsche Bauernreigen wurden, zum Leidwesen Annes, bei Hof nur noch selten getanzt. Die *Allemande* war der einzige Tanz, der ihr wirklich gefiel, hatte er noch manche Grundzüge dieser Reigen, vor allem in der ersten Hälfte, dem *Vortanz.*

Lustlos ließ sie die Zeit verstreichen und spielte dabei gedankenversunken mit dem Tischtuch. Ihr Kopf schmerzte von dem Getöse. Als ihr Onkel zu dem Landgrafen gerufen wurde, verschwand Jeronimus mit ihm für längere Zeit. Das fiel nicht weiter auf, denn die meisten waren mittlerweile angetrunken, und es wurde gelacht, getanzt und geflirtet. Mehrmals forderte jemand Anne zum Tanz, und nur um ihr Gesicht zu wahren, lachte und plauderte sie, damit Jakob bloß nicht meinte, er würde ihr etwas bedeuten. Tat er das denn, fragte sie sich? Nicht ein einziges Mal kam er zu ihr oder forderte sie auf. Das machte sie nur noch wütender. Was bildete der sich eigentlich ein?

Als sie sehr viel später ihren Onkel zurückkommen sah, hoffte sie, nun endlich heimgehen zu können.

»Ich habe sehr gute Nachrichten«, sagte dieser feierlich und grinste breit. Anne und Liese schauten neugierig zu ihm auf. »Nicht jetzt«, sagte er nur, setzte sich und schaute dann kopfwippend dem Tanz zu. Anne bat um die Erlaubnis, sich entfernen zu dürfen, sie fühlte sich müde, und ihre Glieder schmerzten vom stundenlangen Sitzen.

Ihr Onkel druckste ein wenig herum und bewilligte ihr schließlich diesen Wunsch. »Liese, begleite sie bitte.«

»Ach, nein, Onkel, danke, es ist doch wirklich nicht weit, und jeder kennt mich hier. Es wird mir schon nichts passieren.«

Er grunzte nur und wirkte erleichtert, dass Liese noch bei ihm auf dem Fest bleiben konnte. »Ja, du hast recht, du wirst langsam erwachsen, mein Täubchen«, sagte er und widmete sich wieder der Musik.

Unbemerkt schlich sie sich zum Ausgang, an betrunkenen, knutschenden und streitenden Menschen vorbei. Als sie ins Freie trat, kam ihr die angenehm frische Juli-Abendluft entgegen. Es roch nach Wald. Aus der Ferne hörte sie ein Käuzchen, und da die Musik leiser wurde, vernahm sie hier und da rhythmische Geräusche aus einer Ecke und das dazugehörende weibliche Stöhnen. Auch wenn sie noch Jungfrau war, so wusste sie wohl, was da vor sich ging. An einem Hof wie diesem schien das Verhüllen der Kenntnisse über die Vereinigung zwischen Mann und Weib schwierig.

Anne kicherte. Trotz der von der Kirche gepredigten Reinheit und Keuschheit schienen die Menschen nicht davon ablassen zu wollen. Zwischen den zotigen Witzen der Männer bei Festen, den doppelsinnigen Bemerkungen der Mägde und den sich nicht genierenden, in allen Ecken sich vereinenden Paaren war es unmöglich, keine Idee davon zu bekommen, was da getrieben wurde.

Unter dem überdachten Ausgang hindurch schritt sie nun den gebogenen Pfad zum Schlosstor hinab. Nichts war übrig geblieben von den Speisen, die an die Armen verteilt wurden. Mehrere Mägde und Knechte waren dabei, die wie ein Buffet ganz in die Länge zu Tischen aufgebauten Holzplatten abzuräumen und sie mit den darunterstehenden Holzpflöcken wegzutragen.

»Wertes Fräulein«, kam es aus einer dunklen Ecke.

Anne zuckte zusammen und erkannte sofort die Stimme wieder. Ihre Knie wurden weich, und sie ärgerte sich über ihre Schwäche.

»Herr Jakob«, sagte sie nun ein wenig zu spitz.

Er trug ein ärmelloses, langes, auf der Hüfte mit einem Gürtel gehaltenes Überhemd, eng anliegende Beinlinge und edle Kuhmaulschuhe. »Du hast mich heute keines Blickes gewürdigt, das ist aber nicht fein«, neckte er und kam auf sie zu. Er roch nach Seife, Schweiß, Pferden und Bier. Ein typisch männlicher Geruch, den sie nicht als unangenehm empfand. Er kaute lässig auf einem Strohhalm herum und grinste sie an. Die schulterlangen Haare waren zu einem tief liegenden Pferdeschwanz zusammengebunden, und eine dunkle Locke hing ihm keck geringelt ins Gesicht, was ihm, besonders wenn er lächelte, etwas Spitzbübisches verlieh.

Annes Herz begann, schneller und stärker zu schlagen. »Sie schienen ja auch anderweitig beschäftigt, werter Herr Ritter«, sagte sie halb lachend und halb ätzend.

»Oho!«, horchte er mit hochgezogenen Augenbrauen und gespielt übertriebener Überraschung auf. »Ist meine kleine Wildwiesenblume denn etwa eifersüchtig?«, höhnte er.

»Ach was«, sie winkte ab, drehte sich halb von ihm weg, kreuzte ihre Arme und ärgerte sich erneut über sich selbst.

Er kitzelte sie mit dem Strohhalm von hinten am Hals. »Schade, das hätte mir schon gefallen«, flüsterte er ihr verwegen ins Ohr. Sie hüstelte.

»Ich muss jetzt gehen, Herr Ritter«, sagte sie fest.

»Dann begleite ich dich, denn ein so schönes Fräulein sollte des Nachts nicht ohne Schutz umherziehen, keine Widerrede!« Er bot ihr seinen Arm, den sie annahm, und so schlenderten sie die Straße bis zu ihrem Haus hinab.

Im Mondschein betrachtete sie sein stolzes Profil mit der leicht gebogenen Hakennase. Die sich auf seinen freigelegten starken Armen abzeichnenden Narben machten ihn in ihren Augen noch männlicher. Es fühlte sich gut an, am Arm eines so edlen und hoch angesehenen Ritters geführt zu werden. Stolz machte sich in ihr breit. Einmal stolperte sie über einen Stein, und Jakob hielt sie mit seinem starken Griff fest. Sie bedankte sich kleinlaut und konnte in seinen nur vom Mondlicht beleuchteten Augen die Genugtuung erkennen. Sie sagten lange nichts.

»Du kommst doch morgen zu unserer Verabredung, versprochen?«, unterbrach Jakob die Stille des Augenblickes und schaute sie treuherzig an. Sie hielten vor dem Tor ihres Heimes an.

Da musste sie lachen und drehte sich, den Rücken gegen die alte Steinmauer gelehnt, zu ihm um. »Ja, das kann ich mir wohl nicht entgehen lassen, werter Herr Jakob von Traubenheim.«

Er grinste sie belustigt an, denn er merkte nun, dass sie ihn kannte, und das freute ihn. Sie war nicht so abgeneigt, wie sie es ihn glauben machen wollte. Anne ärgerte sich, denn auch sie verstand den Schalk in seinen Augen, aber sie stand zu sehr unter seinem Bann, um weiter darüber nachzudenken.

Lange musterte er sie nun im Mondschein und schien sich seiner Wirkung vollkommen bewusst. Er überraschte sich selbst, wie sehr er dieses Spiel des *Herauszögerns* genoss – als Mann, der sich immer nahm, was er wollte, und das sehr schnell. »Wie kommt es, dass die Männer dich noch nie geküsst haben?« Er schaute sie eindringlich an, von ihren vollen Lippen bis zu ihrem Haaransatz und wieder zurück. »So ist es doch, Anne, oder? Du wurdest noch nie geküsst?«, schnurrte er und legte die Hand neben ihrem Kopf an die Hauswand und ließ nun seinen Blick auf ihrem Mund ruhen.

Sie schüttelte befangen den Kopf.

»Darf ich um ein kleines Andenken für die Nacht bitten, damit ich armer Ritter bis morgen etwas zum Träumen habe?«

Er sah so verwegen aus, dachte sie, das brachte sie ganz in Aufruhr.

»Was denn für ein *Andenken?*«, fragte sie ihn scheinheilig und konnte kaum noch atmen.

Da zog er sie an sich und drückte seine rauen Lippen auf die ihren. Dann ließ er sie los.

»Das war nicht schlecht«, meinte er, als würde er etwas abwägen, und ließ seinen Blick nun an ihr hinuntergleiten.

»Aber du musst noch viel lernen«, sagte er ernst, und seine Augen weideten sich nun aufdringlich an ihren aufreizend gewölbten Brüsten.

»Ach ja?«, fragte sie mit weichen Knien.

»Ja! Willst du das?« Seine Stimme klang rau und belegt. Ohne eine Antwort abzuwarten, die er in ihren Augen zu lesen glaubte, zog er sie nun noch fester an sich und drückte ihr wieder seine Lippen auf den Mund.

Diesmal schob er auch seine Zunge hinein, was Anne einen Stich in den Bauch versetzte. Wie aufregend sich das anfühlte! Ein angenehmes Prickeln fuhr ihr durch den Körper. Sie schmiegte sich an ihn, und so küssten sie sich lang und ausgiebig. Sie spürte, wie sich etwas Hartes gegen ihren Bauch drückte, und wollte überrascht zurückweichen. Doch dann erinnerte sie sich an Erzählungen, die sie gehört hatte, und beruhigte sich gleich wieder. Sie fühlte sich sogar geschmeichelt.

Der Kuss wurde immer wilder, und Jakob fing an zu stöhnen, da schob er sie mit beiden Armen völlig außer Atem von sich. »Aufhören! Wir müssen aufhören«, keuchte er, »sonst beherrsche ich mich nicht mehr.« Er hatte einen fast gequälten Gesichtsausdruck. »Du meine Güte, du hast es in dir.« Er küsste sie noch mal flüchtig und verabschiedete sich.

Anne rannte glücklich und bekümmert zugleich ins Haus. Sie hätte ihn Stunden so weiterküssen können. Warum mochte er das nicht? Was meinte er mit »sich beherrschen«? Da erinnerte sie sich an Neslins Ausführungen. Es schien also, dass Männer drängende Bedürfnisse hatten und sich dann nicht mehr zurückhalten konnten oder wollten. Daraus schloss sie, dass Jakob ihre Ehre bewahren wollte. Das freute und versöhnte sie wieder, obwohl es ihr lieber gewesen wäre, noch lange an ihm zu kosten.

Schnell stieg sie in ihre Kammer, zog sich aus, wusch sich in der dazu bereitstehenden Schüssel die Hände und das Gesicht und schlüpfte nackt ins Bett. Sie hatte jetzt keine Lust, in ihr Tagebuch zu schreiben, sie wollte nur an ihn denken. Die kalten Laken ließen sie trotz der lauen Sommernacht frösteln. Anne fragte sich, was Neslin wohl zu ihrem heimlichen Treffen mit Jakob sagen würde. Ihre Freundin fehlte ihr, und sie beschloss, sie bald wieder zu besuchen.

Sie kuschelte sich in ihr kühles Laken, schloss die Augen und sah sich mit Jakob küssend, lachend und redend auf einer Wiese liegen oder mit im Wind wehenden Haaren dahinreiten. Jedes Mal, wenn sie an ihn zurückdachte, kribbelte es in ihrem Bauch. Eine innere Unruhe, die sie zuvor noch nie erlebt hatte, ließ sie sich noch lange im Bett hin und her wälzen. Doch sie war voller Erwartung, und mit diesen schönen Bildern der Vorfreude auf den nächsten Tag schlief sie schließlich ein.

* * *

Katherina kochte vor Wut. Es war geradezu ausgeschlossen, dass diese hergelaufene Gans ihr ins Gehege kommen würde. Prüfend schaute sie ihr hübsches Gesicht im Spiegel an. Ihr säuberlich gezupfter Haaransatz, den sie zusätzlich mit einem Bimsstein rubbelte, die hohe Stirn und die gezupften Augenbrauen entsprachen dem absoluten Schönheitsideal bei Hofe. Ihre Haut betupfte sie mit Bleiweiß und rötete ihre Wangen und Lippen mit Karmin. Sie war eine rassige Französin aus edlem Geblüt. Von ihrem Onkel, dem Herzog Antoine de Lorraine, ein Lutheranhänger wie ihr Vater, wurde sie mit 15 Jahren als Gesellschaftsdame an den Marburger Fürstenhof in den Dienst der Fürstin Christine gestellt. Christine kam für ihre geistliche und weltliche Erziehung auf, und Katherina konnte somit auf eine sehr gute Hochzeit hoffen.

Ihr Vater, Louis de Lorraine, ehemaliger Bischof von Verdun, verzichtete auf seine kirchliche Karriere und war zum Grafen von Vaudémont ernannt worden. Während der Besetzung Neapels 1528 verstarb er an der Pest. Sie kannte ihren Vater nicht wirklich, denn auch, wenn viele Geistliche Kinder hatten, erkannten nur wenige sie an oder kümmerten sich gar um sie. Um Katherina von diesem Makel reinzuwaschen, hatte ihr Onkel sie als Prinzessin von Vaudémont außer Landes geschickt.

Anfangs hatte sie tagelang geweint, über ihr Leben und ihr Schicksal, immer weiter umhergestoßen zu werden. Ihre Kindheit hatte sie mit der Pflege ihrer an Lupus erkrankten Mutter, einer verarmten Adeligen, verbracht. Das lange Dahinsiechen, das ewige Gejammer, umgab ihre Kindheit, seit sie denken konnte.

Manchmal war ihre Mutter zu neuem Leben erblüht, doch es dauerte meist nur ein paar Wochen, manchmal auch nur Tage, bis die Krankheit sie wieder einholte. In dieser kostbaren Zeit fühlte Katherina sich glücklich, hatte mit ihrer noch schwachen Mama Verstecken im Garten ihres kleinen, etwas heruntergekommenen Landsitzes gespielt, Kuchen gebacken und von ihr Geschichten erzählt bekommen.

Als eines Tages die einzige der Familie noch verbliebene Magd zu Katherina ins Zimmer kam, hatte sie auch ohne Worte verstanden. Die Mutter war in der Nacht entschlafen. Ein leichtes Schluchzen kam ihr bei dem Gedanken die Kehle hoch, doch sie schluckte es wieder hinunter. Sie hatte sich geschworen, nie so zu werden wie ihre Mutter, nie so schwach, ausgeliefert und arm. Dafür hatte sie sich eine innere Härte angeeignet, die heute zu ihrer zweiten Natur geworden war. Denn ganz gegen ihre ursprünglichen Erwartungen erblühte sie im Marburger Schloss zu neuem Leben. Früher galt sie nur als ein Bastard des Bischofs, doch nun erkannte man sie als eine durchaus angesehene Adelige an, und sie reiste mit dem Fürstenhof durch die Lande. Sie schwor sich, nie wieder unglücklich zu sein, sie wollte nie wieder Krankheiten sehen müssen, wollte leben, tanzen, lieben und ihre Kindheit vergessen.

Nachdem sie in Philipps Bett nicht weiter als alle anderen jungen Mädchen des Hofes gekommen war, hatte sie sich nun den Ritter mit dem besten Ruf ausgesucht. Sie warf einen schmollenden Blick in den Spiegel und fand sich wunderschön. Ihre von den Tollkirschentropfen geweiteten Pupillen gaben ihren Augen einen besonderen Glanz. Sie konnte dadurch zwar sehr schlecht sehen und hatte oft Migräne, aber das war es ihr wert. Sie würde jederzeit damit aufhören können, jedoch erst, wenn der Ritter an der Leine festsaß. Dabei fiel ihr ein, dass sie Miezie zu der Heilerin schicken musste, um neue Mittel und Tropfen zu erhalten. Noch immer vor dem Spiegel stehend, strich sie sich mit den Händen über den flachen Bauch. Ihre elegante, ihren schlanken Körper betonende Haltung ließ an ihrer adligen Herkunft keine Zweifel. Die Männerwelt war verrückt nach ihr, und sie verstand die Herren. Trotzdem ließ sie sich nicht mit jedem ein. Sie hatte Glück gehabt, nicht vom Hof verwiesen worden zu sein, nachdem Philipp genug von ihr hatte.

Vielen anderen Konkubinen erging es wesentlich schlechter. So manche musste mit Schimpf und Schande in ihr Elternhaus zurückreisen, in dem man sie dann meistens auch nicht mehr haben wollte, und endeten in süddeutschen Klöstern. Da es aber immer weniger Klöster gab, wusste kein Mensch, was aus den Mädchen wurde. Katherina meinte sich hingegen in Sicherheit zu wiegen, ihr könnte das natürlich nicht passieren. Ihr kam nicht der Gedanke, dass sie es nicht zuletzt der Tatsache zu verdanken hatte, dass sie von Philipp nicht geschwängert worden war. Fürstin Christine hatte mit Sicherheit von dem Verhältnis gewusst, überging solche Dinge aber mit Würde. Die Arme, was sollte sie auch dagegen tun?

Es gab eben zu viele Versuchungen für Philipp, und Katherina blieb davon überzeugt, dass er sie noch immer heimlich begehrte. Er hatte mit Sicherheit aus reinem Stolz gehandelt, als er sie, wie die anderen Mädchen auch, nach nur zwei Monaten aus seinen Gemächern verstoßen hatte. Wie hätte er erklären sollen, dass er diese eine länger behielt, das hätte nur seinem Ruf als Frauenheld geschadet, vielleicht sogar Christine unnötig wachsam gemacht.

Ja, dachte Katherina, so musste es sein, ihre Stunde würde noch kommen. Bei der hohen Gebärfähigkeit der Fürstin würde Philipp sicher bald Witwer werden. Und an wen würde er sich dann wenden? Mit Sicherheit nicht an irgendein unbedeutendes Mädchen. Sie lachte laut auf und schaute sich sofort wieder mit vor Gehässigkeit sprühenden Augen im Spiegel an. Nein, er würde eine ebenbürtige Frau suchen, eine, die ihn vor der Welt gut repräsentieren konnte, vor den anderen Fürsten, den Geistlichen und vor Martin Luther, mit dem er häufig verkehrte. Mit dem Rücken zum Spiegel gedreht und über die Schultern ihr Spiegelbild erspähend, ließ sie ihre langen, fast schwarzen, glatten Haare über den Rücken hin- und herbaumeln, als wolle sie testen, wie es aussähe, wenn sie mit schwingendem Schritt den Ballsaal durchtanzte.

Ein zufriedenes Lächeln zeichnete sich auf ihren vollen Lippen ab, doch sofort stieg der Ärger wieder in ihr hoch. Sie konnte nicht darauf warten, dass Philipp frei würde, denn was, wenn Christine noch lange lebte? Nein, sie musste Vorbereitungen treffen, die es ihr ermöglichten, so oder so zu einem festen Rang am Hofe zu kommen. Das würde Philipp vielleicht sogar eifersüchtig machen, und wer weiß, zu was so etwas gut sein konnte. Sie lächelte verschwörerisch. Dafür schien der edle Ritter des Landgrafen, Jakob von Traubenheim, genau der Richtige.

Aber nun wollte dieses Bauernbalg – denn das war sie bestimmt mit ihrem unfrisierten Haar und ihrer hässlichen Stupsnase – ihr Jakob ausspannen. Seit Wochen tändelte Katherina mit ihm herum, doch es schien ihn kaltzulassen. Zu Beginn wirkte er interessiert, was ihn allerdings nicht daran hinderte, weiter anderen Weibern nachzusteigen. Was für ein Mann, dachte sie schwärmerisch. Aber diesmal würde sie sich nicht mehr rumbekommen lassen, ohne einer Heirat sicher zu sein. Was Jakob interessierte, waren leicht zu habende Luder, wie diese Anne. Aber auch von ihr würde er wieder ablassen, versicherte sich Katherina.

Selbstzufrieden lächelnd ließ sie sich auf den neben ihrem Schminktisch stehenden Sessel fallen und ein Bein seitlich über die Lehne baumeln. Sie musste einen Plan schmieden, wie sie vorgehen sollte.

»Miezie«, rief sie herrisch, »komm sofort her und ziehe mir diese fürchterlichen Schuhe aus!« Ihre Füße schmerzten von den italienischen Stelzenschuhen. Mit dieser neuesten Mode aus Venedig fühlte man sich wirklich noch schöner, aber diese hohen Absätze stellten die reinste Qual für die Füße dar, besonders beim Tanzen.

Miezie, ihre Dienerin, kam sofort in den Raum geeilt, knickste und fing an, ihr vorsichtig die Stelzenschuhe auszuziehen. Dies ging zwar ganz einfach, doch waren die Füße ihrer Herrin so empfindlich nach einem Tanzabend, dass die kleinste, falsche Bewegung in Schimpftiraden enden konnte.

»Wünscht Ihr noch etwas, Herrin?«, fragte Miezie vorsichtig, nachdem sie es geschafft hatte, die Schuhe ohne Zwischenfall von den Füßen ihrer Herrin abzustreifen.

»Nein, nicht jetzt, ist schon gut«, meinte Katherina und machte eine abfällige Geste mit der Hand, die ihr bedeuten sollte, sich zu entfernen.

Miezie knickste und verschwand wie ein Windhauch aus dem Zimmer.

»Miezie!«, äffte Katherina den Namen nach, als das Mädchen verschwand, verdrehte dabei die Augen und zog die Mundwinkel verächtlich nach unten. »Was für ein bescheuerter Name.«

Ihre Gedanken schweiften wieder zu Jakob. Sie hatte ihn mit diesem Waisenmädchen am Arm den Hof verlassen sehen. Ob er gerade wohl auf ihr lag, fragte sie sich angewidert. Und wennschon, dachte sie dann, denn sie liebte ihn nicht. Er blieb für sie nur ein Mittel zum Zweck, schließlich wollte sie dem Landgrafen seine Nachlässigkeit heimzahlen.

Das Schlimmste aber war, dass sie ihren Fürsten liebte, ja geradezu vergötterte und es ihr Stolz einfach nicht wahrhaben konnte, dass es einen Mann gab, und jetzt sogar mehrere, der ihr nicht zu

Füßen lag. Waren die Herren von Blindheit geschlagen? Oder gar verzaubert? Sie stutzte, denn ihr fiel Philipps Blick ein, den er diesem Mädchen heute zugeworfen hatte und über den der ganze Hof nun witzelte und Wetten abschloss. Wusste Jakob denn nicht, dass er auf *fürstlichem Gebiet* jagte?

Sie nahm sich vor, herauszufinden, was es mit dieser Gans auf sich hatte und warum alle Männer ihr plötzlich nachzusteigen schienen, obwohl sie wahrlich nicht Katherinas Eleganz und Schönheit besaß.

Was sie bei all ihren Plänen nicht bedachte und ihr auch keiner sagen würde, war, dass kein Ritter des Marburger Hofes es jemals wagen würde, eine frühere Geliebte des Grafen auch nur anzufassen und schon gar nicht zu ehelichen.

KAPITEL 4

»Die eingebildeten Übel sind die unheilbarsten.«

Marie von Ebner-Eschenbach

Marburg, 1538

Etliche Kräuter breiteten sich auf dem großen Küchentisch zum Trocknen aus. Es roch stark nach Minze, Salbei und Fenchel. Das kleine Haus bestand aus einem großen Wohnraum mit einem offenen Kamin und einer angrenzenden, durch einen Vorhang abgetrennten Schlafkammer. Die spärlich eingerichtete Stube wirkte sauber und gemütlich mit dem großen langen Küchentisch und den Stühlen. Überall an den Wänden standen mit Flaschen und Gefäßen vollgestopfte Regale. An den Fenstern hingen rot gefärbte Leinengardinen, die zu dem roten Leinentischtuch passten, welches zurzeit zusammengefaltet auf einem Stuhl lag. Im Schlafraum standen ein Bett, eine Truhe und ein kleiner Schemel, der als Nachttisch diente. Der Boden war ausgekehrt und mit frischen Binsen ausgelegt, eine graue Katze rekelte sich auf dem Tisch.

Neslin liebte die Arbeit mit Kräutern und hatte in den vielen Jahren ihrer Tätigkeit eine große Sicherheit beim Zubereiten von Heilmitteln erlangt. Seit Anne zu ihr kam und sie ihr Wissen weitergeben konnte, machte ihr die Arbeit noch mehr Spaß, und wenn diese nicht da war, sprach sie in Gedanken zu ihr, denn so vieles musste sie ihr noch beibringen. Neben den Heilmitteln bereitete sie auch Schönheitsmittel für adelige Damen zu. Diese galten zwar allgemein als Teufelszeug, aber so manche Edeldame konnte ohne die Mittel nicht mehr leben. Auch Neslins Warnhinweise auf eventuelle Nebenwirkungen wie Hautausschläge und sogar Geschwüre wirkten nicht so abschreckend wie der Gedanke, ungeschminkt bei Hofe zu erscheinen.

Vorsichtig schüttete sie Ätzkalk, Arsen-Sulfit, Wasser und Öl in eine Schüssel und verrührte alles in schnellen gleichmäßigen Schlägen zu einer breiartigen Masse. Manchmal hielt sie inne und wischte sich mit dem bis zum Ellbogen aufgekrempelten Hemdsärmel den Schweiß von der Stirn.

Eine weiße Haube hielt ihre dunklen Locken zusammen, und vor dem Körper trug sie eine lange Lederschürze. Diese hatte sie bei der Schneiderin als Zahlung für eine Brandwunden-Behandlung in Auftrag gegeben, denn die oft giftigen oder ätzenden Mittel, mit denen sie zu hantieren pflegte, hatten ihr viele Leinenschürzen zerstört. Ihre Kinnbinde, die sich für alleinstehende Frauen ihres Alters ziemte, legte sie nur bei auswärtigen Besuchen an, damit es kein Getratsche gab.

Den Brei füllte sie nun in winzige Korkfläschchen ab und stellte diese in das dafür vorgesehene Regal. Das Mittel war sehr beliebt zur Stirnhaarentfernung, denn es galt als sehr elegant, bei Hofe eine hohe, haarfreie Stirn zur Schau zu stellen.

Es gab viele andere Rezepturen zur Haarentfernung, die Neslin aber als Scharlatanerie abtat. So gab es Heiler, die aus Hundemilch, zerkochten Blutegeln oder einer Mischung aus Quecksilber und Essig oder sogar zu Pulver verbrannten jungen Tauben eine Enthaarungssalbe anfertigten. Neslin schüttelte bei diesem Gedanken den Kopf und fragte sich, ob nicht das Hirn damit auch gleich herausgebrannt würde.

Oft fragte man sie auch nach Bleiweiß zum Aufhellen der Haut oder nach Tollkirschentropfen, auch *Belladonna* genannt, damit die Edeldamen schönere leuchtende Augen bekamen, um die Männer zu betören. Sie kümmerte sich um solche Anfragen, denn es gehörte zu ihren Aufgaben, doch behandelte sie lieber erkrankte Menschen, half im neuen Hospital oder erstellte Heilmittel.

Zur Desinfektion benutzte sie Wein, Terpentinöl oder antiseptisches Rosenwasser, welches sie selbst aus gepressten Blüten gewann. Schafgarbe und frischer Dill gegen Nasenbluten, Olivenöl, Honig, Myrrhe, Lorbeer und Lavendelöl zur Wundheilung. Bei

Brandwunden verwendete sie Wacholder, ungesalzenes Schweineschmalz sowie ein Ei. Die Zutaten verkochte sie zusammen, damit sie die Bestandteile als Salbe einsetzen konnte. Bei Völlegefühl, Überanstrengung und Herzklopfen verschrieb sie Muskatnuss, Amber und Margeriten. Den Saft der Herbstzeitlosen verwendete sie bei Gichtleiden, und auch den des Fingerhutes setzte sie bei Herzerkrankungen ein. Diese Mittel, wie viele andere auch, mussten mit sehr viel Sorgfalt behandelt und versteckt verwahrt werden, denn sie wusste sehr wohl, dass es sich um äußerst gefährliche Gifte handelte.

»All Ding' sind Gift und nichts ohn' Gift; allein die Dosis macht, dass ein Ding kein Gift ist«, pflegte ihr sehr umstrittener und geliebter Mentor Paracelsus Theophrast zu sagen, der gleichzeitig ihr Idol war. Von ihm hatte sie so ziemlich alles Wissenswerte über Heilkunde erlernt, und seine Methoden und Theorien fanden bei ihr großen Anklang, zumal sie die Wirkungen mit eigenen Augen nachvollziehen konnte.

Es gab Zeiten, da fühlten sie sich einander sehr zugetan. Nicht, dass sich daran etwas geändert hätte, aber das Leben hatte nicht gewollt, dass sie zusammenblieben. Er lebte, so wie sie, ein eher gefährliches Leben, denn er vertrat Theorien, die jahrhundertealte medizinische Methoden infrage stellten und den Ärzten und Apothekern gar nicht recht waren. Insgeheim hoffte sie, ihn wiedersehen zu dürfen, denn sie wusste, dass er in Universitäten im deutschsprachigen Raum oft Vorträge hielt. Da Landgraf Philipp neuen Theorien offen gegenüberzustehen schien, war dieser Wunsch durchaus nicht abwegig, schließlich wurden oft Gelehrte aus allen Ländern und Gegenden an den Marburger Hof geladen.

Sie nahm nun die getrockneten Kräuter vom Tisch, band sie zu kleinen gemischten Sträußen zusammen und hängte sie an die dafür vorgesehenen Nägel an der obersten Kante eines Regals, als es an der Tür klopfte. Neslin schaute von ihren Sträußchen auf. »Ja, herein«, sagte sie nun.

Miezie steckte schüchtern den Kopf durch die Tür.

»Guten Tag, Miezie, komm herein.« Sie mochte dieses Mädchen gerne. Man merkte, dass sie ein liebes Wesen hatte, aber sie blieb sehr verschlossen und zurückhaltend.

»Gnädige Frau, entschuldigen Sie die Störung, meine Herrin verlangt nach einer Salbe für ihre wunden Füße und die üblichen Mittel. Sie sagte, Sie wüssten schon Bescheid …«, sagte Miezie unterwürfig.

»Natürlich, Miezie, warte bitte einen Augenblick, ich hole die Salbe.« Sie war froh, immer alles schon im Voraus vorbereitet zu haben, denn sie mochte nicht, dass man ihr beim Zubereiten zusah. Nicht, dass sie Angst gehabt hätte, man könne ihr ihre Rezepturen stehlen. Aber ihre furchtbare Vergangenheit hatte sie gelehrt, sehr vorsichtig zu sein. Sie vermied jegliche Handlungen, die von anderen Menschen als merkwürdig empfunden werden könnten. So könnte eine Salben schlagende, am Waldrand lebende, einsame Frau durchaus als wunderlich betrachtet werden, darum blieb sie immer auf der Hut. Handlungen, die als Rituale ausgelegt werden könnten, waren gefährlich, denn auch der harmloseste Betrachter konnte zum *Zeugen* werden, ohne sich dessen unbedingt bewusst zu werden.

»Hier, Miezie, diese Salbe soll deine Herrin dreimal täglich auftragen und einwirken lassen. Das ist wichtig, hörst du? Wenn es nicht eindringt in die Haut, verliert es die Wirksamkeit«, mahnte Neslin und steckte ihr auch die anderen von Katherina vorbestellten Schönheitsmittel zu.

»Ja, werte Frau, vielen Dank noch«, stammelte Miezie, knickste und verschwand schnell wieder. Mit Sicherheit würde sie sich jetzt draußen dreimal bekreuzigen, um eventuelle böse Geister, die ihr von Neslins Haus aus gefolgt sein könnten, abzuschütteln, dachte Neslin resigniert. Sie merkte, dass es Miezie nicht anders ging als vielen anderen, denen es in ihrer Gegenwart auch immer mulmig zumute wurde.

Sie stieß einen tiefen Seufzer aus. Neslin wusste, dass sie immer einsam bleiben würde. Kein Mann wollte eine Kräuterfrau, Heilerin und Hebamme zur Gefährtin haben. Zum einen, um seinen eigenen Ruf zu schützen, zum anderen, da ihm eine Gift mischende Frau zu unheimlich wäre. Sie könnte ihn ja verhexen oder gar vergiften, wenn sie ihn leid würde … Ja, genau das war es. Manchmal wurde sie sehr traurig. Dann setzte sie sich einen Moment an ihren Lieblingsplatz, auf die hohe, zum Sitzplatz ausgebaute Einbuchtung am Fenster, schlang die Arme um ihre Beine, schaute betrübt hinaus und sann über ihr Leben nach, über ihre Kindheit, ihre Eltern und ihren schon immer schwierigen Weg.

Warum konnten die Dinge nicht anders sein? Warum mussten Menschen wie sie, obwohl sie anderen halfen, sich aufopferten und Leben retteten, trotzdem immer wie Aussätzige behandelt werden? Heute war man beliebt, rettete jemanden, einem wurde auf Knien gedankt, und morgen wurde man schon nicht mehr in die Stube eingeladen. Der Kontakt ging nie über die Behandlungen und ein wenig Geplänkel auf dem Markt hinaus. Man brachte ihre Kinder auf die Welt, hielt Hände in Leidensstunden, brachte Linderung bei Schmerzen und schloss die Augen über kärgliche oder ganz ausbleibende Bezahlung, aber man hatte keine Freunde, erhielt keine Herzlichkeit. Die Menschen wollten sie nicht böse stimmen, man wusste ja nie, aber man wollte sie auch nicht bei sich haben, was würden die Nachbarn dazu sagen? Ähnlich wie mit Henkersfamilien wollte kein Mensch mehr als nötig mit ihr zu tun haben. Der Unterschied war, dass die Henker sich zumindest untereinander heiraten konnten, dachte sie in solchen Momenten wehmütig.

Dann kochte sie sich einen Pfefferminztee, trank ihn, noch heiß, in kleinen Schlucken, mal pustend, mal schluckend, und beobachtete den Dampf auf der Fensterscheibe. Ihr Anflug von Schwermut ging aber immer schnell wieder vorüber, sie konnte die Dinge ja doch nicht ändern, und ihre Arbeit war ihr heilig. Was sollte sie mit einem Mann auch anfangen? Sie hätte keine Zeit, sich um ihn zu kümmern, ihn zu bekochen, ihm die Wäsche zu waschen und sonst für ihn bereit zu sein. Welcher Mann, wenn er sie trotz ihres Makels als Heilerin haben wollte, könnte schon mit einer Frau leben, die zu jeder Tages- und Nachtzeit zu Kranken gerufen wurde? Dieser Gedanke beruhigte sie dann, denn sie sah ein, so schön die Gedanken an liebkosende Männerarme und einen Gesprächspartner auch sein mochten, dass sie alleine bleiben musste. Sie konnte ihr Leben keinem Mann zumuten – und einen Mann nicht ihrem Leben.

Deswegen blieb Anne für sie der einzige Mensch, der sie nie abstieß, sie nie beurteilte oder gar Angst vor ihr hatte. Annes Gegenwart wirkte erfrischend, und Neslin freute sich schon auf ihr nächstes Wiedersehen. Sie wusste, dass Anne sich heimlich zu ihr stahl und dass ihre Freundschaft nicht ewig dauern konnte. Irgendwann würde Anne heiraten müssen oder wollen oder sogar weggeschickt werden. Aber darüber wollte sie jetzt nicht nachdenken. Sie wollte es genießen, eine Freundin zu haben, mochte ihr, soviel es ging, beibringen, auch wenn sie wusste, dass diese Ausbildung geheim bleiben musste, um Anne nicht zu einem einsamen und gefährlichen Leben zu verdammen.

Sie machte sich wieder an das Zusammenfügen der Kräuter, als es erneut an der Tür klopfte.

»Werte Dame, werte Dame«, schrie ein kleiner Junge aufgeregt und nach Luft schnappend, denn er musste den ganzen Weg gerannt sein, »die Müllerin bekommt ihr Kind.«

»Jetzt schon? Herrje, sie ist doch erst im achten Monat!«, stieß Neslin betroffen aus, schnappte sich sofort ihre Tasche, ein paar Kräuter, legte ihre Kinnbinde an und folgte rasch dem Jungen. In solchen Fällen durfte sie keine Minute verlieren, auch wenn die Chancen bei einer Acht-Monats-Geburt von vornherein schlecht standen, außer es handelte sich um eine *falsche* Frühgeburt. Eine solche musste sehr diskret behandelt werden, sonst konnte die Mutter große Schwierigkeiten bekommen, zum Beispiel wenn ihr Ehemann neun Monate zuvor auf Reisen war …

Doch ihre Ängste und Zweifel schob Neslin von sich, und die Leidenschaft zu ihrem Beruf gewann die Oberhand.

* * *

Anne rekelte sich in ihrem Bett und schlug die Augen auf. Es war helllichter Tag, und das ganze Haus schien schon in vollem Gange. Sie dachte sofort an den vorigen Abend und an ihre heutige Verabredung und streckte sich wohlig. Schnell schlüpfte sie aus dem Bettkasten, wusch sich ihr Gesicht und die Hände in der Wasserschüssel und zog sich an. Sie wählte ein einfaches Gewand, denn zum Reiten durfte sie nicht zu fein sein. Außerdem sollte sich der aufgeplusterte Herr Ritter bloß nichts einbilden. Sie kicherte. Das gelbe Mieder zog sie trotzdem eng zusammen, sodass ihre Brüste ein wenig zur Geltung kamen. Eine weiße, tief ausgeschnittene Bluse mit Rüschchenbesatz und ein dazu passender weißer Rock vervollständigten ihre Aufmachung. Sie vergaß natürlich nicht, auch ihre Unterwäsche mit den Binden für die Blutung anzulegen.

Sie schaute ihren schönen Körper in dem von ihrem Onkel aus Venedig mitgebrachten Spiegel prüfend an. Er war nicht sehr groß, aber je nachdem, wie man sich stellte, konnte man den ganzen Körper betrachten. Wie es wohl sein musste, von einem Mann liebkost zu werden, geküsst und … Sie schauderte vor Wonne. Ja, sie war nun 17 Jahre alt und hatte Lust zu erfahren, wie sich das Zusammensein mit einem Mann anfühlte. Alle sprachen ständig darüber, und das Verhalten der Menschen auf Festen bedeutete ihr, dass das Liebesspiel durchaus angenehm sein musste. Man könnte sogar meinen, alles drehe sich nur darum. Wie sollte es auch unangenehm sein, wenn jeder es wieder und wieder tat? Es musste ein Geheimnis geben, und dieses wollte sie nun endlich lüften.

In Gedanken versunken, bürstete sie ihre widerspenstigen Locken, flocht sie zu einem seitlich nach vorne fallenden, dicken Zopf und band ihn mit einem zum Mieder passenden, gelben Seidenband zusammen. Nur durfte ihr Onkel nichts davon erfahren, denn er würde über ihr Verhalten sehr enttäuscht sein und sie vielleicht sogar verstoßen oder in ein süddeutsches katholisches Kloster schicken. Anne verzog das Gesicht, sodass sich ihre Nase kräuselte.

Als sie mit dem Ankleiden und Frisieren fertig war, setzte sie eine kleine, gelbe Kappe mit Federschmuck schief auf ihr Haar und ging nach unten. Liese betätigte sich wie immer fleißig in der Küche und klapperte mit Messingbehältern, Töpfen und Pfannen, und es hing ein leckerer Brathühnchengeruch in der Luft. Anne schnappte sich eine Scheibe Honigbrot und wollte gerade aus der Küche rennen, als Liese sie am Arm festhielt.

»Hiergeblieben, Fräulein. Dein Onkel will unbedingt mit dir reden.«

Anne kam zurück in die Küche, stopfte sich, sehr undamenhaft, ein zweites Honigbrot in den Mund und ging kauend zum Arbeitszimmer ihres Onkels. Die Tür war geschlossen. Und das hieß, was es hieß. Sie grinste und verschwand, von Liese unbeachtet, durch die Vordertür. Sie rannte über die Wiesen und durch den kleinen Wald. Die Vögel zwitscherten, die Luft fühlte sich angenehm warm an, und es roch nach Heu und Blumen. Nur wenige Wölkchen hingen am Himmel.

Sie dachte an Neslin, bald würde sie wieder zu ihr gehen und mit ihr Kräuter suchen. Vielleicht würde sie sich ihr anvertrauen. Anne rannte weiter bis zu der Lichtung, auf der Jakob bereits wartend im Gras lag, den Kopf an eine riesige, jahrhundertealte Eiche gelehnt, die Kappe über sein Gesicht gezogen und lässig auf einem Grashalm kauend.

Seine bunte Kleidung wirkte herausgeputzt. Eine besonders betonte Schamkapsel zierte seine eng anliegenden Beinlinge. Anne kam atemlos zum Stehen und versuchte, wieder zu Luft zu kommen. Da schob er die Kappe hoch, sah sie grinsend an, erhob sich geschickt mit einem Sprung, indem er sich auf eine Hand abstützte, und kam lässig schlendernd auf sie zu. »Na, Liebste, du hast mich warten lassen.« Er küsste sie auf den Mund.

Sie erwiderte den Kuss. »Wo sind die Pferde?«, fragte sie, immer noch ein wenig nach Luft ringend, wobei sich ihr Brustkorb aufreizend im engen Mieder hoch und runter bewegte.

»Die lieben Gäule wollten nicht kommen, dabei habe ich ihnen von dir berichtet …«, witzelte Jakob nun.

Anne lächelte. Sie mochte seinen Frohsinn.

»Ich habe ihnen gesagt, dass ich ihnen eine wunderschöne Maid vorstellen werde, die so lieblich wie eine Blume auf einer Wiese ist«, spann er weiter.

»Und«, fragte Anne, auf seinen Spaß eingehend, »warum wollten diese unerhörten Gäule nicht kommen?«

»Sie mögen ihr Heu wohl lieber …«, endete Jakob gespielt ernst, und beide prusteten los.

»Nein, wertes Fräulein Anne. Spaß beiseite. Die Pferde sind heute nicht zu haben. Sie werden für die Kampfübungen vorbereitet.« Er nahm sie bei der Hand und führte sie zu einem von Büschen abgeschirmten Platz am Waldrand. Er streifte sein Wams ab und breitete es wie eine Decke auf dem hubbeligen Waldboden aus. »Setz dich, wertes Fräuleinchen«, forderte er sie höflich auf.

Sie gehorchte.

»Nun musst du mit mir vorliebnehmen, ohne Pferde, ist das recht so?«, fragte er gespielt zerknirscht.

Sie musste wieder lachen. In seiner Gegenwart fühlte sie sich etwas befangen und wusste nicht, was sie sagen sollte. Das erübrigte sich aber ohnehin, denn er fing sofort an, sie wieder zu küssen. Sie genoss diese Aufmerksamkeit, und ihr anfängliches Kribbeln wurde von einer aufgeregten inneren Erwartung abgelöst.

»Du machst mich völlig verrückt«, meinte er zwischen zwei Küssen atemlos. Doch als er anfing, an ihrem Mieder herumzufummeln, schrak sie zurück.

Er schaute sie schmollend an. »He, Anne, meine schöne Blume, wir machen nichts Schlimmes. Ich will dir nur Freude bereiten, dir zeigen, was Männer und Frauen tun, wenn sie sich zueinander hingezogen fühlen. Willst du das?«

»Ja«, sagte sie leise und nickte.

Er machte weiter, bis das Mieder offen herunterhing. Er zerrte am weißen Unterhemd und nahm ihre Brüste in die Hände und knetete zuerst vorsichtig, dann immer heftiger. Dabei küsste er sie immer wilder. Er erzitterte.

Seine Berührungen gefielen ihr, und vor allem mochte sie den Gedanken, endlich zu wissen, wie es sich anfühlte. Es war angenehm, und sie spürte ein heißes Verlangen in sich aufsteigen, gemischt mit Angst.

Jakob fing an zu stöhnen und sich fordernd gegen sie zu drücken. Er öffnete seinen Lendenschurz, nahm ihre Hand und steckte sie hinein.

Anne erschrak heftig, als sie dieses heiße, große, harte Ding spürte.

Er führte ihre Hand immer schneller, die nun sein Glied rieb. Er wollte ihr erregt unter den Rock greifen und stieß grob ihre Beine auseinander. Das brach plötzlich den Bann, und sie machte sich keuchend von ihm los.

»Ich kann nicht«, stieß sie hervor. Es klang fast weinerlich.

»Nun hab dich nicht so«, sagte er brüsk und riss sie wieder an sich, küsste sie nun sehr grob und steckte seine Hand wieder brutal zwischen ihre Beine, wobei die andere ihre rechte Brust so stark zusammendrückte, dass es schmerzte.

* * *

Er schrubbte und scheuerte, aber die Flecken auf der Rüstung wollten nicht weichen.

Hans wischte sich den Schweiß von der Stirn und hielt einen Moment inne. Er, Jakob von Traubenheims Knappe, hatte sich um dessen Angelegenheiten zu kümmern. Tag und Nacht musste er seinem Herrn zur Verfügung stehen, das Rittertum lernen, üben und kämpfen. Das Kämpfen lag ihm überhaupt nicht, nein, Hans hasste es, auf andere loszugehen. Als Jakob an diesem Morgen davonging, übel gelaunt wie immer, hatte dieser ihm aufgetragen, seine Rüstung zu scheuern, bis sie blank sei. Ob Jakob wusste, dass er Unmögliches verlangte und ihn mal wieder nur piesacken wollte?

Er war Knappe geworden, weil sein Vater sich seine Zukunft so gewünscht hatte. Hans hatte er dabei nicht nach seiner Meinung gefragt. Er empfand dieses Los als besonderes Pech, vor allem, dabei an Jakob geraten zu sein, denn für ihn war dieser aufgeblasene Ritter der Inbegriff von Dummheit und Boshaftigkeit.

Er nahm seine Arbeit wieder auf und ließ den Lappen nun gedankenverloren über die Rüstung gleiten, wohl wissend, dass es so oder so keine Lösung gab, um diese sauber zu bekommen.

Er hätte lieber ein Leben als Bauer oder Handwerker gehabt, aber das Gehöft der Familie würde sein älterer Bruder übernehmen, und einen Handwerker als Sohn kam für den Vater als Großgrundbesitzer nicht infrage. Ein Ritter musste er werden, um der Familie Ehre zu machen. Dass er so viel zum Ritter taugte wie ein Ochse zum Spinnen, schien seinen Vater wenig zu stören. Im Gegenteil, sein Vater meinte, er würde dadurch endlich zu einem *richtigen Mann* werden und nicht so ein *Weichling* bleiben.

Das Landleben fehlte ihm, die harte Landarbeit auch. Denn auch wenn er zum Kämpfen zu schwach schien, so ging ihm die schwere Arbeit auf den Feldern gut von der Hand. Diese Tatsache machte ihm klar, dass er kein Schwächling war, wie Jakob ihn zu nennen pflegte, sondern einfach nicht das Gemüt und die Einstellung eines Kämpfers besaß. Anderen den Kopf ein- oder gar abzuschlagen, fand er wenig erquickend. Einen Ochsen anzutreiben, um das Feld zu bestellen, sich um Tiere und Hof zu kümmern, das empfand er als seine wahre Bestimmung.

Sein Bruder hingegen, ein brutaler, hirnloser Dummkopf, hasste das Bauerndasein. Er war zum Kämpfen mehr geeignet und hätte wunderbar zu Jakob gepasst, frotzelte Hans in sich hinein. Warum sah das sein Vater nicht ein? Er brüllte seinen Bruder täglich an, da er sich bei der Ernte *zu dumm* anstellte und nicht mit dem Vieh umgehen konnte. Aber er blieb unerreichbar für jegliche Argumente. Die Tradition wollte, dass der Erstgeborene den Hof übernahm und nicht der jüngste Sohn.

Manchmal hing Hans Tagträumen nach, bei denen sein Vater von Gott dem Herrn zu sich gerufen wurde und sein Bruder ihn zurück auf den Hof holte. Er bekreuzigte sich sofort artig für diesen ungeheuerlichen Gedanken und schaute sich verängstigt um. Doch dann würde er heiraten können und vielleicht sogar ein kleines Stück Land von seinem Bruder pachten. Andererseits, hätte er den Dienst bei Jakob nicht begonnen, wäre *sie* ihm nie begegnet. Er lächelte verträumt vor sich hin.

Sie war noch sehr jung und schüchtern, so wie er. Aber er mochte sie sehr und wusste, dass es ihr ähnlich erging. Das sah er in ihren Augen. Sie arbeitete als Magd für Katherina, der Gesellschafterin von Fürstin Christine. Er seufzte und schleuderte das nicht sauber zu bekommende Teil der Rüstung in die Ecke, sodass es laut schepperte. Hühner liefen aufgeschreckt gackernd davon. Miezie hieß sie. Das wusste er, denn wann immer Katherina sie brauchte, schrie sie ihren Namen über den ganzen Hof.

Einmal hatte er mit den Augen gerollt, als er das hörte, und Miezie, die gerade dabei war, Wasser vom Brunnen zu holen, hatte mit vorgehaltener Hand schüchtern gekichert. Ihm war dabei ganz warm ums Herz geworden, denn er hatte sie zum Lachen gebracht, er, der schüchterne Hans. Aber weiter als zu versteckten Blicken, hier und da einem Lächeln oder Gruß brachte er es bisher noch nicht. Nicht, dass ihm die Lust dazu fehlte, aber Hans wurde in ihrer Gegenwart fast krankhaft schüchtern und rot, sodass er Angst hatte, sie könne ihn dumm oder nicht männlich genug finden. Er wusste auch nicht, was er bei solch einer Gelegenheit sagen könnte. Außerdem wollte er sich nicht den Späßen der anderen Knechte und Knappen preisgeben, wenn die erst einmal herausgefunden hatten, dass er Gefühle für Miezie hegte. So versuchte er, seine Intentionen, wenn man das überhaupt so nennen konnte, so diskret wie möglich zu halten, jedoch nicht zu sehr, damit Miezie nicht meinte, er würde sie nicht mögen.

Die Tatsache, dass die Herren Ritter es sich nicht nehmen ließen, sich die eine oder andere Magd als Spielzeug ins Bett zu holen, um sie dann, oft geschwängert oder zumindest mit Schande bedeckt und als *verlorene Mädchen* geltend, wieder fallen zu lassen, ängstigte ihn.

Er rechnete: Miezie schien gerade mal zwölf Jahre alt zu sein. Meistens wurden sie erst ab 13 oder 14 Jahren belästigt. Er hatte also noch ein wenig Zeit, seinen Schweinehund zu überwinden und beim Grafen um ihre Hand anzuhalten. Allerdings wäre es besser, erst mal die Ritterehre zu bekommen, was für ihn noch in weiter Ferne lag. Nach Jakobs ewigen Vorwürfen zu urteilen, stand es für Hans als Ritter nicht besonders gut. Sollte er mit Miezie durchbrennen? Und dann?

Er ging langsam und in Gedanken versunken ins Innengebäude. Die Lage schien sehr verzwickt. Er stieg die Treppe zu Jakobs Gemächern über dem Marstall hinauf, nahm einen in der Ecke der Kammer stehenden Besen und fegte die Unterkunft lustlos aus. Dann legte er sich, mit unter dem Kopf verschränkten Armen, die Rückkehr seines Herrn abwartend, auf die Bettstatt, starrte noch lange an die bröckelige Wand und schlief ein.

* * *

Anne versuchte, sich loszureißen, aber Jakob hielt sie fest umklammert.

»Was denn, Mädchen, gefallen dir meine Küsse nicht mehr?«, keuchte er ihr ins Ohr. Sie schüttelte den Kopf.

»Ach was, komm, du wirst sehen, es wird noch viel besser werden.«

Anne versuchte erneut, sich frei zu machen, aber er hielt sie nur noch fester und steckte ihr seine Zunge tief in den Mund. Sie hatte das Gefühl, sich gleich übergeben zu müssen.

»Bitte, Jakob, nur einen Moment ...« Gequält hielt er inne und schaute sie fragend an.

Dieses Überraschungsmoment nutzend, strampelte sie sich los, stand auf und rannte davon.

Jakob schnappte nach ihrem Fuß, aber diesmal konnte sie ihm entwischen.

»Hey, warte, Anne, ich höre schon auf.«

Doch Anne war schon zu weit weg. Sie rannte und rannte. Kurz vor der Stadt hielt sie hinter einem Busch an, denn sie wurde sich ihrer Aufmachung bewusst. Hastig knöpfte sie das Mieder zu, zog die Bluse glatt und steckte sie in den Rock, klopfte sich Grashalme ab und ordnete hastig ihre Haare, die zum Teil aus dem Zopf rutschten. Anne zitterte am ganzen Körper und hatte weiche Knie. Angstvoll blickte sie sich um, aber Jakob schien sie nicht zu verfolgen. Ihr Brustkorb hob und senkte sich heftig, doch sie wollte gleich weiter, die Gefahr, von ihm eingeholt zu werden, blieb zu groß. Bittere Enttäuschung stieg in ihr auf. Sie spürte einen riesigen Kloß im Hals. Seine Grobheit schockierte sie, und sie konnte sich nicht vorstellen, dass andere Mädchen das mögen konnten. Oder war sie anders? War sie nicht normal? Oder gar frigide, so wie man von manchen, zu lange vernachlässigten Jungfrauen sprach? Tränen der Wut und der Enttäuschung liefen ihr übers Gesicht. Wie konnte man so etwas mögen? Sie war entsetzt.

Im Haus angelangt, rannte sie die Stufen hoch, stürzte in ihr Gemach, verriegelte ihre Tür hastig und ließ sich schluchzend auf ihr Bett fallen. So lag sie eine Weile da, bis die Schluchzer verebbten. Niemals würde sie heiraten. Niemals. Das schwor sie sich.

* * *

Jakob war außer sich, denn noch nie hatte es ein Weib gewagt, ihn mit seiner Lust unbefriedigt sitzen zu lassen. Wütend ging er zurück zum Schloss. Durch die offen stehenden Fenster der unteren Hofstuben war lautes Getöse zu vernehmen. Der Waldecker Saal wurde zum Nachmittagsmahl hergerichtet, und Mägde und Knechte liefen geschäftig durcheinander. Im Schlossinnenhof standen Grüppchen von Edeldamen zusammen und warteten schwätzend darauf, von dem Gong zu Tische gerufen zu werden. Ihre bunten Kleider aus Samt und Seide strahlten um die Wette. Eine der Damen, weißer geschminkt als die anderen, vermochte mit ihren hohen Stelzenschuhen kaum auf den Pflastersteinen zu laufen.

Es war Katherina, die sich bei seinem Anblick von den anderen Damen löste und auf ihn zustelzte, wobei sie sich ein paarmal fast die Haxen verbog. Die Höflichkeit verbot es ihm, sie zu ignorieren, obwohl er wirklich keine Lust hatte, mit ihr zu reden, denn er fühlte sich noch zu aufgewühlt und vor allem erregt. Zudem mochte er sie nicht besonders. Trotz ihrer Schönheit empfand er keine Anziehung. Bei näherem Hinsehen hatte sie merkwürdige Glupschaugen und stank nach Bleiweiß und Parfüm. Ihm waren rassige, natürliche Frauen, die nach Schweiß, Arbeit und wilder Lust rochen, lieber.

»Jakob«, sagte diese nun herzlich, »wie schön, Sie zu sehen.« Sie deutete einen leichten Knicks an, ließ dabei ihren eleganten Fächer aufspringen, und er verbeugte sich vor ihr.

»Eh, ja, ganz meinerseits, wertes Edelfräulein. Ist es nicht ein wunderschöner Tag heute?«, trällerte er gespielt fröhlich, obwohl er innerlich kochte, denn er wollte nur seine Ruhe haben und nachdenken.

»Ja, durchaus. Ein schöner Tag für Spaziergänge, was meinen Sie, Herr Ritter?«, sagte Katherina nun zwinkernd, was einer unverkennbaren Aufforderung nahekam.

»Leider hat unsereins zu viel zu tun, wertes Fräulein, als dass er sich mit Spaziergängen befassen könnte, Gott zum Gruße«, konterte er in der Hoffnung, sie würde ihn nun gehen lassen. Um ihr die Gelegenheit einer Gegenantwort zu nehmen, verbeugte er sich nun schnell noch einmal zum Abschied und eilte über den Hof in Richtung Stallgebäude.

Er atmete erleichtert auf. Was wollte die nur von ihm? Wusste sie nicht, dass sie als abgelegtes *Wild* vom Fürsten jeden Reiz für andere Männer verloren hatte? Er schüttelte wütend den Kopf und schnaubte. Ein Pferd antwortete ihm.

Er schien alleine zu sein, die Stallknechte befanden sich um diese Zeit in der Küche, um sich zu verköstigen. Er setzte sich in einer Ecke ins Heu und grübelte darüber nach, was er nun tun konnte. Ihm war mulmig zumute, denn er war noch nie abgewiesen worden und hatte auch noch nie so etwas für ein Weib empfunden. Wut kochte wieder in ihm hoch. Was bildete sich diese Anne nur ein?

Vom Hof ertönte der Gong zum Nachmittagsmahl. Er hatte keinen Hunger. Als Ritter und Doktor der Rechte diente er dem Landgrafen Philipp von Hessen schon seit Jahrzehnten als Soldat, Ratgeber und Gesandter und genoss dessen Anerkennung und Wohlwollen. Er hatte viele Kämpfe für den Grafen durchgestanden, hatte Ehre und Glorie bei den Bauernkriegen und besonders während der Schlacht bei Frankenhausen davongetragen. Er genoss Philipps volles Vertrauen, der ihm die heikelsten Botengänge und Schutzaufträge erteilte.

So war ihm die Ehre zuteilgeworden, den Züricher Reformator Ulrich Zwingli mit einem Trupp hessischer Reiter von Meisenheim nach Marburg zu eskortieren, damit Zwingli dort auf Einladung Philipps mit Martin Luther im Marburger Religionsgespräch disputieren konnte. Er genoss solche Aufträge, denn es verschaffte ihm Bedeutung, sein Ruhm stieg an, und er wurde unantastbar. Außerdem mochte er die Reisen, auf denen es immer viele frische Weiber zu vögeln gab. Diese Gedanken führten ihn nun wieder zur Gegenwart und zu Anne. Er würde Mittel und Wege finden, sie hörig zu machen, das schwor er sich und machte sich zu den Hofstuben auf.

* * *

Der Gong zum Essen ertönte im Haus, und Anne machte sich noch mal schnell frisch. Sie schämte sich. Sie war tatsächlich bereit gewesen, ihre Unschuld an so einen Grobian zu verlieren. Nun kam sie sich albern und dumm vor. »Da lernt man Lesen und Schreiben und andere Sprachen zu sprechen und bleibt trotzdem eine dumme Gans«, sagte sie laut zu ihrem Spiegelbild. Der Gong ertönte erneut.

Sie lief aus dem Zimmer und die Steintreppe hinunter, alle saßen schon am Tisch. Liese schaute sie wie immer vorwurfsvoll an, und ihr Onkel zwinkerte ihr wohlwollend zu.

»War Anne heute Morgen bei Ihnen?«, fragte Liese scheinheilig.

»Ich bin hingegangen, aber die Tür war verschlossen«, verteidigte sich Anne trotzig.

»Liest du denn noch manchmal, Anne, um in Übung zu bleiben?«, fragte ihr Onkel, um vom Thema abzulenken, und streichelte ihre Wange.

»Ja, Onkel«, log sie.

»Gut so. Nach dem Essen kommst du bitte unbedingt zu mir, auch wenn die Tür verschlossen ist.« Es handelte sich weder um eine Bitte noch um eine Frage.

»Ja, Onkel«, antwortete Anne kleinlaut.

Zufrieden setzte Liese sich zu ihnen und kostete ihren kleinen Sieg triumphierend aus. Sie gaben sich alle, auch mit den anwesenden Knechten, die Hände und wünschten sich im Chor ein frohes Mittagsmahl. Aber Anne schmeckte es nicht, die Enttäuschung steckte ihr noch zu sehr in den Knochen.

Nach dem Essen half sie Liese in der Küche beim Abwasch. Gerne drückte sie sich davor, aber heute wagte sie es nicht. Danach lief sie zu ihrem Onkel. Sie klopfte an die halb offen stehende Tür des Büros und wartete. Jeronimus hob den Kopf und bat sie einzutreten, die Tür zu schließen und Platz zu nehmen.

Überfüllte Bücherregale reichten bis an die hohen Decken des Raumes. Hier und da stand oder hing ein fremdländischer Gegenstand: eine venezianische Maske, eine maurische Feldflasche und sogar ein Kamelsattel. Diese Mischung gab dem Raum eine exotische Atmosphäre, in der Anne sich sehr wohlfühlte. Seit langer Zeit versprach ihr der Onkel, sie auf Reisen mitzunehmen, und sie hoffte inständig, dass es nun so weit war. Eine riesige Sanduhr und ein Globus schmückten seinen ominösen Bürotisch.

Erwartungsvoll schaute sie ihren Onkel an. Er machte noch eine letzte Eintragung in ein Geschäftsbuch, klappte dieses dann zu und steckte die Feder in den dafür vorgesehenen Halter. Er räusperte sich und lehnte sich in seinem Sessel zurück.

»Meine liebe Anne«, begann er, »ich habe eine außerordentlich erfreuliche Nachricht für dich.«

Sie sah ihn begeistert und neugierig an, sagte aber nichts.

»Wie du ja weißt, hatte ich gestern eine Unterredung mit dem Fürsten persönlich …«

»Ja, Onkel«, sagte sie schlicht, aber gespannt auf das, was da kommen mochte.

»Er ist sehr von dir angetan. Er sehnt sich nach weiblicher, gebildeter Gesellschaft«, fuhr er fort. Als er sah, wie Anne ihre Stirn runzelte, was sie schon als kleines Mädchen tat, wenn ihr etwas nicht recht war oder wenn sie sich kurz vor einem Wutausbruch befand, redete er schnell weiter. »Verstehe dies bitte nicht falsch, Anne. Er gab mir sein Wort als Edelmann, dass dir nichts Unrechtes geschehen wird und dass seine Absichten völlig ehrenhaft sind.«

»Gibt es Männer mit ehrenhaften Absichten?«, rutschte es ihr heraus, doch sie bereute sofort ihren Ausbruch.

Ihr Onkel sah sie fragend und ernst an. »Mein Kind, hast du Sorgen? Willst du mir etwas anvertrauen? Hat sich dir gegenüber jemand falsch verhalten oder unziemlich genähert?«

Sie merkte, wie der Onkel sich da hineinsteigerte und sie mit einem durchdringenden Blick, der sie erröten ließ, musterte. »Nein, nicht, beruhige dich, Onkel. Ich sagte das nur so dahin. Ich sehe nur so oft, wie sich die *edlen* Herren auf den Festen benehmen, und ziehe daraus vielleicht voreilige Schlüsse. Was möchte der Fürst denn von mir?«, versuchte sie nun, ihren Onkel abzulenken, der sich nun wieder etwas beruhigter zurücklehnte.

»Er möchte, dass du für ihn so eine Art Gesellschafterin wirst. Du sollst ihm vor allem vorlesen. Er kann zwar selbst lesen, aber nach anstrengenden Tagen sind seine Augen oft zu müde«, ergänzte er.

»Soll ich etwa abends bei ihm sein?«, fragte sie erstaunt.

»Du sollst den ganzen Tag auf dem Schloss zu seiner Verfügung stehen und ab und zu auch mal abends. Ich habe dem zugestimmt, denn es wird dich, *petit à petit,* an das Hofleben gewöhnen, schließlich sollst du mal eine gute Partie machen, mein Täubchen. Du bekommst dein eigenes Gemach, eine dir zugeteilte Dienerin und Kleider, soviel du möchtest. Alles, was er von dir wünscht, ist deine Gesellschaft. Ich bin davon überzeugt, dass du dieser Aufgabe gewachsen bist und unserem Haus Ehre machen wirst. Abends kannst du dann heimkehren«, schloss er.

»Und meine Reise mit dir?«, fragte sie traurig.

Er lachte. »Ist das alles, was dich bedrückt?« Er stand auf und kam um den Schreibtisch herum. »Ein Versprechen ist ein Versprechen. So nehme ich dich nächste Woche nach Köln auf den Jahrmarkt mit. Da muss der Herr Landgraf sich eben noch ein wenig gedulden«, meinte er nun zwinkernd, wodurch sein Schnurrbart wackelte. »Allerdings sollst du vorher schon mal anfangen, zu ihm zu gehen«, setzte er hinzu.

Anne sprang begeistert auf. »Danke, Onkel, danke.« Sie warf sich ihm um den Hals und drückte ihn fest.

»So, nun mach dich rasch fertig, dann werden wir beim Grafen vorstellig.«

Anne rauschte aus dem Büro, raffte ihre Röcke zusammen und rannte, zwei Stufen auf einmal nehmend, die Treppe hoch. Im Zimmer angelangt, suchte sie sich ihr schönstes Tagesüberkleid aus blauer Seide heraus. Wenn sie dem Landgrafen nur vorlesen sollte, sollte es ihr recht sein. Zu einem Leben auf dem Hof hatte sie eigentlich keine Lust, aber sie stellte sich vor, dass der Fürst sowieso nicht so viel Zeit hatte, um sich vorlesen zu lassen. So würde es vielleicht gar nicht so schlimm werden, und gleichzeitig konnte sie so der Hausarbeit bei Liese entkommen. Sie frohlockte. Endlich würde sie die ersehnte Reise unternehmen. So lange hatte sie darauf warten müssen, und jetzt war es schließlich so weit. Nichts konnte sie in diesem Moment glücklicher machen. Welches junge

Mädchen konnte schon von sich behaupten, auf Reisen gegangen zu sein? Sie fühlte sich privilegiert, und ihr wurde auf einmal die Ehre bewusst, von dem Landgrafen geschätzt, ja sogar als Gesellschafterin zu ihm bestellt zu werden. Es hieß, dass sich der Fürst viele Frauen ins Bett holte und sie dann nach ein paar Wochen wieder abschob. So ganz verübeln konnte sie es ihm nicht, wenn sie an seine Frau dachte. Anne musste kichern und schämte sich gleich dafür. Die arme Frau, dachte sie nun, es musste hart sein, von dem eigenen Mann nicht beachtet und von allen Höflingen verhöhnt zu werden. Hoffentlich steht sie mir nicht feindselig gegenüber. Aber darüber wollte sie jetzt erst mal nicht nachdenken.

KAPITEL 5

»Solange man die Dinge begehrt, besitzt man sie nicht.
Wenn man sie hat, liebt man sie, aber die Begierde fällt weg.«

Meister Eckhart (1260–1327)

Marburg, 1538

Nach dem Mittagsmahl zog sich Jakob in den botanischen Schlossgarten zurück. Normalerweise entsprach das Nichtstun so gar nicht seiner Art, aber er fühlte sich nicht wohl an diesem Tag. Man hätte meinen können, die Kraft wäre aus seinen Gliedern geschwunden. Jakob, noch immer verbittert, hatte den Vorfall mit Anne eigentlich nicht gewollt. Er wollte ehrlich um sie werben, hatte aber die Beherrschung verloren. Obwohl er es sanft angehen wollte, hatte er völlig den Verstand verloren, sobald er ihre vollen Brüste in seinen Händen spürte und merkte, wie bereitwillig sie alles geschehen ließ. In diesem Moment hatte er sie nur noch haben, sich in ihr befriedigen wollen. Und nun stand er da, sie war einfach weggerannt, diese Hure. »Pah!« Er spuckte aus.

Hin- und hergerissen zwischen rasender Wut und dem sehnlichen Wunsch, sie zu besitzen, fragte er sich, ob er sie ehelichen sollte? Er lachte und legte sich im Gras zurück. Die Idee fing an, in ihm zu reifen. Ihr Onkel würde mit Sicherheit nicht ablehnen, und der Fürst würde ihm nichts verweigern.

Anne würde nicht gefragt werden. Mit 17 wurde es ohnehin Zeit, sie zu verheiraten, das musste ihr Vormund ja wohl einsehen. Und dann, wenn sie erst einmal seine Frau war, konnte er sie so oft haben, wie er wollte. Und er wollte! Er würde sie morgens, mittags und abends nehmen wie eine Hure, und sie müsste ihm gefügig sein, ob es ihr nun passte oder nicht. Der Gedanke erregte ihn. Dann würde er sich auch endlich wieder um wichtigere Dinge kümmern können, denn er hatte das Gefühl, dass er derzeit nur noch an sie denken konnte. Alles drehte sich einzig und allein um *sie*, und das pumpte ihm die Kraft aus dem Körper. Er fühlte sich wie erlahmt, ausgelaugt, ohne wirkliche Lust. Ja, er war verliebt, aber vor allem gekränkt.

Die Lust, ihr diese Abfuhr heimzuzahlen, überwog alle anderen Empfindungen. Wie konnte sie es wagen, einen Ritter zu verschmähen? Sie sollte sich bloß nicht so anstellen, er hatte doch gespürt, dass seine Küsse ihr Lust bereiteten, sie hatte sich gerekelt und gekeucht.

Lange starrte er vor sich hin und schmiedete Pläne. In seiner Hose wurde es immer enger, und so machte er sich auf den Weg, eine junge Magd zu suchen, um sich zu befriedigen. Die würde seine ganze Wut zu spüren bekommen. Er grinste hässlich.

Gerade als er am unteren Südhof ankam, kam Anne mit ihrem Onkel die Auffahrt hoch. Sie hatte sich herausgeputzt, und er fand sie noch niedlicher als sonst. Jakob sammelte sich und ging leichtfüßig und locker auf sie zu. »Herr Händel, seien Sie gegrüßt … Ach, und Ihr wertes Fräulein Nichte auch«, sagte er scheinheilig.

Der Onkel grüßte zurück, er kannte Jakob, den engsten Vertrauten des Grafen, gut. Jeronimus war am Hof ebenfalls bekannt wie ein bunter Hund, bei den Damen wegen der schönen Stoffe und bei den Herren wegen der guten Qualität der Sättel, Schwerter und anderer Utensilien.

Anne schaute ihn erschrocken an und grüßte verdattert zurück: »Gott zum Gruß, mein werter Herr Ritter.« Sie versuchte, sich nichts anmerken zu lassen, doch er merkte, wie ihre Stimme zitterte. Jakob kaute auf einem Strohhalm herum, ließ seinen Blick über den Hof schweifen und nahm blitzschnell die junge Magd Miezie am Ärmel und zog sie wortlos hinter sich her.

Das Mädchen schaute sich erschrocken um, dann begriff sie und ließ es geschehen. Sie folgte ihm in das Zeughaus, das Stallburschen und Knappen, die gerade darin tätig waren, hastig und grinsend verließen.

Beim Schließen der Tür drehte er sich noch einmal nach Anne

um und zwinkerte ihr frech zu, als wolle er ihr sagen »*das hättest DU sein können*«.

* * *

Anne wollte sich abwenden, stand aber wie angewurzelt da und schluckte. So ein mieser Kerl! Wie hatte sie nur etwas für ihn empfinden können? Entrüstung breitete sich in ihr aus, und sie spürte, dass er sie nur noch anekelte. Das Mädchen musste gerade mal 13 Jahre alt sein.

In diesem Moment kam der Fürst die Auffahrt hinunter, um seine beiden Besucher zu empfangen. Sein Diener hatte ihn benachrichtigt, und er hatte darauf bestanden, persönlich zu erscheinen. Selbst in seiner Alltagskleidung wirkte er mächtig und schön, dachte Anne.

Ihr Onkel und sie wurden an der Kapelle vorbei zum Eingang geleitet und über die Treppe in Philipps persönlichen Räume geführt. Er empfing sie in seinem Arbeitszimmer, das an seine persönlichen Gemächer angrenzte.

Es handelte sich um einen großen Raum mit hoher Decke, an der Fresken abgebildet waren. An den Wänden hingen handgewebte Wandteppiche, die Jagdszenen darstellten. Darunter reihten sich niedrige, mit Glastüren verschlossene Bücherregale, und ein wuchtiges Schreibpult befand sich in der linken Ecke des Raumes. Der dazugehörende, mit Samt bezogene Stuhl stand mit dem Rücken zum Fenster. Ihm gegenüber standen zwei kleinere rote Samtsessel mit Lehnen für Gesprächspartner bereit.

Ganz anders als bei mir, dachte Anne, denn von ihrem Pult konnte sie aus dem Fenster schauen. Vielleicht durfte ein Landgraf bei seiner Arbeit nicht abgelenkt werden, mutmaßte sie. Die rechte Hälfte des Raumes wurde von einem großen Kamin dominiert, um den herum, auf schönen Berberteppichen, in rotem Samt bezogene Sofas und tiefe Sessel standen. Ein Bärenfell lag vor dem Kamin und starrte sie mit leeren Augen an.

Nach Aufforderung des Landgrafen nahmen sie Platz, während von fein gekleideten und behandschuhten Lakaien Erfrischungen angeboten wurden. Anne staunte, denn selbst bei Festen hatte sie noch nie so gut gekleidete Diener gesehen. Das mussten wohl die persönlichen Kammerdiener des Fürsten sein.

Diskret schaute sie sich im Raum um. Vor den beiden breiten und sehr hohen Doppelfenstern standen gemütliche rote, zum übrigen Dekor passende Sofas, und die Nischen waren mit schweren, roten, aus Persien importierten Damast-Vorhängen geziert.

Anne fragte sich, ob der Landgraf manchmal auf diesen Sofas saß und gedankenverloren aus dem Fenster schaute, so wie sie es oft zu tun pflegte.

»Nun, werter Herr Händel, darf ich endlich das entzückende Fräulein Nichte aus der Nähe betrachten? Erlauben Sie mir, Ihnen zu sagen, dass Sie von Nahem noch hübscher sind als aus der Ferne«, eröffnete der Landgraf das Gespräch schmeichelnd.

»Danke«, hauchte Anne verlegen und senkte ihren Blick.

Jeronimus berichtete Philipp von der bevorstehenden Reise seiner Nichte, die er vergessen hatte zu erwähnen.

»Sie kann so oft und so viel reisen, wie sie möchte, wenn sie dann nur zu mir zurückkommt«, sagte er großzügig. »Denn Reisen bildet, und es ist ja vor allem ihrer Bildung wegen, derer ich sie in meine Dienste nehme, auch wenn meine Augen ebenso Grund zur Freude haben werden. Sie muss mir nur immer alle Erlebnisse von ihren Reisen berichten.«

Anne, überglücklich, dies zu vernehmen, erwiderte das aufmunternde Lächeln ihres Onkels. Nachdem sie noch mal die Einzelheiten der Unterkunft, Uhrzeiten und Verpflichtungen besprochen hatten, erhob sich Jeronimus etwas befangen, drückte seiner Nichte einen Kuss auf den Kopf und verabschiedete sich von seinem fürstlichen Freund, der ihn an die Tür brachte.

Philipp, der Jeronimus' Zaudern bemerkt hatte, raunte ihm zu: »Hab keine Sorge, ein Wort ist ein Wort.« Der Händler ging beruhigt davon, und Philipp schloss die schwere Holztür hinter ihm.

Er räusperte sich, kam zurück und stellte sich nun mit dem Rücken zu Anne ans Fenster. Er sammelte sich einen Moment, drehte sich dann zu ihr um und fing an: »Liebes Fräulein Anne, so darf ich Sie doch nennen, oder?«

Anne nickte eifrig. »Jawohl, mein Fürst.«

»Ich werde sehr offen zu dir sprechen, und ich erwarte von dir das Gleiche.« Ihrem Gesicht sah er an, dass sie daran zweifelte. »Ja, wirklich. Du hast richtig verstanden. Ich möchte, dass du immer aufrichtig bist.« Ihm wurde warm. Er hatte Angst, sich zu verheddern. Na, so etwas, das war ihm ja noch nie passiert. Er räusperte sich erneut, trank einen Schluck Met und fuhr fort: »Man nennt mich Philipp den Großmütigen.« Er hielt inne und ließ den Satz wirken. »Ob dieser Zusatz verdient ist, weiß ich nicht, hoffe es aber. Ich regiere schon seit meiner Kindheit, ich habe Kriege gewonnen, den Protestantismus eingeführt und die erste protestantische Hochschule gegründet. Ich werde geehrt, geachtet, manchmal gefürchtet, und es fehlt mir an nichts. Ich reise durch das Land, gehe auf die Jagd, sooft ich das wünsche.«

Wieder legte er eine Pause ein, und Anne fragte sich gespannt, worauf er hinauswollte.

»Ich habe ein Weib, Kinder und so viele Frauen, wie es mir verlangt, um mir mein Bett zu wärmen.«

Anne errötete leicht und senkte wieder den Blick. Aha, ich werde zu intim, so viel Offenheit hatte sie wohl nicht erwartet, dachte Philipp und fand ihre Reaktion bezaubernd. »Na ja, dies alles, um dir zu sagen, dass ich keine Mätresse suche.« Sah er Erleichterung in ihrem Gesicht? »So komisch das auch klingen mag, trotz all der schönen Dinge und interessanten Tätigkeiten sowie Pflichten fühle ich mich im Herzen sehr einsam.«

Anne stutzte.

»Ja, rede nur«, forderte er sie auf.

»Wie ist das möglich?«, fragte sie leise und verdattert.

»Ja, du hast recht. Es scheint abwegig, und doch, es entspricht der Wahrheit«, meinte er nun etwas nachdenklich. »Ich habe Männer, um auf die Jagd zu gehen, Pferde und Falken, die ich über alles liebe, Berater, um über Politik zu reden, Ritter, die mir seit Jahren treu ergeben sind, Frauen zum Vergnügen, eine Frau, die mir treu bleibt und sich um meine Kinder kümmert … aber ich habe keinen Menschen, mit dem ich über mich reden kann, über meine Gedanken, meine Fragen, meine Träume …«

Ist das möglich, fragte sich Anne, *ein Fürst, der sich einsam fühlt? Ein Fürst, der Träume hat?* Aber sie verstand ihn. Sie, die den Hof wegen des oberflächlichen Getues nicht mochte, konnte sich gut vorstellen, wie einsam man sich fühlen konnte. Aber ein Landgraf? Das hätte sie nicht für möglich gehalten. Er wurde ihr sofort noch sympathischer. Er hatte etwas Sanftes, Männliches an sich. Er schien ein Denker zu sein, seine Intelligenz stand ihm förmlich ins Gesicht geschrieben. Seine klugen Augen beobachteten sie aufmerksam, als könne er ahnen, was in ihr vorging. Anne fand ihn atemberaubend schön. Schön, stolz und herrschaftlich. Er lechzte nach Wissen, nein, nach Austausch von Wissen. Er wollte einen Menschen um sich haben, der ihm zuhörte, ihn nicht beurteilte, mit ihm über weltliche Dinge sprach, über Kunst und Literatur. Sie freute sich riesig über diese Erkenntnis, denn auch sie würde Spaß daran haben, das wusste sie nun. Ihre Haltung lockerte sich.

»Und?«, fragte er erwartungsvoll. »Was denkst du darüber?«

»Ehrlich?«, fragte sie.

»Ja, ehrlich, Anne.«

»Ich habe Hunger«, antwortete sie frech.

Philipp stutzte einen Moment und brach dann in schallendes Gelächter aus. Er lachte und lachte, bis ihm die Tränen kamen. Die ganze Anspannung fiel von ihm ab. Er hatte so Angst gehabt, dass sie steif bleiben würde und dass die Situation nur verkrampft wäre. Aber er hatte, wie immer, eine gute Menschenkenntnis bewiesen, denn er wusste, dass man eine gebildete, unadelige Frau mit Gold nicht aufwiegen konnte, dass sie anders dachte und offener sprach. Und erst recht, wenn es sich um die Nichte seines Freundes handelte. Jedenfalls spirituell betrachtet. Und dieses Wesen schien noch viel mehr als Gold wert.

»Köstlich«, sagte er nun und wischte sich die Tränen ab.

Anne lächelte verlegen, sie war froh, ihn zum Lachen gebracht zu haben. Sie fühlte sich wohl mit ihm. Philipp rief einen Diener und bestellte Plätzchen. Dann fingen sie an zu sprechen, erst über Bücher, dann über Sprachen und über Kunst.

»Würdest du mir gerne vorlesen?«, fragte er sie nach einiger Zeit.

»Ja, sehr gerne, Herr Fürst.«

»Ach, sag hier doch bitte Philipp zu mir.«

»Ja, H… Philipp«, verbesserte sie sich schnell. »Ich hoffe, das rutscht mir dann nicht bei Hofe heraus.«

Er zwinkerte ihr zu.

»Das wäre auch nicht weiter schlimm, daran würde sich nur der *Drachen* … Verzeihung, die Gräfin, stören.« Sie lachten nun beide.

»Philipp!«, schimpfte Anne gespielt böse und runzelte die Stirn.

So verging der Nachmittag, und am Abend bestand Philipp darauf, sie von einem seiner persönlichen Diener nach Hause begleiten zu lassen. Beschwingt kam sie aus dem Schloss. Im Hof saßen hier und da vereinzelte Gruppen Ritter an Tischen und zechten. Jakob sah sie nirgends, was sie erleichterte. Sie wollte auch gar nicht mehr an ihn denken. Der Nachmittag war so angenehm verlaufen, und sie fühlte sich so glücklich, dass sie nach einem Tag schon so vertrauensvoll mit dem Fürsten sprach, dass sie sich ihre Freude nicht verderben wollte. Auch, wenn sie der Landgraf nicht als Mann anzog, obwohl er sehr stattlich war und gut aussah, so fand sie ihn sehr angenehm und interessant. Ein Mann, mit dem sie Stunden verbringen konnte, ohne sich zu langweilen.

Schade, dass er mir nicht als Mann gefällt, dachte sie, auch wenn sie keine Erklärung dafür hatte. Oder hatte sie nur Angst? Vielleicht würde die Anziehungskraft ja mit der Zeit kommen. Er hatte so ein einnehmendes Wesen, sicher konnte er eine Frau glücklich machen.

* * *

Jakob stand im großen Marstall und lugte aus dem Fenster. Er wartete schon seit Stunden auf sie. Das kleine Stelldichein mit der Magd hatte ihn nur halbwegs beruhigt. Je mehr er nachdachte, umso mehr empfand er Hass in sich aufsteigen. Er wollte Rache. Nur würde das nicht so einfach werden, denn anscheinend hatte nun sogar der Fürst selbst ein Auge auf sie geworfen. Er fluchte und trat gegen eine Kiste. Er konnte nicht begreifen, warum diese Geschichte ihm so naheging. Mit verschränkten Armen und grimmiger Miene schaute er weiter aus dem Fenster, die Schulter gegen den Fenstersims gelehnt.

Zum ersten Mal in seinem Leben wollte er ein Weib wirklich, und sie wagte es, ihn abblitzen zu lassen. Ihn, Jakob, der hier jede Maid haben konnte. Ihn, der so eine gute Partie war, dass jedes hochadelige Fräulein sich sehnlichst wünschte, ihn zu ehelichen. Und dieses, dieses … Luder wies ihn einfach ab. Ein Pferd wieherte kopfschüttelnd, wohl seinen Ärger spürend.

Da kam sie ja endlich. *So ein verdammter Mist,* dachte er, sie wurde von Hannes begleitet, dem persönlichen Diener des Grafen, da konnte er jetzt nichts machen.

In ihrem blauen Überkleid sah sie wunderschön aus, das Hemd war jetzt höher geschnürt und ließ keinen Einblick auf ihre prächtigen Brüste zu. Er grinste bei dem Gedanken, dass sie beim Grafen die *Artige* spielte, denn seine Küsse und seine Hände hatte sie genossen, das wusste er. *Na ja, dich bekomme ich schon noch,* dachte er wütend und verschwand aus dem Stall.

Er schlenderte um das Schloss herum, unter dem überdachten Haupteingang hindurch zum Küchenhaus. Er musste Erkundigungen einholen, und es gab nichts Besseres als Küchenklatsch. Er stellte sich lässig gegen den offen stehenden Türrahmen, ein Bein auf die Stufe gestellt, stützte sich mit seinem freien Arm an der anderen Seite ab und spähte in die Küche. Die Mägde waren gerade dabei, kleine Leckereien für das spärliche Abendmahl zu richten und das heute erjagte Geviech für den nächsten Tag zuzubereiten. Es roch köstlich nach Wildbret und Preiselbeeren. Er zwinkerte mal der einen, mal einer anderen Magd zu und rief dann die alte Brigitte zu sich.

»Na, Brigittchen«, sagte er und gab ihr einen Klaps auf ihr dickes Hinterteil. »Was munkelt man denn gerade so?«

Sie gab ihm einen leichten Klaps auf die Finger und grinste, denn in ihrem Alter bekam eine Frau männliche Aufmerksamkeiten nur noch recht selten. Dazu gab es zu viel junges Fleisch zum

Angrabschen. Aber so mancher mochte auch mal einen deftigen Hintern wie den ihren. Und Jakob wusste, dass sie ihn besonders gern mochte.

»Och, so dies und das«, meinte sie naseweis, wohl wissend, dass es kein Zufall sein konnte, wenn der Herr Ritter Auskünfte wollte.

»Na, sag schon, wie viel willste dafür, Brigitte?«

»Eine heiße Nacht mit dir, mein schöner Ritter«, platzte sie lachend heraus, als hätte sie einen tollen Witz gerissen, und zeigte dabei ihre fauligen Zähne.

Er tat so, als fände er das sehr lustig. »Das bekommst du doch umsonst«, log er zwinkernd. »Also sag schon, wie viel soll's sein?«

Brigitte blickte sich um, damit sie keiner belauschte. »Ein paar Groschen wären schon willkommen.«

Jakob kramte in seinem am Gürtel festgemachten Lederbeutel und gab ihr eine Handvoll Münzen.

Brigitte staunte und ließ das Geld sogleich unter ihren Röcken verschwinden. Dann flüsterte sie: »Die Herrin ist ganz aufgebracht. Der Landgraf hat sich da schon wieder so ein junges Ding aus der Stadt geangelt und lässt sie sogar bei Hofe einquartieren, um sie ständig um sich zu haben.«

Jakob horchte auf, und ihm fiel die Kinnlade runter.

»Na, mach se wieder zu.«

Wieder dieses laute Gegacker.

»Und?«

»Na ja, man sagt, sie wäre die Nichte des Lieblingskrämers des Fürsten, und sie wäre sehr gebildet.«

Jakob prustete verächtlich, *gebildet,* äffte er in Gedanken nach.

Brigitte schaute ihn von der Seite an. »Sie ist bildhübsch, heißt es«, trumpfte sie auf, um seine Reaktion zu testen.

Ein wehmütiger Ausdruck lag auf einmal in seinen Augen. *Also doch,* dachte sie, *ich bin ja nicht bekloppt.*

»Na ja, es heißt, sie könnte Christine … eh … der Gräfin gefährlich werden.«

»Inwiefern?« Jakob bemühte sich, besonders unschuldig dreinzuschauen.

»Na, dich hat wohl der Hafer gestochen, was?«, meinte Brigitte wissend.

»Ach was, erzähl, was weißt du noch?«

»Sie sollen sich gut amüsiert haben heute Nachmittag. Man hat sie witzeln und lachen gehört. Na ja, du weißt ja, wie das so ist mit Gerüchten … Mehr weiß ich nicht, werter Ritter. Wenn du mehr über sie herausbekommen willst, dann wende dich mal an Elvira.«

»Gut«, sagte er und stieß sich lässig vom Küchentürrahmen ab. Bevor er endgültig ging, drehte er sich noch mal zu ihr um und kniff sie durch den Rock zwischen die Beine. Sie spielte Empörung und giggelte dann wieder los.

»Wenn du etwas Neues hast, dann lass mich rufen«, raunte er ihr zu, ließ von ihr ab und ging davon.

* * *

Die Frau lag im Bettkasten und warf sich hin und her. Ihre sechs Kinder standen hilflos, auf den schmutzigen Boden starrend, im Raum. Kreuz und quer lagen Essensreste herum, es stank nach Urin und Erbrochenem, die Fensterläden waren geschlossen, und überall hingen Spinnweben von den Regalen und von der Decke. Ihr Mann ging auf und ab und fuhr sich immer wieder mit den schmutzigen Händen durch die verklebten fettigen Haare.

Solche Situationen hatte Neslin schon zu Hunderten erlebt, und inzwischen sollte sie eigentlich gegen das Elend abgestumpft sein, aber das war nicht der Fall. Immer wenn sie die dreckigen Stuben mancher verarmter Bauern betrat und die verwahrlosten Kinder wahrnahm, bekam Neslin Bauchkrämpfe. Sie waren alle barfuß und trugen zerfetzte, nur zum Teil gestopfte Kleidung und stanken erbärmlich. Sie wuschen sich wohl nie, und der Raum wurde nie ausgekehrt oder geschrubbt. Das ärgerte Neslin. Um sauber zu sein, brauchte man kein Geld. Aber sie hatte schon häufig beobachtet, wie verarmte Menschen sich und ihre Familien aus reiner Hoffnungslosigkeit verwahrlosen ließen.

Sie beugte sich über die Frau im Bett, tastete deren glühende Stirn ab, schaute ihr in den Mund, den diese nur mit Mühe aufbekam, legte ihr Ohr auf die Brust und hörte das Herz sowie die Atmung ab. Neslin stand vom Bett auf, ging zu dem Ehemann, der sie nun mit leidlich bettelndem Blick erwartungsvoll anschaute.

»Sie wird doch nicht …« Er sah zu den Kindern und verstummte bestürzt. Er stank nach einer Mischung aus altem Schweiß und Bauernbrand. Ein Gesöff, welches viele arme Bauern aus altem Obst herstellten. Bevor es auf dem Boden verfaulte, verbrannten sie es zu einem starken Alkohol, was noch mehr zu deren Misere beitrug.

»Nein, wahrscheinlich nicht«, beruhigte Neslin ihn. »Erzählen Sie mir bitte, wie es zu diesem Zustand kam«, bat sie den Mann, obwohl sie sich die Geschichte sehr gut zusammenreimen konnte, es war immer die gleiche.

Der Bauer setzte sich nun resignierend an den verdreckten und verschmierten Küchentisch. »Sie war die letzte Zeit anders«, fing er an. »Sie machte nichts mehr zu essen, wusch keine Wäsche mehr und starrte den ganzen Tag nur vor sich hin. Wenn die Kinder sie ansprachen, schaute sie hasserfüllt und brüllte jeden an, der ihr zu nahe kam. Sie ertrug niemanden mehr …« Er stockte, und man sah, dass er sich zusammenreißen musste. »Ich rackere mich täglich ab, um Essen ranzuschaffen, und kann mich nicht auch noch um das Haus kümmern«, versuchte er, sich zu entschuldigen. »Sie war mal das schönste Mädchen im Dorf, wissen Sie«, bekräftigte er nun, als ob das so manches erklären würde. »Sehen Sie doch, was aus ihr geworden ist …«

Es handelte sich um das Los der Armen. Nur wenige trugen es mit Würde, denn es gab daran auch nichts Würdiges. Ein paar schlechte Ernten, die Pacht konnte nicht mehr oder nur mit Mühe gezahlt werden, es blieb kein Geld mehr, um das nötige Essen ranzuschaffen, Gerätschaften zu reparieren oder Tiere zu füttern. Kinder und Eltern hungerten, viele Männer endeten im Suff, schlugen ihre Frauen und wurden verbittert. Und die Frauen wurden entweder keifende, unzufriedene Weiber oder verfielen in einen lethargischen Zustand, den man schon als Geistesumnebelung beschreiben konnte. Der Jammer und die Not, ihre Kinder hungern sehen zu müssen, wurden so groß, die Hoffnungslosigkeit stach so tief, dass man diesem Teufelskreis nur selten entkommen konnte. Wenn es nicht der Suff oder die Geisteskrankheit waren, die diese Menschen dahinrafften, so sorgten Infektionskrankheiten, Lebensmittelvergiftungen, Pocken oder andere ansteckende Krankheiten dafür, denen sie stärker ausgeliefert waren als die reiche Bevölkerung.

Oft landeten Männer oder gar Kinder am Galgen, da sie die Armut nicht mehr aushielten und ihr mit unehrlichen Mitteln ein Ende setzen wollten. Die meisten sahen den Tod sogar als Erlösung und nicht als Strafe.

»Ihre Frau leidet an einem starken Erschöpfungszustand mit Schwermut«, meinte Neslin nun. Sie reichte ihm einen Saft. »Geben Sie ihr hiervon einen Löffel täglich am Morgen. Sie muss liegen bleiben und soll sich ausruhen. Machen Sie ihr keinen Druck, sonst verlieren Sie Ihre Frau ganz«, befahl sie, krempelte ihre Hemdsärmel hoch und fing an, umgefallene Stühle aufzuheben, Töpfe vom Tisch ins Spülbecken zu tragen und den Besen zu holen.

»Ja, aber wer kümmert sich um die Kinder?«, fragte er fast weinerlich.

»Die Großen müssen sich um die Kleinen kümmern und Sie sich um alle. Nur Mut! Andere haben das auch schon geschafft.« Sie hielt dem größten Bub den Besen hin, der nahm ihn und begann widerwillig zu kehren. Neslin schüttete etwas Wasser auf den Boden, damit beim Kehren nicht zu viel Staub hochgewirbelt wurde. Die Kinder schauten sie verwundert an.

Sie schnappte sich zwei Mädels und zeigte ihnen, wie sie Geschirr einweichen sollten und es dann abzuwaschen hatten, und schickte einen anderen Jungen zum Wasserholen an den Brunnen. Nach und nach schickte sie alle Kinder zum Brunnen, um sich, so gut es ging, zu waschen. Danach fing sie an, mit der Ältesten Wäsche zu waschen, die sie dann gemeinsam in der Sonne zum Trocknen aufhängten. Sie wechselten die Bettwäsche der Kranken, während die Jungs ihre Mutter mal nach rechts, mal nach links drehten.

Nach zwei Stunden stand Neslin schweißgebadet, aber zufrieden in der nun mit Binsen ausgelegten Stube. Der Vater hatte Holz gehackt, und im Kamin brannte ein Feuer, über dem eine dünne Wurzelsuppe brodelte.

»Wie kann ich Ihnen nur danken, werte Neslin? Ich kann Sie nicht mal bezahlen …«, sagte der Vater nun beschämt.

Sie schaute einen nach dem anderen an und antwortete ruhig, aber bestimmt: »Sie können mir einen großen Gefallen tun, indem ihr alle weiterhin das Haus, euch und eure Kleidung rein haltet. Auch wenn eure Mutter wieder gesünder ist, müsst ihr weitermachen, damit sie wieder Mut fasst. Wechselt ihre Bettwäsche wöchentlich, und wenn sie sich übergibt, auch täglich. Lasst nicht alles an ihr hängen, und ihr werdet feststellen, dass eure Mama wieder fröhlicher wird und kräftiger. Damit ist allen geholfen. Ein sauberes Heim beschützt euch vor Krankheiten und vor einem schweren Gemüt«, fügte sie dann noch hinzu.

Alle nickten eifrig, auch der Vater brummte seine Zustimmung.

»Eure Mutter hat euch sehr lieb, und die Last, euch alle so unglücklich zu sehen, zerdrückt sie und macht sie schwermütig, also tut alles dafür, damit sie sieht, wie fröhlich ihr seid und dass ihr sie liebt. Stopft euch eure Kleidung besser aus, schämt euch nicht, bei Hofe nach Almosen zu fragen. Der Fürst hilft den Armen und verteilt Essen. Bessere Ernten werden kommen, und auch ihr werdet wieder besser leben können. Glaubt daran, und eure Mutter wird wie früher werden. Wenn ihr das schafft, ist das für mich Bezahlung genug«, schloss sie nun.

Sie verließ das Haus unter vielen Dankesbekundungen und ging, mit dem Gedanken an die mit neuer Hoffnung aufkeimenden Blicke, die sie beim Abschied in den Augen der Bauernfamilie gesehen hatte, mit leichterem Herzen zu ihrem nächsten Besuch.

* * *

Vor Erleichterung schluchzend, saß Miezie auf dem Himmelbett. Sie konnte ihr Glück kaum fassen. Als vor einigen Tagen ihre Herrin Katherina erfuhr, dass Jakob sie in der Scheune genötigt hatte, hatte sie einen Tobsuchtsanfall bekommen und ihn an Miezie ausgelassen. Parfümflaschen waren haarscharf an Miezies Kopf vorbeigeflogen und an der Wand zerschmettert. Sie hatte Katherina noch nie so kreischen gehört. Mit einer einzigen Handbewegung hatte sie alle Töpfchen, Tiegelchen und Fläschchen von ihrem Schminktisch gefegt, deren Inhalte sich auf dem Steinboden und den kostbaren Teppichen verteilt hatten.

Dann war sie über Miezie hergefallen und hatte sie mit Schlägen und Fußtritten bearbeitet. Miezie hatte versucht zu fliehen, war aber von Katherina in die Ecke des Zimmers gedrängt worden. Als Katherina dann mit einem riesigen Messingkerzenständer auf sie einschlagen wollte, schrie Miezie schrill auf, und die Tür wurde aufgerissen. Die Landgräfin war in den Raum gestürzt.

»Katherina!«, hatte es mahnend durch den Raum geschallt. »Bei uns werden die Dienstboten nicht schlecht behandelt. Komm, Miezie, ich bringe dich zum Fürsten, er soll entscheiden, was mit dir passiert.«

Katherina hatte starr vor Schreck dagestanden, wurde sich ihres Anfalls bewusst, ließ langsam den Kerzenständer haltenden Arm nach unten gleiten und schaute trotzig weg. Kraftlos hatte sie sich auf den Boden gleiten lassen und kaum vernehmlich und abfällig geflüstert: »Sie ist doch nur eine Magd … nur eine Magd …« Ihren Kopf hatte sie wie unter höllischen Schmerzen gehalten und verständnislos gestammelt: »Warum hat er mir das angetan, warum nur?«

Das Gemach befand sich in einem verheerenden Zustand, Bilder und Wandteppiche lagen heruntergerissen am Boden, Schminkpuder war auf den Teppichen verteilt, und zerrissene Kleider bedeckten das Bett.

Miezie hatte sich nicht zweimal bitten lassen und lief wimmernd hinter der Gräfin her, die eiligen Schrittes von dem westlichen Frauenflügel in den südlichen Landgrafenflügel eingebogen war.

»Ich kann für nichts, ich kann für nichts, es war Jakob, der mich nötigte, ich habe nichts getan …«, wimmerte sie ohne Unterlass.

»Still!«, ermahnte die Fürstin sie zischend. Eine junge Magd hatte, den Steinboden schrubbend, im Gang gehockt und die Szene mitleidig verfolgt, ohne jedoch mit ihrer Arbeit innezuhalten. Die Gräfin hatte an die Tür des Empfangszimmers ihres Gatten geklopft und war, ohne eine Antwort abzuwarten, eingetreten.

Dort saß er und hörte einer jungen Vorleserin zu. Miezie erkannte in ihr das Fräulein, welches sie am Tage ihrer Schändung durch den Ritter im Hof gesehen hatte. Das Fräulein hatte beim Lesen innegehalten und sie mitleidig angeschaut.

»Bitte sprechen Sie, Gattin, was liegt vor«, hatte Philipp etwas schroff hören wollen, und man merkte, dass er es gar nicht liebte, gerade jetzt gestört zu werden.

»Das Edelfräulein Katherina hat den Kopf verloren und Miezie halb zu Tode geschlagen«, empörte sich die Fürstin. »Ich konnte sie im letzten Moment vor dem Totschlag durch einen Kerzenleuchter bewahren.«

Wie um diesen bedeutungsschweren Satz noch zu unterstreichen, hatte Miezie bei diesen Worten am ganzen Körper gezittert. So hatte sie dagestanden, mit zerrissener Kleidung, zerrupften Haaren, geschwollenen, blutunterlaufenen Augen, mit Schrammen und Kratzern übersät. Sie hatte nicht mehr aufhören können zu zittern, ihr Körper gehorchte ihr nicht mehr. Keiner konnte daran zweifeln, was ihr zugestoßen war.

Der Fürst war wütend aufgestanden, nahm Miezie beim Arm, rief nach Wasser und legte sie auf das in der Fensternische stehende Sofa.

Miezie hatte noch mehr Angst gehabt, denn sie wollte keine Umstände machen. Sie hatte ihn noch nie von so Nahem gesehen und fühlte sich äußerst eingeschüchtert, was nicht zur Besserung ihres Zustandes beitrug.

»Sie können uns nun verlassen«, sagte Philipp schroff zu seiner Frau, ohne sich dabei umzusehen. Diese zögerte einen kurzen Augenblick unwillig, wollte noch etwas sagen, gehorchte dann aber und ließ die schwere Holztür laut hinter sich zufallen, was Miezie zusammenzucken ließ.

Das junge Fräulein hatte sich erhoben, legte das Buch auf den

Tisch, kam auf sie zu, nahm ihre Hand in die ihre und lächelte sie an.

»Es war der Jakob, ich kann nichts dafür«, schluchzte Miezie wieder unter einem erneuten, heftigen Zitteranfall. »Er hat mich in den kleinen Marstall geschleift …« Sie schaute das Mädchen schluchzend und Hilfe suchend an. Tränen rannen ihr über das Gesicht.

»Ja, das stimmt, Philipp. Das habe ich gesehen. Es geschah an dem Tag, an dem ich mit meinem Onkel das erste Mal hier vorsprach«, hatte sie hinzugefügt.

Miezie wusste nicht, warum, aber das Fräulein schien besonders berührt von dieser Situation, fast als ob sie sich schuldig fühlen würde.

»Du kannst nicht zu Katherina zurück«, meinte Philipp nun nachdenklich, »aber warum war sie über die Situation so aufgebracht? So etwas passiert hier täglich.« Er räusperte sich verlegen. »Ist noch etwas anderes vorgefallen, Miezie? Nein? Sicher?«

»Sicher, werter Fürst«, stieß Miezie zwischen zwei krampfartigen Schluchzern aus. »Ich glaube, sie ist … verliebt in ihn«, brach es aus ihr heraus.

Da hatte der Landgraf amüsiert aufgelacht. »Soso, verliebt …« Er schaute zweifelnd drein. »Wenn so ein Weibsbild wie Katherina in der Lage wäre, solche Gefühle zu empfinden, wüsste ich das.« Doch seine Bemerkung bereute er sogleich. »Nein, Kind, da steckt Habgier dahinter. Jakob ist eine gute Partie, und seine Vorliebe für Mädchen niedriger Herkunft scheint unserer *lieben* Katherina ins Gehege zu kommen«, meinte er nun zynisch.

Er dachte nach. »Anne, ich habe dir eine Dienerin, eine Zofe versprochen. Schon seit Tagen zerbreche ich mir den Kopf, wen ich dir zuteilen könnte. Miezie passt wunderbar zu dir, ihr habt beide ein ähnlich sanftes Gemüt«, bestimmte er.

Anne hieß sie also, dachte Miezie. Anne, ihre Retterin.

Anne strahlte. »Oh, danke, Philipp! Ja, mit Freuden, bei mir braucht Miezie keine Angst mehr zu haben. Bist du denn auch einverstanden?«

Miezie hatte hysterisch kichern wollen, nahm sich aber zusammen. Seit wann fragte man eine Bedienstete um ihre Meinung? Der hohe Herr hatte geschmunzelt. »Natürlich, gnädiges Fräulein«, entgegnete Miezie schüchtern.

Er hatte sie dann zum Umziehen in Annes Gemächer geschickt und ihr eine wundervolle Zofen-Tracht durch eine Dienerin zukommen lassen. Anne war später zu ihr gekommen, sie hatten lange gesprochen, und Anne hatte sich ihr ein wenig anvertraut.

So hatte Miezie erfahren, dass kurz vor ihrer Nötigung auch Anne von Jakob belästigt worden war. Das erklärte den Hass, den sie bei ihm gespürt hatte, aber das hatte sie Anne nicht anvertraut. Sie meinte nur, Anne solle auf der Hut vor ihm sein, denn er besetzte einen hochgestellten Rang bei Hofe, und ihn als Feind zu haben, wäre nicht ratsam. Anne hatte abgewinkt und entrüstet geprustet, womit das Thema für sie erledigt zu sein schien. Miezie durfte sogar, anstatt auf dem Boden vor der Tür, wie es bei Katherina gehalten wurde, in Annes Bett schlafen. Als sie sie erschrocken ansah, hatte Anne beteuert, sie würde es ohnehin nicht benutzen, denn nachts wäre sie nie im Schloss anwesend.

»Aber wenn jemand hereinkommt und mich sieht«, erwiderte Miezie ängstlich.

»Dann musst du eben die Tür verriegeln, Dummerchen«, hatte Anne lachend erwidert.

Sie war ein wundervoller Mensch, fand Miezie und trocknete sich die Freudentränen ab. Sie hatte so ein Glück, jetzt Anne dienen zu dürfen. Als sie laufen konnte, hatte ihre Mutter sie ins Schloss als Magd verdingt. Zu Hause waren sie so viele Kinder gewesen, dass ihre Mutter sich mit Freuden ihrer entledigte, denn so hatte sie einen Mund weniger zu stopfen. Miezie war es also gewohnt, von klein auf herumgeschubst, beschimpft, missbraucht und manchmal auch geschlagen zu werden.

Jetzt drehte sich der Wind, und sie durfte endlich mal aufatmen. Der Herr hielt große Stücke auf Anne, obwohl sie nicht seine Geliebte zu sein schien, denn dafür gingen die beiden zu sachlich miteinander um, überlegte Miezie. Für so etwas hatte sie, nach jahrelangem Dienst am Hof, ein Gespür. Sie blieb sehr diskret, und Adelige wie Bedienstete hielten sie für eine dümmliche, ängstliche Zicke. Aber sie hörte einfach viel zu und sagte selten etwas. Sie hatte gelernt, dass sie mit dieser Einstellung eine Menge erfuhr und sich trotzdem raushalten konnte. So redeten adelige Damen in ihrer Gegenwart, als ob sie Luft wäre, und wenn Dienstboten tratschten, hielten es diese ähnlich.

Ohne Zweifel empfanden Philipp und Anne etwas füreinander. Was, das hätte Miezie allerdings nicht sagen können. Es lag ein unbestimmtes Knistern in der Luft, als wäre die Luft geladen. Ob sie verliebt waren? Miezie nickte überzeugt. Nur konsumiert hatten sie noch nicht. Anne schien gescheit genug zu sein, um zu wissen, dass man einen Mann besser halten konnte, wenn man ihn nicht sofort gewähren ließ. Die Wahrheit würde sie bestimmt bald erfahren, dachte sie bei sich.

Trotz ihrer Freude spürte Miezie instinktiv, tief in ihrem Inneren, dass sie dieses Glück vielleicht mal bitter bezahlen würde, doch sie schob dieses Gefühl schnell wieder beiseite und ließ sich, nicht ohne vorher noch mal einen ängstlichen Blick auf den Türriegel geworfen zu haben, rücklings auf das riesige Himmelbett plumpsen.

* * *

Ohne an die Tür zu klopfen, stürzte Anne voller Begeisterung in Neslins Stube.

»Neslin, Neslin«, sagte sie atemlos, »ich werde endlich verreisen.«

Neslin, die gerade einen Löwenzahnblütensirup gegen Husten zubereitete, drehte sich zu Anne und lächelte.

»Das freut mich sehr für dich, Anne, endlich!« Neslin wusste, wie sehr sich Anne dies gewünscht hatte.

»Du wirst mir fehlen«, sagte sie augenzwinkernd.

»Du mir auch«, sagte Anne nun zerknirscht und drückte ihre Freundin feste, die das nur mit dem Kopf erwidern konnte, da sie gelb gefärbte Finger hatte. Sie verrührte die Blüten mit viel Rohrzucker, Zitronenscheiben und einer Vanilleschote und stellte sie aufs Feuer.

Sie musste aufpassen, den Saft nicht zu verkochen, sonst würde der Sirup kristallisieren. »Wo geht es denn hin?«, wollte Neslin wissen, während sie sich die Hände in einem Bottich wusch.

»Nach Köln auf einen Jahrmarkt«, antwortete Anne begeistert und tauchte ihren Finger in den bereits fertigen Apfelmus, der noch dampfend in einem offen stehenden Einmachglas auf dem Tisch stand. Die Tür sprang auf einmal auf.

»Frau Hebamme, Frau Hebamme, schnell, die Herrin liegt seit Stunden in den Wehen, und das Kind will nicht kommen. Keiner im Haus weiß, was zu tun ist, und der Arzt kommt auch nicht …«, rief eine Magd aufgeregt. Bevor diese wieder wegrannte, erklärte sie Neslin noch den Weg und gab ihr die Adresse.

Anne nahm schnell den Sirup vom Feuer.

»Darf ich mitkommen, Neslin, bitte!« Sie schaute ihre Freundin flehend an.

Neslin wollte eigentlich nicht, dass Anne sich dafür interessierte, denn ein Leben als Hebamme blieb für sie ausgeschlossen. Doch brachte sie es nicht übers Herz, Nein zu sagen. Also schnappte sie sich ihre Tasche und meinte: »Dann komm, schnell«, und eilte davon.

Anne versuchte, Schritt zu halten. Als sie in der schmalen, nicht einmal zehn Fuß breiten Gasse angekommen waren, suchten sie den Eingang des Hauses, welches ihnen von der Magd beschrieben wurde. Es handelte sich um eine mittelständische Bürgerfamilie.

Der Regen spritzte in die großen schlammigen Pfützen, und finstere Wolken sorgten dafür, dass die sowieso schon lichtarme, von den oberen hinüberragenden Stockwerken verdunkelte Gasse noch schummriger wirkte. Es stank nach Schlachtresten, Küchenabfall und Verwesung. Kinder, die auf der Straße aufwuchsen, rannten quiekend durch den Regen und sprangen in die Pfützen, um Passanten zu bespritzen. Wenn diese daraufhin schimpften, eilten die Kinder kichernd um die nächste Ecke und liefen auf und davon.

Endlich kamen Neslin und Anne an. Die Haustür wurde bereits von einer aufgelösten Magd aufgehalten. »Gott zum Gruße, Hebamme. Zum Glück kommen Sie endlich. Wir machen uns solche Sorgen um die gnädige Frau«, sagte das Mädchen aufgeregt, und Neslin und Anne wurden völlig durchnässt eingelassen. Hinter einem dunklen Flur, an einem kleinen Ladenzimmer vorbei, wurden sie dann über die enge Treppe nach oben geführt. Dort im Flur stand ein gut betuchter Herr. Es schien sich um den Ehemann zu handeln, der Neslin, mit Schweißtropfen auf der Stirn, die ebenso verschwitzten Hände zur Begrüßung reichte. Aus dem ersten Zimmer hörte man einen lauten Schrei.

Neslin hielt sich nicht lange mit Begrüßungsfloskeln auf und bat um Erlaubnis, eintreten zu dürfen, die man ihr natürlich sofort erteilte. Auf den ersten Blick konnte Neslin sehen, dass es schlecht um die Bürgersfrau stand. Die hilflos rumstehende Magd jammerte bei dem Anblick der sich windenden Herrin. Neslin stellte ihre Tasche ab, gab den Mägden Anweisung, heißes Wasser in einer Schüssel zu bringen und saubere Tücher. Sie beugte sich über die Frau, die gerade von einer erneuten Wehe gepeinigt wurde, richtete die Kissen im Rücken der Frau und forderte sie auf, sich etwas aufzusetzen. Sie fühlte ihre Stirn und redete ihr gut zu.

Neslin merkte, dass ihre Stimme, wie so oft, sofort eine beruhigende Wirkung hatte. Nachdem die Wehe nachgelassen hatte, erklärte sie der Frau, wie sie bei der nächsten atmen sollte. Die werdende Mutter wirkte so erschöpft, dass Neslin daran zweifelte, verstanden worden zu sein, und warf Anne, die seit ihrer Ankunft mucksmäuschenstill in der Ecke stand, einen besorgten Blick zu.

Nun kam Anne hervor, hielt die andere Hand der Frau und sprach ihr beruhigend zu, so wie Neslin es ihr vorgemacht hatte. Sie fragte sich, ob sie wirklich selbst einmal Kinder haben wollte, denn dies hier kam ihr alles andere als erstrebenswert vor.

Nun beugte sich Neslin mit einer Art Trichter über den Bauch der Frau und horchte. Dann tastete sie den Bauch ab. »Der Fötus liegt falsch herum.«

Die Mägde kamen mit frischen Tüchern, Seife und heißem Wasser zurück. Neslin bat alle Anwesenden, außer Anne, sich aus der Kammer zu entfernen, um den Stress der Gebärenden zu verringern. Sie nahm die Seife und wusch sich Hände und Unterarme gründlich in dem heißen Wasser ab.

Anne hielt ihr mit ernstem Gesicht ein Tuch zum Trocknen bereit, und Neslin lächelte ihr aufmunternd zu, dann eilte sie zu der Frau. Sie erklärte ihr, dass sie nun das Kleine im Bauch umdrehen musste und dass dies schmerzhaft sein würde, aber dass es die einzige Chance wäre, sie und das Kindchen zu retten. Die Frau nickte tapfer und presste die Lippen aufeinander.

Neslin gab ihr einen großen Schluck Wein zu trinken. Aus ihrer Tasche holte sie ein Hölzchen hervor, steckte es der Schwangeren zwischen die Zähne und strich ihr dabei beruhigend über die Wange. Eine neue Wehe kam, und die Frau schien doch die Atemübungen verstanden zu haben, denn sie versuchte, trotz des Holzstückes in ihrem Mund, rhythmisch die Luft auszustoßen.

Neslin wartete, bereit einzugreifen, das Ende der Wehe ab und ließ dann die Hände weit in den Unterleib der Frau gleiten. Diese stöhnte laut auf und verlor sogleich die Besinnung, während Anne weiß wie ein Laken wurde und es ihr anzusehen war, dass sie sich gleich übergeben würde. Mit gezielten und geübten Handgriffen drehte Neslin das kleine Geschöpf in die richtige Lage, und es war geschafft.

»Jetzt müssen wir sie nur noch aufwecken, denn sie muss jetzt wieder pressen.« Nachdem Neslin ihre blutigen Hände gewaschen hatte, ohrfeigte sie die schlapp daliegende Schwangere. Diese kam wimmernd zu sich und wurde gleich wieder von einer neuen, zerreißenden Wehe heimgesucht.

»Nun müssen Sie bei jeder Wehe Ihre ganze Kraft ins Pressen legen, denn jetzt geht es um die Wurst«, meinte Neslin, und während Anne weiterhin die Hand hielt, versuchte Neslin, zwischen den Beinen das Fortschreiten des Geburtsvorganges abzuwägen.

Noch eine Wehe, dann kam der Kopf zum Vorschein, und bei einer weiteren Wehe presste die Frau so sehr, dass man Angst haben musste, ihre Augen würden aus dem Kopf treten. Dann kam das Kind endlich herausgeflutscht, und nach nur wenigen Augenblicken vernahm man einen lauten Säuglingsschrei. Die Bürgerin lächelte erschöpft und sank in die Kissen zurück.

»Es ist ein Junge, gnädige Frau.« Neslin legte ihr das Neugeborene auf den Bauch.

Anne staunte. Als sie das kleine Lebewesen sah, verwandelte sich ihre anfängliche Abneigung in große Bewunderung.

Nachdem das Kind gewaschen und die Nabelschnur abgeklemmt war, kümmerte sich Neslin um die Nachgeburt, indem sie der Bürgerin fest auf den Bauch drückte.

»Oh, nein, bitte«, stöhnte diese.

»Es tut mir leid, gnädige Frau, aber es muss raus, wenn Sie keine Probleme bekommen wollen. Es dauert nicht lange«, erklärte sie, und der dunkelrote Klumpen kam sogleich in einem Schwall herausgerutscht. »Sieh genau hin, Anne, es ist nicht appetitlich, aber so muss es aussehen. Wenn etwas fehlt, muss weitergedrückt werden, damit nichts drinbleibt.« Anne nickte.

Nach vielen überschwänglichen Dankesbekundungen und der üblichen Bezahlung durch den Hausherrn machten sich Neslin und Anne schnellstens auf den Rückweg, um nicht in der beginnenden Abenddämmerung durch die schummrigen Gassen gehen zu müssen.

Sie liefen schweigend nebeneinanderher, bis Anne nach einiger Zeit begeistert herausplatzte: »Wo hast du das alles nur gelernt, Neslin?«

Sie dachte nach und entschied sich, Anne von einem ihrer früheren Mentoren aus ihrer Zeit in Straßburg zu berichten. »Die Geburtenkunde habe ich zum größten Teil von Eucharius Rösslin gelernt.«

So erfuhr Anne, dass dieser zunächst als Apotheker in Freiburg lebte und später als Stadtarzt in Frankfurt. Er hatte in Straßburg sein Buch »Der schwangeren Frauen und Hebammen Rosengarten« veröffentlicht – das erste gedruckte Lehrbuch für Hebammen. Es beschrieb in allgemein verständlicher Form die Geburtshilfe.

Darin zeigte Rösslin die verschiedenen Phasen und Möglichkeiten einer Geburt – unter anderem auch den Kaiserschnitt –, die

Lage des Fötus im Mutterleib, Fehlgeburten, und erklärte schmerzstillende Arzneien und entsprechende Hilfsmittel, wie den Gebärstuhl. Sein Hebammen-Lehrbuch fand weite Verbreitung, erzählte Neslin weiter, wurde in viele Sprachen übersetzt, und Rösslin war der *Hebammenlehrer Europas*.

»Und wie hast du ihn kennengelernt?«, bohrte Anne weiter.

»Och«, sagte Neslin, nach Ausflüchten suchend. »Wir hatten gemeinsame Bekannte«, wich sie aus. Sie konnte ihr schlecht erklären, dass sie mit Wanderhuren gereist war und so den einen oder anderen berühmten Mann bedient hatte.

KAPITEL 6

»Die Welt ist ein Buch.
Wer nie reist, sieht nur eine Seite davon.«

Aurelius Augustinus (354–430)

Marburg, 1538

Annes großer Tag brach an. Endlich sollte es losgehen. Die letzten Vorbereitungen wurden getroffen, und das ganze Haus war in Aufruhr. Sie konnte es kaum erwarten, endlich auf dem Wagen zu sitzen und loszufahren.

Vor zwei Tagen hatte ihr Onkel sie in sein Büro gerufen, um über die Nachteile und Gefahren einer Reise zu sprechen.

»Anne, ich weiß nicht, ob ich das Richtige tue, aber ich habe es dir versprochen, und so halte ich mein Wort«, hatte er begonnen zu erläutern. »Ich fange zwar an, es zu bereuen, aber da selbst der Landgraf zustimmt … na ja, dann kann es so schlimm nicht sein.«

Sie hatte artig auf dem Ohrensessel gesessen, die Hände im Schoß gefaltet, und ihm zugehört. Am liebsten wäre sie herumgehüpft vor lauter Vorfreude, jedoch musste sie sich zusammenreißen. Sonst hätte ihr Onkel ihr womöglich vorgeworfen, sie wäre nicht reif genug für solch eine schwierige Reise, und seine Meinung doch noch geändert. Das hätte ihr gerade noch gefehlt!

»Die Straßen sind teilweise sehr schlecht und holprig, und trotz der Federn am Wagen wird man ordentlich durchgerüttelt.«

Sie hatte nur gleichgültig mit den Achseln gezuckt.

»Ja, das meinst du jetzt«, brummte Jeronimus, »aber warte es nur ab. Dann darf ich dir außerdem nicht verschweigen, dass es Wegelagerer gibt, die uns überfallen könnten.« Wieder legte er eine bedeutungsvolle Pause ein. »Eine Begegnung mit solchen Halunken ist mir zwar nur zweimal in 30 Jahren widerfahren, aber die Möglichkeit besteht immer. Auch, wenn ich mich bemühe, mich anderen reisenden Kaufleuten oder Gauklern anzuschließen. Je mehr Reisende wir sind, umso geringer wird die Gefahr, überfallen zu werden. Wir werden nur langsam vorankommen, denn unser Wagen ist bis über den Rand beladen, und abends müssen wir in nicht gerade feinen Gaststuben einkehren, wo sich die eine oder andere Wanze, Küchenschabe oder Ratte ein *Stelldichein* geben …« Er hatte wieder eine bedeutende Pause gemacht und sie angesehen.

»Nun, mein Kind, willst du immer noch mitkommen?«

Sie hatte eifrig genickt.

»Nun gut. Dann zieh dich nicht aufreizend an, damit die Männer nicht auf falsche Gedanken kommen. Du darfst ein Festtagskleid mitnehmen, denn wir werden in Köln einen Jahrmarkt besuchen. So, das ist alles. Nun denn, bereite dich gut auf die Reise vor.«

Anne hatte sich in den vergangenen Tagen noch mehrmals bei Philipp auf dem Schloss eingefunden. Nie hätte sie gedacht, dass es ihr so viel Freude bereiten würde, mit ihm Zeit zu verbringen. Sie waren schon so vertraut miteinander, dass Anne das Gefühl hatte, ihn schon Jahre zu kennen. Ob sie sich da nicht etwas anmaßte?

Sie hatte ihm eine Zusammenfassung der Werke des Dichters Martin Opitz mitgebracht und las ihm nun täglich daraus vor. Es handelte sich hauptsächlich um Liebesgedichte, und sie errötete hin und wieder beim Lesen. Philipp hörte ihr dabei aber jedes Mal so gebannt zu, dass sie bald alles um sich herum vergaß und völlig in die Geschichte versank. Dann fiel die Scham von ihr ab, und sie versetzte sich beim Lesen in die Personen hinein und fühlte mit ihnen.

Als es dann Zeit wurde, ihn zu verlassen, und sie das Buch zuschlug, legte sich eine merkwürdige Stille über den Raum. Sie wagte kaum zu atmen, und ihr kam dieser Moment immer wie eine Ewigkeit vor. Eine schöne Ewigkeit, denn es brauchte keine Worte.

Doch dann räusperte sich der Landgraf und sagte mit belegter Stimme: »Ich danke dir, Anne, für diesen wunderbaren Moment. Du kannst dir nicht vorstellen, wie viel mir das bedeutet.«

Bei ihrem letzten Zusammentreffen hatten sie sich voneinander verabschiedet, und nicht ohne Bedauern in seinem Blick hatte er ihr eine gute Reise gewünscht. »Komme mir schnell wieder zurück«, meinte er noch, als sie schon an der Tür stand. Sie wusste nicht, was zwischen ihnen passierte, und wollte sich eigentlich auch keine Fragen darüber stellen.

Und heute war es so weit. Ihr Herz klopfte wild in Annes Brust. Sie wollte eigentlich noch schnell bei Neslin vorbeischauen, um ihr Auf Wiedersehen zu sagen, aber es schien keine Zeit mehr dafür zu sein.

Vor zwei Tagen war sie zu ihr gegangen und hatte den Nachmittag bei ihr verbracht, obwohl Neslin wie immer eher schweigsam geblieben war.

Anne hatte ihrer Freundin von dem Tagebuch erzählt, was Neslin bestaunte. »So etwas könnte ich für meine Aufzeichnungen auch gebrauchen.«

»Du kannst schreiben?«

Neslin hatte für einen kurzen Augenblick erschrocken ausgesehen, sich aber sofort wieder gefangen. »Nicht wirklich«, war sie ihrer Frage ausgewichen. »Ich mache Zeichen und Zeichnungen.« Auch wenn sie Anne liebte und ihr vertraute, so hatte sie dennoch gelernt, dass es für alle das Beste war, so wenig wie möglich von sich zu verraten. Besonders Dinge, die einem falsch ausgelegt werden konnten oder den Mitwisser in Gefahr brachten.

Anne hatte geschmollt. »Du vertraust mir nicht.«

»Ach, Anne, hör doch auf, du weißt genau, dass das nicht stimmt. Ich beschütze dich lediglich vor Unheil.«

»Blödsinn, was für Unheil? Schweben hier etwa Geister im Wald herum? Wirst du gesucht? Machst du etwas Schlechtes?« Anne war wütend geworden.

Neslin hatte innegehalten, denn sie wollte nicht streiten. Wie sollte sie einem 17-jährigen, wohlbehüteten Mädchen erklären, wie es in der Welt wirklich zuging, wie grausam Menschen sein konnten und dass man sich in ihrem Beruf nie in Sicherheit befand? Es reichte ein kleiner Auslöser, und Hebammen und Heiler wurden zu Schuldigen gemacht. Sie hatte schon mehrfach aus Städten fliehen müssen und bereitete sich auch hier auf alles vor. In Marburg fühlte sie sich sehr wohl, und durch die Güte und Gerechtigkeit des Fürsten schien sie in Sicherheit zu sein, aber so etwas konnte sich schnell wieder ändern.

Sie hatte Annes Hände in die ihren gelegt. »Hör gut zu, Mädchen, nicht alles ist Gold, was glänzt. Nicht alle Menschen, die du für gut hältst, sind es auch wirklich.«

Dabei hatte Anne spontan an Jakob denken müssen.

»Es gibt viele Dinge, die du noch nicht weißt oder kennst. Menschen brauchen manchmal einen Schuldigen, damit man ihre eigene Schuld nicht sieht. Häufig handeln sie aber auch aus purer Gemeinheit, aus Hass oder aus Aberglauben. Die Ersten, die dann gegängelt werden, sind die Hebammen.«

Das stimmt, dachte Anne, sie hatte davon schon gehört. Man sprach von regelmäßigen Hexenverfolgungen und -verbrennungen, die seit einigen Jahrzehnten durchgeführt wurden. Ihr Onkel hatte davon berichtet, und sie fand die Vorstellung gruselig. Aber warum sollte Neslin davor Angst haben? Sie tat doch nichts Schlimmes. Im Gegenteil, sie heilte Menschen und brachte deren Kinder auf die Welt. Oder wusste sie nicht alles über Neslin? Was verbarg ihre Freundin? Wurden etwa auch Unschuldige verbrannt? Ihr war schwindelig geworden.

Neslin hatte geseufzt, Annes Hände losgelassen und sich wieder darangemacht, Tinkturen anzurühren. »Deswegen glaube nicht, dass ich dir nicht vertraue, aber im Falle eines … Problems wäre es mir lieber, du würdest da nicht mit reingezogen werden.«

Anne verstand. »Du hast sicher wie immer recht«, hatte sie eingelenkt.

Daraufhin hatten sie das Thema gewechselt, über Pflanzen, die bevorstehende Reise gesprochen, und beim Abschied hatte Anne versprochen zu versuchen, Neslin auch so ein unbeschriebenes Büchlein mitzubringen.

Der Wagen stand fertig beladen und zur Abreise bereit. Anne und Jeronimus verabschiedeten sich von Liese, die ihnen mit der neuen Magd Natascha am Tor stehend nachwinkte.

Anne hatte ihren Onkel überreden können, eine zweite Magd anzustellen, um Liese zu entlasten. Am Anfang war Jeronimus nicht begeistert gewesen, aber als sie die Argumente vorgebracht hatte, nun mehr im Schloss zu sein und Liese nicht mehr helfen zu können, da hatte er sich breitschlagen lassen. Denn es stimmte, dass Liese in ein Alter kam, in dem es ihr mitunter schwerfiel, den Haushalt alleine zu bewältigen. Auch wenn Jeronimus sich oft auf Reisen befand, so waren immer noch die Bediensteten zu unterhalten. Lieses Erleichterung war offensichtlich, als sie die Neuigkeit vernommen hatte. Die Abwesenheit von Anne und Jeronimus kam ihr da sehr gelegen, denn sie wollte die Ruhe im Haus nutzen, um Natascha einzuarbeiten. Sie alle konnten nicht ahnen, wie nützlich diese Entscheidung noch sein würde.

* * *

Philipp stand am Fenster seiner Gemächer und zitierte:

»Ach Liebste, laß uns eilen / Wir haben Zeit, / Es schadet das verweilen / uns beyderseit. / Der edlen Schönheit Gaben / Fliehn fuß für fuß: / Das alles was wir haben / Verschwinden muß.«

Martin Opitz war einer seiner Lieblingsdichter, aber das hatte er Anne nicht gesagt, denn er wollte ihr nicht die Freude nehmen, ihm etwas *Neues* vorzustellen. Er hatte die von ihrer weichen und doch festen Stimme gelesenen Zeilen genossen. So hatten sie einen ganz neuen Sinn bekommen. Was für ihn vorher einfache Liebesgedichte waren, die er gerne las, so konnte er nun erahnen, was der Dichter gefühlt haben muss.

Bei keiner Frau, die er jemals gekannt hatte, war ihm jemals so warm ums Herz geworden. Er hatte nicht mal das Bedürfnis, Anne zu besitzen, so wie ihm das oft mit anderen Weibern geschah. Er wollte einfach nur in ihrer Nähe sein dürfen. Das musste es sein! Das musste die so oft besungene und gedichtete wahre Liebe sein. Kaum hatte er diesen Gedanken zu Ende gedacht, da stutzte er.

Ja, er liebte sie. Aber wie war das möglich? Nach so kurzer Zeit? Brauchte es Zeit, um zu lieben? Er spürte keine körperliche Liebe, sondern viel mehr als das. Auf einmal wurde ihm bewusst, dass er Christine diesmal wirklich betrog. Denn im Bett, da holte er sich nur, was jeder Mann regelmäßig brauchte. Schließlich konnte niemand ewige körperliche Treue verlangen, wenn die eigene Frau von Beginn an immer spröde und lediglich pflichterfüllend im Bett lag.

Sie waren noch sehr jung, als sie heirateten, und Christine von Sachsen wurde sehr pflichtbewusst erzogen. Bereits in der Hochzeitsnacht hatte sie in einer bis zum Hals zugeknöpften Nachtrobe im Bett gelegen. Er war auf sie gestiegen, hatte ihre Robe hochgeschoben, sie gestreichelt, aber sie hatte kein bisschen reagiert und nur mit verbissener Miene weggeschaut. So hatte er eben getan, was er tun musste, um die Ehe zu vollziehen, und war dabei in Gedanken bei der hübschen Magd, die das Zimmer zuvor hergerichtet und ihm einen frechen Blick zugeworfen hatte. Danach hatte er sich von ihr heruntergerollt und ihr Gemach verlassen. Auf dem Gang war er den jungen Mägden begegnet, die kichernd in der Ecke des anschließenden Vorraums gestanden und zu ihm hinübergeschielt hatten.

Da hatte er die Freche mit in sein Gemach genommen und so doch noch eine wunderschöne Hochzeitsnacht durchlebt, voller Entdeckungen und Spiele, denn er war jung und sehr schnell erregbar gewesen. Das hatte sich seitdem nie geändert.

Daher empfand er es als sein Recht, entsprechend zu handeln. Gott hatte ihn mit einem gesunden, kräftigen und durchaus schönen Körper sowie mit dem dazugehörigen Charme ausgestattet. Warum sollte er das alles verdorren lassen? Er empfand kein schlechtes Gewissen Christine gegenüber, auch wenn diese meinte, dass ihr unrecht geschah. Aber was verstand schon eine so frigide Frau wie sie von dem, was bei einem Mann in den Lenden vor sich ging? Philipp stieß einen abfälligen Laut aus.

Er respektierte sie als seine Ehefrau, als Fürstin, als die Herrin des Schlosses und die Mutter seiner Kinder. Kinder, die er so gut wie nie zu sehen bekam. Bis jetzt hatte Christine ihm sechs Kinder geboren, als Letztes einen Sohn, der nun fünf Lenze zählte. Bald müsste er seine Waffenübungen beginnen, dann würde Philipp ihn auch etwas häufiger zu Gesicht bekommen. Seine Töchter waren die Abbilder ihrer Mutter, streng und sittsam, und würden mit Sicherheit gut verheiratet werden.

Doch mehr fühlte er nicht für sie. Und jetzt wurde er ihr wirklich untreu. Er schenkte einer anderen Frau sein Herz. Auch wenn Christine dieses nie besessen hatte, so hatte er es bisher auch keiner anderen gegeben. Bis jetzt! Ja, er liebte Anne. Er liebte dieses wunderbare Wesen, das er nur anschauen wollte. Er wollte ihr zuhören und sie niemals von sich weglassen. Schon manches Mal hatte er über eine zweite Heirat, eine sogenannte *morganatische Ehe* nachgedacht, eine Ehe zur linken Hand, bis jetzt den Gedanken aber immer wieder verworfen. Zum einen wurde eine solche Hochzeit von den Lutheranern lediglich geduldet und als Bigamie angesehen, zum anderen hatte er ja alles, was er brauchte.

Aber wenn er nun ein Wesen wie Anne um sich haben wollte – für immer? Tag und Nacht? Er wagte kaum zu atmen bei diesem Gedanken. Er dachte dabei nicht an körperliche Erfüllung. Obwohl ihm der Gedanke keinesfalls missfiel und schöne wohlige Schauer in ihm auslöste, hatte er dabei das Gefühl, ihr schönes Verhältnis zu beschmutzen, welches bisher frei von jeglichen wollüstigen Gedanken verlief. Würde er sie dann auch betrügen?

Philipp ging ans Fenster und starrte gedankenverloren in den unteren Hof, wo seine Ritter gerade ihre Waffenübungen verrichteten. Sie waren verschwitzt, und Jakob, sein engster Vertrauter, stach ihm besonders ins Auge. Dieser kämpfte mit verbissener Miene, als ob es etwas zu gewinnen gäbe. So hatte er ihn noch nie erlebt. Philipp schüttelte erstaunt den Kopf. Umso besser, dann würde Jakob das Schloss während seiner Abwesenheit gut beschützen.

Seine Gedanken gingen immer wieder zurück zu Anne. Dieses schöne, intelligente Mädchen schien voller Lebenslust zu sein. Er spürte, dass in ihr ein Vulkan brodelte, den er nur aufzuwecken brauchte, mit viel Liebe und Zärtlichkeit. Denn den Frauen Spaß zu bereiten, darauf verstand er sich. Die Männer, die sich einfach alles nahmen, ohne zu fragen und ohne zu genießen, die taten ihm leid. Es gab nichts Schöneres, als ein Weib zum Höhepunkt zu treiben, nichts konnte ihn mehr in Fahrt bringen. Vielleicht blieben die Weibsbilder deshalb so anhänglich und wollten nicht mehr von ihm lassen? Er grinste selbstgefällig.

Manchmal fragte er sich, wie viele Männer sich wohl darauf verstanden, Frauen echte Wollust zu bereiten. Dazu musste man schon deren Körper kennen, denn jede reagierte anders. Jede hatte andere Vorlieben. Und genau das herauszufinden, stellte für ihn das höchste Vergnügen dar.

Nur bei Christine hatte er versagt, die Suche nach ihren sensiblen Stellen hatte er mit der Zeit aufgegeben. Aber wenn er an Anne dachte, so ging es um ein Ganzes. Er hätte sie am liebsten zu seiner Gräfin gemacht. Zu gerne würde er wissen, wie es wohl sein mochte, sich mit einer Frau im Bett zu vergnügen, welche man auch sonst anbetete und bewunderte.

Ein Stich durchfuhr ihn, denn er ahnte die nicht zu beschreibenden Gefühle, die eine solche Vereinigung auszulösen vermochten. Er schaute in die Ferne über den Schlosshof und die Dächer der darunterliegenden Stadt hinweg und sah am Ufer der Lahn einen vollgeladenen Wagen in die Ferne ziehen.

* * *

Die Kammer war völlig abgedunkelt, und Katherina lag, mit kalten Tüchern auf dem Kopf, im Bett. Seit dem Vorfall mit Miezie litt sie unter schrecklichen Migräneanfällen mit Sehstörungen. An solchen Tagen konnte sie nur mit geschlossenen Augen im Bett liegen und beten, dass es endlich vorbeiginge, denn gegen den stechenden Schmerz war kein Kraut gewachsen. Die Erniedrigung, die ihr durch ihre eigene Dienerin widerfahren war, blieb unerträglich. Nicht, dass sie eifersüchtig gewesen wäre, denn sie wusste, dass Ritter sich immer wieder mit Mägden einließen. Aber warum einen Brotkanten kosten, wenn man die Sahnetorte hätte haben können? Sie bot sich ihm geradezu an, aber der Herr Ritter bevorzugte eine dreckige, ungeschminkte Magd ohne Erfahrung. Katherina war außer sich bei dem Gedanken.

Alle ihre Pläne wurden über den Haufen geworfen. Zudem fiel sie beim Landgrafen in Ungnade, der sie hatte zu sich rufen lassen, um ihr eine Standpauke über das Verhalten bei Hofe und die Achtung der Menschenwürde – das gelte auch für Bedienstete, wie er ausdrücklich betonte – zu halten. Er machte ihr klar, dass Miezie nichts dafür konnte, von Jakob missbraucht worden zu sein, und Katherina hätte vor Scham im Boden versinken können. Christine musste Genugtuung empfinden, dachte sie.

Nicht genug, dass sie die Begierde Jakobs ihrer eigenen Magd gegenüber ertragen musste. Nun hatte sie auch noch die Schande und die Schmach der Zurechtweisung ihres geliebten Fürsten ertragen müssen. Der ganze Hof machte sich womöglich schon über sie lustig. Bei diesem Gedanken stöhnte sie auf, und ein heftiger Stich fuhr erneut durch ihren Kopf.

Wie sollte sie sich nun noch bei den Festen blicken lassen? Wie sollte sie Jakob, nach diesem peinlichen Vorfall, unter die Augen treten? Manchmal, wenn ihre Kopfschmerzen ein wenig schwächer wurden, stand sie vorsichtig auf, zog sich einen weiten Mantel mit Kapuze über und schlich über die Wehrgänge, um heimlich den Rittern bei ihren Übungskämpfen zuzuschauen.

Da es ihr gerade etwas besser ging, stand sie auch jetzt auf und machte sich auf den Weg, die Hände schützend über die lichtempfindlichen Augen haltend. Die Kämpfe fanden in der Regel vormittags statt, und ihre Kopfschmerzen kamen dann meistens nur unterschwellig hervor. Erst gegen Mittag schwollen sie wieder an und machten jegliche Bewegung für sie unerträglich. Auch Licht oder Geräusche ertrug sie dann nicht mehr, sodass sie nur noch in ihren Räumen verweilen konnte. Die Übelkeit überkam sie in solchen Momenten so heftig, dass sie kaum noch etwas zu sich nehmen wollte. Zu allem Überfluss hatte Christine ihr dann auch noch einen Arzt geschickt, der sie zur Ader ließ. Die Landgräfin nutzte wirklich jede Gelegenheit aus, sie zu demütigen, dachte Katherina verbittert. Nach einer sehr unangenehmen Untersuchung ihres Unterleibes, bei der sie den Arzt in Verdacht gehabt hatte, eine bestimmte Freude zu empfinden, denn sie war ganz enthaart, und das gefiel den Herren besonders gut, versicherte er ihr, nicht schwanger zu sein.

Dazu brauchte sie keinen Arzt, hatte sie genervt gedacht. Es lag Monate zurück, dass ein Mann sie angefasst hatte, wie sollte sie da schwanger werden?

Dann hatte er ihre Augen untersucht und die Tollkirschentröpfchen auf ihrem Nachttisch gesehen. Als er erfuhr, wie viel und wie oft sie diese in die Augen tröpfelte, hatte er nur den Kopf geschüttelt. Bevor er ging, hatte er ihr Ruhe verschrieben und sie ermahnt, die Tropfen nicht mehr anzuwenden, wenn sie nicht blind werden wolle.

So waren ihre geheimen Ausflüge zu den Kampfübungen ihre einzige Abwechslung während dieser trübsinnig dahinschleichenden Tage. Je häufiger sie Jakob beobachtete, das Spiel seiner starken Muskeln und seine langen Haare bewunderte, umso schöner fand sie ihn. Sie merkte, wie sie begann, sich in ihn zu verlieben, und sich immer mehr in ein fast jugendliches Anhimmeln hineinsteigerte. Philipp hatte sie nun gänzlich vergessen, oder vielmehr abgeschrieben, denn nachdem er sie so abfällig angesehen hatte, konnte sie sich keine Zukunft mehr mit ihm vorstellen. So wurde Jakob zum Bestandteil ihres ganzen Interesses. Täglich begaffte sie ihn heimlich von der kleinen Wehrgangsöffnung aus und träumte, wie es wäre, ihn als Mann im Bett und als Verbündeten im Leben zu haben. Vielleicht war noch nicht alles verloren. Er schien genauso hart und eiskalt zu sein wie sie, wenn es darum ging, seine Ziele zu verfolgen.

Als sie nun an der kleinen, gewölbten Öffnung ankam, sah sie, dass sie Glück hatte. An manchen Tagen fanden die Kampfübungen auf der nördlichen Terrasse statt oder im Wald. An diesem Tag jedoch wurde ihr der Anblick der strammen Ritter gegönnt.

Da erblickte sie ihn. In seiner vollen Manneskraft stand er breitbeinig vor dem Gegner, in der einen Hand seinen Schild, in der anderen sein Schwert. Er setzte den linken Fuß vor, legte den Schild gegen sein linkes Bein und schlug mit seinem Schwert zu, traf seinen Gegner heftig auf dessen Schild, der strauchelnd in die Knie ging. Staub wirbelte auf, und Schweiß lief Jakob über seinen nackten, strammen und männlich behaarten Bauch.

Katherina musste einen Weg finden, ihn an sich zu binden. Wenn normale weibliche Mittel bei ihm nicht weiterhalfen, so musste sie sich etwas ausdenken, um ihn zu ködern. Auf sein Muskelspiel starrend, dachte sie angestrengt nach. Sollte sie ihn erpressen? Aber womit? Nein, das schien keine gute Idee zu sein. Er würde wohl Schwächen haben, aber die kannte der Landgraf, somit gab es keinen Grund, ihn damit zu erpressen. Einen kurzen Augenblick zog sie sogar in Erwägung, sich ihm nackt anzubieten, einfach in sein Bett zu steigen und es ihm zu besorgen, verwarf den Gedanken jedoch sofort wieder. Er würde sie vielleicht nicht zurückstoßen, aber das würde ihn nicht an sie binden. Womöglich würde sie sogar schwanger und mit Schande vom Hof gewiesen werden. Das würde ihr gerade noch fehlen. Sie musste ihn daher mit etwas ködern, das er unbedingt haben wollte. Sie stutzte.

Jakob schlug wieder mit voller Wucht zu. Da kam ihr ein Gedanke. Ja, das könnte die Lösung sein. Sie klatschte frohlockend in die Hände und erschrak sofort vor ihrer Unachtsamkeit, denn sie durfte auf keinen Fall in ihrem Versteck überrascht werden. In Gedanken ging sie diese neue und vielversprechende Eingebung wieder und wieder durch.

Je länger sie darüber nachdachte, umso einleuchtender schien ihr dieses Vorhaben zu sein. Sobald sie wieder gesund sein würde, wollte sie ihren Plan in die Tat umsetzen. In der Zwischenzeit würde sie diesen noch verbessern, damit sich die Falle geschickt um ihren geliebten Ritter schließen konnte.

* * *

Der Schweiß lief Jakob über sein Gesicht, die körperliche Betätigung tat ihm gut. Dabei konnte er seinen Frustrationen freien Lauf lassen. Er war schon immer ein guter Kämpfer gewesen, aber die Wut im Bauch machte ihn noch stärker. Die anderen Ritter warfen sich teils verwunderte, teils verängstigte Blicke zu. Nicht alle von ihnen waren kampferprobt. Die Knappen standen im großen Kreis um die Kämpfenden herum, bereit, ihnen Getränke und Tücher zu reichen, Wunden zu verbinden oder sonstige Dienste zu leisten. Auch sie mussten üben, doch als sie Jakob sahen, schien jeder froh zu sein, der an diesem Tag nicht aufgerufen wurde. Dann wurden die Kämpfe abgebrochen, und die Ritter kehrten schwer atmend und schweißgebadet zu ihren Knappen zurück.

Jakob ging grimmig zu Hans, nahm ihm den bereitgehaltenen Krug Bier grob aus der Hand und trank ihn in einem Zug leer, wobei ihm die Hälfte auf die Brust tropfte und bis zum Hosenbund hinunterlief. Staub klebte an seinem Körper und in den Haaren. Er setzte den Krug ab, rülpste laut und wischte sich den Mund mit seinem Handrücken ab.

Er hasste seinen Knappen, ein verweichlichtes Jüngelchen, das immer vor ihm duckte und vor Angst zitterte, wenn es ums Kämpfen ging. Er taugte nicht als Ritter und würde wohl nie diese Ehre erhalten. Es machte Jakob wütend, dass seine Ausbildung, die Zeit, die er investierte, umsonst sein sollte. Er hätte lieber einen kräftigen jungen Mann mit viel Mut eingewiesen, der dann, einmal zum

Ritter geschlagen, sein ganzer Stolz sein konnte. Aber Hans blieb eine Niete.

Er ließ den Krug achtlos in den Dreck fallen, sollte der Trottel ihn doch aufheben, und ging davon. Im Badehaus angekommen, zog er sich völlig aus und gesellte sich zu den übrigen Rittern ins Dampfbecken. Eine Magd bot ihm eine Erfrischung an.

»Du kommst heute Abend zu mir«, sagte er und nahm das gekühlte Getränk entgegen. Ohne auf eine Antwort zu warten, drehte er sich zu seinen Kumpanen. Diese lachten, als hätte er einen besonders guten Witz erzählt.

»Du verstehst es, mit den Weibern zu reden, was?«, lobte ihn Rainer, der vor Kurzem erst eingetroffene Neuling, bewundernd.

»Ach was, *reden*«, meinte ein anderer, und alle grölten.

Jakob schweifte mit seinen Gedanken ab und verzog nur den Mund, um ein Lächeln anzudeuten. Wer ihn genauer kannte, hätte gemerkt, dass er gar nicht zuhörte. Nach dem Bad wollte er mal schauen, was es mit dieser Kräutertante auf sich hatte. Es hieß, dass Anne oft zu ihr ging, und er musste herausfinden, ob es sich um rein geschäftliche Besuche handelte oder ob sie aus Vergnügen zu ihr ging und welchen Vorteil er für sich daraus ziehen konnte.

Ein paar Badedirnen gesellten sich nackt zu ihnen. Behutsam und mit sanften kreisenden Bewegungen ließen sie die Schwämme über die Körper der Ritter gleiten, bis die Herren zufrieden glucksten und sich entspannten. Einige ließen sich auch an anderen Körperregionen verwöhnen, aber Jakob fühlte sich gerade nicht in Stimmung und stieß die Hure von sich, als diese sich ihm mit ihren üppigen Brüsten näherte. Er musste sich konzentrieren und nachdenken.

Als er aus dem Bad stieg, kam die Magd, die er für den Abend zu sich bestellt hatte, erneut und hielt ihm knicksend und mit gesenktem Haupt ein frisches ärmelloses Überhemd mit seinem Wappen hin. Er stülpte es sich über, dann zog er die Beinlinge an und zuletzt seine Kuhmaulschuhe und ging los.

Irgendetwas musste ihm einfallen, um Anne gefügig zu machen. Er war dem Ratschlag der dicken Brigitte gefolgt und hatte Elvira aufgesucht. Diese zeigte sich von Natur aus geschwätzig, und es hatte auch dieses Mal nicht viel Überredungskunst gebraucht, um Einzelheiten aus ihr herauszubekommen. Laut Elvira, und das hatte sie wohl von Annes Magd Liese, hing die *Kleine,* wie sie Anne nannte, ständig im Wald herum. Liese wäre besorgt, dass sie mit der Kräuterhexe zusammenstecken könnte, denn was solle ein so junges Ding stundenlang alleine im Wald machen?

Jakob hatte innerlich gegrinst, denn ihm fielen da noch ein paar andere Dinge ein. Wenn die wüssten, dass Anne es faustdick hinter den Ohren hatte, wie sie sich von ihm hat befummeln lassen, dann wären sie wohl sehr erschüttert. Er dachte nach. Konnte er das verwenden? Nein, das schien nicht genug. Das Wort *Kräuterhexe* jedoch hatte ihn aufhorchen lassen. Eine Idee formte sich nun in seinem Kopf zusammen, noch unbestimmt, aber er spürte, dass er damit etwas anfangen könnte.

Elvira hatte auch noch vom Landgrafen erzählt, der Anne zu seiner persönlichen Gesellschafterin ernannt hatte. *Gesellschafterin,* dachte er abfällig. Von wegen! Der Landgraf war ein Mann wie alle anderen auch und berüchtigt für seine Affären. Er verbrauchte Weiber wie andere ihre Hemden, spottete er und lachte in sich hinein. Er hatte jedoch noch nie verstanden, warum die Weiber ihm so nachweinten. Glaubten die etwa wirklich, eine Sonderstellung zu erhalten? Oft wurden sie schwanger und wurden dann abgeschoben. Man munkelte, Philipp würde sie bis zur Niederkunft im Schloss behalten und ihnen dann eine Stellung als Zofe in anderen Grafschaften besorgen, wo ihre Kinder mit anderen adeligen Kindern aufgezogen wurden. Da hatten die Weiber Glück, er kannte keinen anderen Fürsten, der seine Mätressen so großzügig behandelte. Sie konnten dann zwar kaum noch verheiratet werden, jedoch mussten sie nicht, wie manche andere, ein armes Leben als Wanderhure verbringen.

Wäre er Landgraf, würde er sich nicht um dieses Weibervolk scheren. Die wurden unter einem falschen Stern geboren. Sollte er jedem Bettelmann nachheulen, weil er so ein armseliges Schicksal hatte? Er spuckte den zerkauten Grashalm aus und riss sich einen frischen ab. Die einen hatten Glück, die anderen eben nicht. Er war schließlich auch in arme Verhältnisse hineingeboren worden.

Sein Vater, ein verarmter Adeliger, hatte ihn und seine Mutter fast täglich geschlagen, wenn er besoffen aus der Gaststube heimkam. Wer hatte da um ihn geweint? Keine Krähe! Er hatte Glück gehabt, dass ihn damals ein Ritter beim Raufen beobachtet und ihn zum Knappen auf Probe genommen hatte. Eigentlich nahm man nur Jungen aus reichen und hoch angesehenen Adelshäusern, doch wenn man deren Brut sah, schwach und verweichlicht, verstand man, dass sein Gönner damals lieber einen kräftigen, wenn auch verarmten Landadeligen ausbilden wollte. Der Ritter hatte seinem Vater Geld gezahlt, welches dieser gleich wieder in die nächste Gaststube schleppte. Dann hatte sich Jakob mit harter Arbeit und viel Ausdauer als Knappe bewährt und wurde zum Ritter geschlagen.

So war das eben im Leben. Selbst in der Tierwelt wurden die Schwachen getötet oder zurückgelassen, und die Starken überlebten und wurden gefördert. Jakob konnte Gefühlsduselei nicht ausstehen. Bei Anne hatte er etwas gefühlt, was er vorher nicht gekannt hatte, das konnte er nicht leugnen. Aber dieses Gefühl hatte nicht lange angehalten. Liebe gab es für Weichlinge. Man wurde geblendet und zum *Hanswurst*. Den Beweis dafür hatte er ja nun.

Er hatte sich liebenswürdig und zurückhaltend gezeigt, was er sonst nie tat, und diese Hure hatte nichts Besseres zu tun, als ihn abzuweisen, um gleich darauf ins fürstliche Bett zu springen. Das hatte er nun von seinem Liebesgesäusel. Aber auch die wird bald wieder vom Fürsten abgeschoben werden, und dann würde *er* am Zug sein. Er grinste hämisch.

Eigentlich wurden vom Landgrafen abgelegte Weiber nicht angefasst, das brachte nur Ärger. Es handelte sich um einen ungeschriebenen Ehrenkodex unter Männern eines Fürsten, aber bei ihr wollte er eine Ausnahme machen. Der Landgraf brauchte davon ja nichts zu erfahren, denn wenn er mit ihr fertig war, würde sowieso kein Hahn mehr nach ihr krähen, dachte er und brummte zufrieden.

Am Waldrand angekommen, sah Jakob die kleine Hütte der *Hexe*. Wo andere Wäsche zum Trocknen aufhängten, hatte sie Kräuterbüschel auf die Leine gesteckt. Ihm wurde etwas unbehaglich zumute. Widerwillig widerstand er der Versuchung, sich zu bekreuzigen. Auch wenn er nicht an dem katholischen Glauben festhielt, konnte Jakob sich aber nur mit Mühe von den alten Ritualen losreißen. Wie von allen schlechten Gewohnheiten, dachte er und grinste hämisch.

Als er sich dem Haus näherte, sah er die Hebamme durch ein kleines Fenster an einem Tisch Teig kneten. Er hielt inne und beobachtete sie. Ihr schien es an nichts zu fehlen. Die Regale quollen reichlich beladen über, die Stube schien sauber und gemütlich eingerichtet, und ihre Erscheinung war gepflegt. Sie war hübsch, jedoch zu alt für ihn. Er wusste, dass Philipp große Stücke auf sie hielt, auch wenn Jakob den Grund dazu nicht begriff. Es gab genug gute Ärzte, die sich darum stritten, dem Fürsten dienen zu dürfen.

Überhaupt verstand er nicht immer Philipps Handlungen, auch wenn es ihm als treu dienendem Ritter nicht zustand, ihn zu kritisieren. Seit Jahren begleitete Jakob den Fürsten auf allen Kriegszügen, absolut begeistert von dessen aggressiver Politik. Während der Bauernaufstände hatte Philipp keine Gnade walten lassen und Exempel statuiert, an die Jakob noch heute gerne zurückdachte. Stolz war er an der Seite seines Landesherrn geritten, der vor nichts und niemandem zurückzuschrecken schien.

Aber dann fing Philipp an zu verweichlichen, beriet sich, wann immer er konnte, mit dem niederen Volk und wollte die *hessischen Verhältnisse* ständig verbessern. Jakob mochte den Krieg lieber. Doch seit einigen Jahren lehnte Philipp jegliche Kriegshandlung ab, als wolle er klein beigeben, Jakob, als sein engster Berater, hatte ihm schon mehrfach zu verstehen gegeben, dass er seinen guten Ruf und die Anerkennung im ganzen Reich nicht zuletzt seinen gewagten und halsbrecherischen Vorstößen verdankte. Auch hatte Philipp die Reform geschickt für seine Zwecke genutzt, und Jakob bewunderte ihn dafür, befürchtete aber, dass dessen jetzige Handlungsstarre, früher oder später, zum Verlust des bisher Erreichten führen könnte. Philipp jedoch wollte davon nichts wissen, er *wolle den Bogen nicht überspannen,* was für Jakob hieß, er würde *den Schwanz einziehen.* Das war nicht von Vorteil für einen Fürsten, das wusste Jakob. Zudem brauchten seine Männer Abwechslung und Aktionen. Die täglichen Übungen reichten nach mehreren Jahren Ruhe nicht mehr aus und machten die Krieger mürbe und brachten sie auf dumme Gedanken. Würde Jakob hier am Fenster stehen, wenn er im Reich Beute machen könnte? Er schüttelte den Kopf, um diese Gedanken zu vertreiben und sich auf seine Mission zu konzentrieren. Er klopfte an die Tür. Neslin rief: »Herein!«, und er trat ein.

* * *

Es roch angenehm nach Teig, Kräutern, Ölen und Gewürzen.

»Herr Ritter.« Sie deutete einen Knicks an.

Er trat in die Stube. »Frau, eh, Neslin, nicht wahr? Ich, eh, wollte wissen, ob Sie etwas gegen Magendrücken haben?« Neslin sah ihm direkt in die Augen, sie konnte sein Unbehagen spüren. Er hatte nicht die typisch gequälten Gesichtszüge eines Magenkranken.

»Ja, Herr Ritter. Nehmen Sie bitte einen Moment Platz.« Sie wies auf einen Hocker und wischte sich, so gut es ging, mit einem Tuch den Teig von den Händen. »Wie äußern sich die Magenbeschwerden, Herr Ritter?«

»Eh, ich … na ja … kann es nicht gut beschreiben.«

»Ist es ein kurzer stechender Schmerz, der immer mal wieder kommt? Ist es ein Dauerdruck? Wird Ihnen übel, oder erbrechen Sie? Ist Blut im Erbrochenen?«

»Ach so, nein, nein, nur manchmal ein Druck.«

»Aha, das sind dann eher Blähungen.« Sie gab ihm etwas Kamille in ein Leinensäckchen und schnürte es zu. »Dreimal am Tag mit heißem Wasser aufrühren und warm trinken. Nicht zu heiß. Meiden Sie Brot, Bohnen und Hefe, also auch Bier.« Sie gab ihm den Beutel und ging wieder zu dem Teig.

»Ist das alles?«, fragte er verdattert.

»Ja, Herr Ritter, in ein paar Tagen wird es Ihnen besser gehen.«

»Woher wollen Sie das denn wissen?«, fragte er hinterhältig und kniff die Augen zusammen. Ein Stich durchfuhr Neslin, als sie bemerkte, dass sie soeben einen Fehler begangen hatte. Ihre Hände wurden feucht. Aus ihrem früheren Leben wusste sie, wie die Menschen alles verdrehen konnten. Diesen Blick kannte sie nur zu gut. Die einfache Voraussage einer baldigen Heilung könnte als Wahrsagung interpretiert werden, und darauf stand der Scheiterhaufen. Sie würde ihre Worte besser wählen müssen.

»Aus Erfahrung, Herr Ritter. Es ist mein Beruf, solche Dinge zu wissen«, antwortete sie ruhig, aber aufhorchend.

»So wie es der Beruf der *Hexe* ist, wahrzusagen?«, sagte er fast beiläufig und beobachtete ihre Reaktion. Hatte er da nicht gerade eben Angst in ihren Augen aufflackern gesehen?

»Es gibt keine Hexen, Herr Ritter. Es gibt nur Hebammen, Kräuterfrauen und Heilerinnen. Davon sind vielleicht manche Scharlatane, aber Hexen gibt es nicht!«, antwortete sie bestimmt.

»Ich sehe hier nirgendwo ein Kreuz, bist du gläubig, Frau?«

Sie stockte. »Ich glaube, ja«, versuchte sie sich herauszuwinden.

»Aha! Ich könnte Sie nach fünf Minuten schon der Ketzerei, der Hexerei, der Wahrsagerei und noch anderer mit Todesstrafe belegter Vergehen bezichtigen, ist dir das klar, *Weib?*« Er spuckte die Worte beinahe aus.

Nun drehte sie sich wütend zu ihm um. »Was willst du, Ritter? Mich besteigen? Frag doch einfach, nimm dir, was du willst, und verschwinde. Wozu das Ganze? Ich helfe Menschen und tue nichts Böses.«

Er staunte. Hure also auch noch! Er fand sie schön, das stimmte, aber er ließ sich nicht mit Hexenpack ein. Dann verhexte sie ihn womöglich noch, so wie Anne ihn in den Bann gezogen hatte … ja, genau … sie hatte ihn verhext, und mit Sicherheit traf Neslin daran die Schuld.

Neslin sah den kranken, fanatischen Blick in seinen Augen und bekam nun wirklich Angst. Sie hatte so etwas schon einmal erlebt. In München, wo sie als eine der meistgeachteten Hebammen respektiert wurde und mit angesehenen Ärzten und mit Paracelsus zusammenarbeitete. Als dann die Pest ausbrach und sie selbst nicht erkrankte, drehten ihr die Bürger, reiche und arme, einen Strick daraus. Scheiterhaufen waren errichtet worden und mit den Pestleichen sogenannte *Hexen* verbrannt.

Sie hatte im letzten Moment fliehen können, denn ein Bürger, dessen Kind sie das Leben gerettet hatte, warnte sie. Noch nie hatte sie eine solche Angst gehabt. Sie floh nur mit ihren Kleidern am Leib, versteckt in dem Wagen des Bürgers, der sie außerhalb der Stadttore absetzte und ihr viel Glück wünschte. Während sie in dem Versteck verweilt hatte, wurde sie Zeugin von den qualvollen und markerschütternden Schreien der Frauen auf den schon brennenden Scheiterhaufen. Sie hatte in diesem Moment das Vertrauen zur Menschheit verloren.

Am Anfang war sie ziellos herumgelaufen, nur weg von dieser Stadt. Auf dem Weg musste sie Hunger leiden, kam an vielen von der Pest völlig ausgemerzten Dörfern vorbei, wo sie ab und zu in den verlassenen Häusern und Höfen etwas zu essen gefunden hatte. Manchmal sah sie noch Überlebende, die aber so hoffnungslos dahinsiechten, dass man ihnen fast gewünscht hätte, auch vom Schwarzen Tod geholt zu werden.

Die kleine Anne hatte damals großes Glück gehabt, bei ihrem Onkel aufgenommen worden zu sein, dachte Neslin. Viele Frauen waren zum Huren, Hungern oder beidem verdammt, selbst Kinder. Selten konnten sie alleine und ohne männlichen Schutz ihre Höfe führen oder ihren Unterhalt verdienen. Die Bevölkerungszahl war bis auf ein Drittel geschrumpft, und Plünderer hatten ihr Unwesen getrieben. Überall hatten verweste Leichen gelegen, und niemand war zugegen gewesen, um sie zu verbrennen. Der widerliche Geruch nach Erbrochenem, Kot und Verwesung war allgegenwärtig. Wo sie auch vorbeigekommen war, überall boten sich ihr die gleichen, verhängnisvollen Szenen.

Neslin hatte alles Brauchbare in ein großes Tuch gewickelt und war in Richtung Norden gewandert. Die großen Städte hatte sie gemieden. Sie hatte damals gehört, dass im Norden die Reformierungen griffen und die strengen Kirchenregeln nicht mehr galten.

Hexenverbrennung gab es dort somit weniger. Sie hatte nicht gewusst, wie es weitergehen sollte, und so schloss sie sich, ganz gegen ihre Gewohnheit, Wanderhuren an. Bei ihnen war sie zumindest vor Mördern und Wegelagerern sicher geblieben. Wenn schon den Körper hergeben, dann lieber freiwillig und dafür etwas zu essen bekommen, hatte sie sich gedacht.

Sie war schnell anerkannt worden, wobei ihr nicht zuletzt auch ihre Heilkunde zu Hilfe gekommen war. Denn Wanderhuren wiesen viele wunde Stellen, Entzündungen oder Verletzungen auf. So war sie in die Grafschaft Marburg gekommen und durch einen Zufall die Heilerin des hiesigen Landgrafen geworden, der sich bei Festspielen verletzt hatte. Sie hatte ihr Lager mit ihren Weggefährtinnen nicht weit von den Festspielen auf einem Platz aufgeschlagen, der ihnen von der Stadt zugewiesen worden war. Ein guter Platz für ihr Gewerbe, denn nach den Kämpfen waren die Ritter, Besucher und Zuschauer gerne mal bei einer Dirne vorbeigekommen.

Der zuständige Arzt, der damals gerade einer Entbindung beigewohnt hatte, konnte nicht kommen, sodass sie für ihn eingesprungen war. Landgraf Philipp hatte sich sehr überrascht gezeigt, dass sie ihn nicht zur Ader ließ, so wie das sonst üblich war. Er schien ein guter und intelligenter Mann zu sein, sehr offen für alles Neue, und sie hatten lange über neue Heilmethoden geredet, die ihn sehr interessierten. So hatte sie sich, auf ausdrücklichen Wunsch des Fürsten, am Rande seiner Stadt niedergelassen, denn es hatte an neumodischer Krankenpflege in Marburg gefehlt. Er hatte ihr sogar Handwerker zum Erbauen ihrer Hütte am Rande des Richtsbergs geschickt, und er bezahlte sie gut für ihre Dienste.

Am Fuße einer Hinrichtungsstätte zu leben, hatte für sie natürlich erst einmal einer gewissen Überwindung bedurft. Zum einen zeigte dies deutlich den ihr zugeteilten Stand innerhalb der Gesellschaft, denn normalerweise lebten dort nur Henkersfamilien, mit denen niemand etwas zu tun haben wollte. Zum anderen kam es ihr wie ein böses Omen vor, als eine ehemalig als Hexe beschuldigte Frau ausgerechnet am Fuße eines Galgenberges leben zu müssen. Es war ihr so vorgekommen, als ob das Schicksal ihr damit einen Wink geben würde, damit sie wusste, wo sie hingehörte. Doch mit der Zeit überwand sie ihre anfängliche Abneigung und fand ihr Los, besonders im Angesicht ihrer Vergangenheit, nun durchaus erstrebenswert. Es fehlte ihr an nichts. Die meisten Menschen, ob es sich um Bürger oder Bauern handelte, bezahlten sie mit Waren, und sie konnte es sich sogar leisten, bei ganz verarmten Menschen nichts zu nehmen. Sollte sie dies alles nun wieder verlieren? Erschütterung ergriff ihr Herz.

Jakob starrte in ihr wütendes Gesicht. »Nun werd bloß nicht auch noch aufmüpfig«, zischte er, und sie konnte seinen stinkenden Atem riechen. »Ich verlange nur ein paar Auskünfte. Was treibst du mit Anne, der Nichte des Herrn Händel?«

Neslin stutzte und fragte sich, was das zu bedeuten hatte.

»Man munkelt, dass sie sich viel bei dir herumtreibt, das macht die Menschen misstrauisch.« In seinen Augen konnte sie die Lüge deutlich erkennen. Hatte er die Angst in ihren Augen gesehen und versuchte, sie absichtlich in die Enge zu treiben? »Ich komme also, um zu prüfen, ob es sich lohnt, weiterzuforschen. Was macht sie hier? Feiert ihr Hexensabbat, oder kommt sie, um ihre Bälger wegmachen zu lassen? Oder stiftest du sie gar zur Hurerei an?« Er redete sich in Fahrt, und Neslin spürte deutlich, dass er sich überlegen fühlte.

»Ach was«, winkte Neslin lässig ab. Sie hatte sich nun wieder im Griff, denn sie ahnte, woher der Wind wehte. Es ging ihm nicht um sie, es ging ihm um Anne. Und wenn er so abfällig redete, das sagte ihr ihre Menschenkenntnis, dann hatte er wohl nicht bekommen, was er von Anne wollte. Nun war er außer sich, und solche Männer konnten gefährlich werden, zu allem bereit. Sie musste sich stark konzentrieren und durfte nichts Falsches sagen.

»Es ist komisch, was du da sagst«, meinte sie gespielt verwundert. »Anne hat mir von einem schönen Ritter Jakob erzählt, der ihr den Hof machte. Sie wirkte, als sei sie glücklich darüber. Seid Ihr das nicht? Was ist geschehen seit gestern, dass Sie so schlecht von ihr denken, Herr Ritter?« Sie schaute ihm in die Augen.

»Gestern?«, fragte er verwirrt und fiel in sich zusammen. »Sie sprach von mir?«

»Ja«, log Neslin, »und nur im Guten. Der Ritter dies, und der Ritter jenes, so wie junge Fräuleins reden, wenn …«

»Wenn?«, hakte er misstrauisch nach.

»Na, soll ich Ihnen ein Bild malen? Wenn sie verliebt sind, natürlich«, sagte sie und hob die Augen genervt zur Decke.

»Du lügst, du Schlampe!« Er sprang auf, stand mit einem Satz bei ihr, bekam sie an ihrer Lederschürze zu fassen und riss sie zu sich ran. »Das kann gar nicht sein, denn sie beachtet mich nicht mehr.«

»So ein hübscher Kopf und so wenig darin«, spottete sie und stieß den verdatterten Jakob von sich weg. Hitze stieg in ihr auf, aber sie durfte sich nichts anmerken lassen. »Wissen Sie wirklich so wenig von Frauen?«

»Ich weiß, was man wissen muss, da, wo was reingesteckt werden kann, und das reicht«, sagte er anzüglich und griff sich an die Hoden.

»Das meine ich eben«, sagte Neslin listig. »Ein junges Fräulein zeigt dem Mann ihres Herzens die kalte Schulter, um ihn zappeln zu lassen, damit er sie noch mehr begehrt. Das ist wie ein Spiel. Denn jede Maid weiß, dass nur ein verliebter Ritter um ihre Hand anhalten wird. Würde sie ihm gleich alles gewähren, wäre der Reiz für den Herrn Ritter nicht mehr da, und sie würde schnell, wie so viele vor ihr, in Vergessenheit geraten.« Neslin merkte, wie er ins Wanken kam. »Außerdem ist sie aus gutem Hause und wird sich ja wohl nicht die Blöße geben, ihrem Liebsten gleich alles zu erlauben. Wo denken Sie hin? Was würden Sie von ihr denken? Dass sie nur eine kleine Dirne ist und genauso verdorben wie alle anderen Weiber? Ist es nicht so?«, trumpfte sie noch einmal auf.

Da brach sein Widerstand. »Wenn du mich anlügst«, drohte er, klang aber schon viel weniger überzeugend.

Sie lachte falsch auf, fast hysterisch, aber er merkte es nicht. »Warum sollte ich das? Ich würde dabei nur verlieren und nichts gewinnen.« Neslin spürte einen Kloß im Hals. Sie merkte, wie ihr der Schweiß am Rücken hinunterlief, und hoffte inständig, es würden keine großen Schweißflecke sichtbar werden.

Sie hatte keine Wahl. Noch heute Abend würde sie ihre Habe zusammenpacken und verschwinden. Sie hatte sich zwar für diesen Moment gerettet, aber gegen einen Ritter kam sie nicht an. Auch wenn sie sehr viel Ansehen beim Landesherrn und bei den Bürgern genoss, gegen das Wort und die ausgesprochene Verleumdung eines Ritters würde sie sich nicht glaubhaft verteidigen können. Und dazu würde es folgenschwer kommen, wenn Jakob herausfand, dass sie ihn belogen hatte. Diesmal konnte sie sich durch ihre Menschenkenntnis und ihre Begabung, Schlussfolgerungen zu ziehen, herauswinden, aber gelang ihr das auch beim nächsten Mal? Sie durfte kein Risiko eingehen.

Jakob erhob sich eilig, ließ ein paar Groschen klirrend auf den Tisch fallen, griff nach dem Leinenbeutel mit der Kamille und verabschiedete sich schnell. Was die *Hexe* gesagt hatte, leuchtete ihm ein. Ja, so musste es sein. Er fühlte sich wie ein Trottel. *Alles in den Muskeln, nichts im Hirn,* so hatte sein Vater immer von ihm gesprochen. Vielleicht hatte der Alte ja doch recht gehabt. Wie hatte Jakob glauben können, dass ein so wohlbehütetes Weib, noch dazu aus gutem Hause und mit Ansehen, sich einfach so hingab wie eine läppische Magd? Er haderte mit sich, vor allem, wenn er daran dachte, wie er die junge Bedienstete vor ihren Augen in den Stall bugsiert hatte.

Auch mit den Zofen und feinen Damen im Schloss verhielt es sich anders. Die taten nach außen hin manierlich, entpuppten sich im Bett aber als echte, geile Schlampen. Zu allem bereit, um gut verheiratet zu werden, doch dabei verrechneten sich die meisten. Sie boten sich förmlich um die Wette feil und versuchten, sich mit ihren Liebeskünsten gegenseitig zu übertrumpfen.

Das würde auch Annes Eifersuchtsszene beim Fest erklären. Natürlich! Sie liebte ihn, aber sie wollte nicht *eine von vielen* sein. Sie wollte umworben werden wie eine Prinzessin. Er grinste selbstgefällig. Seine Wut war wie weggeblasen, und er fühlte sich leicht und beschwingt wie noch nie. Notgedrungen musste er also doch um ihre Hand anhalten. Aber der Gedanke störte ihn nicht, im Gegenteil, es machte ihn glücklich. Komisch, lachte er in sich hinein, er hatte sie noch vor wenigen Augenblicken zahlen lassen wollen, und nun empfand er ein erfrischendes Glücksgefühl. Die Tatsache, von ihr geliebt zu werden, versöhnte ihn.

Beschwingten Schrittes entfernte er sich von der Hütte. Er drehte sich nicht mehr um und konnte daher nicht sehen, wie Neslin ihm mit tränengefüllten Augen nachsah.

KAPITEL 7

»Es gehört oft mehr Mut dazu, seine Meinung zu ändern, als ihr treu zu bleiben.«

Friedrich Hebbel

Liebes Tagebuch,

ich bin Anne Händel. Ich wollte schon lange anfangen zu schreiben, aber immer kam etwas dazwischen. Nun ist so viel die letzte Zeit passiert, dass ich gar nicht mehr weiß, wo ich beginnen soll.

Zuerst war da diese Geschichte mit dem Ritter Jakob, der mir am Anfang zwar gefiel, dann aber grob und zudringlich wurde, sodass ich heute selbst nicht mehr verstehe, warum ich mich auf ihn eingelassen habe. Zum Glück konnte ich mich in letzter Minute noch retten.

Gerade, als ich zerknirscht und unglücklich vor mich hinsiechte, wurde ich von dem Landgrafen Philipp persönlich geladen. Wie ich zu dieser Ehre kam, kann ich mir nicht erklären, vielleicht steckte mein Onkel dahinter, der eine sehr gute Stellung als sein Lieblingshändler innehat.

Jedenfalls wurde ich eingeladen, und zu meiner großen Überraschung stellte ich fest, dass der Landgraf nicht nur ein stattlicher Mann, sondern auch gebildet, wissensdurstig, ja fast sogar romantisch ist. Er verlangte von mir, ihn regelmäßig zu unterhalten und ihm vorzulesen, und ich mache dies mit großem Vergnügen. Ich bewundere diesen Mann sehr und fühle mich zu ihm hingezogen. Er ist mir schon nach kurzer Zeit so vertraut.

Manchmal muss ich mich zwicken, um sicher zu sein, dass das alles auch wahr ist. Er vertraute mir sogar an, sich häufig einsam zu fühlen. Erst erstaunt, begriff ich dann sehr schnell, dass Menschen in Schlössern und an Höfen wohl oft einsam sein müssen, denn viele Menschen sind falsch. Es geht ihnen nur um Geld, Ansehen, Einfluss und Macht. Ich habe Glück, nicht wirklich am Hof zu leben und nur manchmal an Festen teilzunehmen. Obwohl, jetzt ändert sich das bestimmt auch ein wenig.

Im Schloss bekam ich ein Gemach zugeteilt und eine eigene Zofe, Miezie. Abends darf ich aber heim zu Liese und meinem Onkel. Mit Miezie verstehe ich mich schon jetzt sehr gut, und ich glaube, sie könnte meine Freundin werden. Das gehört sich zwar nicht, aber das ist mir gleich.

Mein Onkel, der schon seit langen Jahren ein Krämer, was schreibe ich da, ein Kaufmann ist und viel reist, hat mir dieses Buch geschenkt. Erst wusste ich nicht so recht, was ich damit anfangen sollte, aber jetzt macht es mir einen Riesenspaß, dir alles zu erzählen. Die Wörter kommen automatisch beim Schreiben, ich brauche gar nicht weiter nachzudenken. Zurück zum Grafen. Es ist noch zu früh, um viel darüber zu schreiben, aber selbst nach so kurzer Zeit habe ich das Gefühl, dass er mich liebt. Ist das möglich? Auch ich empfinde ähnlich, obwohl ich bei ihm kein Kribbeln im Bauch spüre. Ich fühle mich einfach wohl mit ihm. Kann das auch Liebe sein? Wenn Du mir doch bloß antworten könntest.

Gerade bin ich auf einer Reise, meiner ersten. Mein Onkel und ich fahren nach Köln, auf einen Jahrmarkt, wo es auch ein Fest zu geben scheint. Ich freue mich schon darauf, obwohl mich Feste sonst nicht sonderlich interessieren. Aber ich möchte alles von dieser fremden Stadt kennenlernen.

Jetzt schließe ich, denn der Wagen wackelt immer mehr, und ich muss meine Position wechseln, sonst wird mir heute Abend jeder Knochen schmerzen.
Gott zum Gruß, Anne

Liebes Tagebuch,

nun sind wir endlich in Köln angekommen. Es ist grandios! Köln ist eine sehr große Stadt, überall gibt es Buden und Stände, Musikanten und Gaukler, Händler und Krämer. Ich konnte auch einen Bärenführer ausmachen, Schausteller und sogar eine Wahrsagerin.

Es ist sehr aufregend. Mir tut zwar noch alles von der Reise und den holprigen Straßen weh – mein Onkel hatte mich gewarnt –, aber ich will um nichts in der Welt im Bett bleiben. Es ist aufregend zu reisen, man lernt viele Menschen kennen, kehrt in vielen Gaststuben ein und kann auch neue Gerichte kosten. Nun muss ich mich schnell anziehen, denn wir sollen zu einem Sattler gehen, mit dem mein Onkel einen Termin hat.

Deine Anne

Liebes Tagebuch,

eine Sintflut ist über mein Leben hereingebrochen. Bin ich denn so ein leicht zu habendes Herz? Was ist nur los mit mir?

In meinem ganzen Leben habe ich noch keinen so schönen Mann gesehen. Mir blieb fast das Herz stehen, als ich ihn sah. In seiner Gegenwart konnte ich kaum atmen und den Blick nicht von ihm abwenden. Er stand da, am Sattlerstand seines Vaters, sah mich mit seinen blauen Augen an … und dieser wunderschöne Mund, ich habe noch nie einen so schönen Mund gesehen.

Ein faszinierender Mann. Er ist groß, mit breiten Schultern, blond und blauäugig und hat ein Lächeln, das direkt in mein Herz eindrang. Zu allem Überfluss ist er sanft. Er sprach kein Wort, er schaute mich nur an, ich hatte das Gefühl, alles Drumherum verschwand, und es gab nur uns beide.

Das ist sie. Das ist die Liebe, die wahre. Die Liebe, die in Büchern beschrieben und von Minnesängern und Musikanten besungen wird.

Liebes Tagebuch, sag bitte, werde ich verrückt? Erst Jakob, dann der Landgraf und nun er? Ich kenne nicht einmal seinen Namen. Ich liebe ihn, ich liebe ihn, ich liebe ihn! Wie kann das sein?

Bei Jakob handelte es sich um eine Laune, die mir jetzt noch leidtut, denn ich habe das dumme Gefühl, dass er nicht aufgeben wird. Mit Sicherheit hatte ich nur Angst, als alte Jungfer vergammeln zu müssen, und musste mir beweisen, dass ich ihm gefiel. Für den Fürsten empfinde ich tiefe Zuneigung, Achtung, ja vielleicht auch eine Form der Liebe. Aber diese Liebe ist anders. Bei meinem jungen Fremdling habe ich lauter Sterne in den Augen und starkes Kribbeln im Bauch.

Es ist schon kein Kribbeln mehr, es ist ein Bienennest. Ein Summen und Zittern, das nicht mehr aufhören will. Und das Schlimmste? Ich möchte gar nicht, dass es aufhört. Ich habe mich noch nie so glücklich gefühlt. Wie soll ich es nur bis heute Abend aushalten? Hätte ich das gewusst, ich hätte mir ein schöneres Kleid machen lassen. Na ja, obwohl, er ist ein Handwerker. Er wäre vielleicht zu eingeschüchtert, wenn ich zu fein wirke. Ja, genau! Heute Abend sehe ich ihn hoffentlich wieder. Bitte, bitte, mach, dass ich ihn wiedersehe. Sonst muss ich sterben …

Liebes Tagebuch,

ich glaube, ich bin das glücklichste Mädchen auf der Welt! ER LIEBT MICH AUCH! Martin ist sein Name. Martin, Martin, Martin!!!

Er war auch auf dem Jahrmarkt, und er forderte mich zum Tanz auf. Ich hatte ganz weiche Knie. Wir tanzten und tanzten, und mein Kopf drehte sich. Von den vielen Drehungen oder von seinen Blicken, das kann ich nicht sagen. Dann nahm er mich zur Seite und entführte mich. Ja, wirklich. Er entführte mich in eine Scheune. Das hört sich furchtbar anrüchig an … aber es fühlte sich so gut an. Noch nie wurde ich so geküsst, noch nie fühlte ich mich von einem Mann so angezogen. Hätte er mich verführt, ich hätte jeder Vernunft zum Trotz alles geschehen lassen. Ja, alles!

So, als hätte ich nichts, aber auch gar nichts aus dem Erlebnis mit Jakob gelernt. Ich schäme mich schon ein bisschen, aber ich hatte das Verlangen, mit ihm zu versinken. Mir würde die Schamröte in die Wangen steigen, wenn ich schreiben würde, was wir alles gemacht haben. Aber vor allem redeten wir. Wenn Martin spricht, dann könnte ich ihm Stunden zuhören.

Es ist gar nicht so sehr, was er sagt, es ist seine Stimme, die mein Herz höherschlagen lässt. Ach was, alles an ihm lässt mich den Verstand verlieren. Ja, genau, ich bin dabei, den Verstand zu verlieren. Ich glaube, ich würde mit ihm durchbrennen, wenn es sein müsste. Aber das brauche ich gar nicht, denn er hat mir versprochen, nach Marburg zu kommen und sich dort eine Anstellung zu suchen. Ich weiß zwar nicht, wie und wann er das anstellen will, aber ich vertraue ihm. Er ist so männlich und stark und doch jungenhaft und sanft. Ich habe mich immer nach so einer Liebe gesehnt, und nun ist sie da, unerwartet, wild, schön und beängstigend zugleich. Wenn er mich umarmt, habe ich das Gefühl zu schweben. Ist das möglich?

Ich wusste auf den ersten Blick, dass ich ihn liebe, aber jetzt ist es noch intensiver, denn er liebt mich auch. Er ist der schönste Mann im Lande, ach, was schreibe ich da, im ganzen Reich! Ich hoffe, er kommt bald zu mir nach Marburg, denn ohne ihn werde ich zugrunde gehen. Wir sind nun eine Tagesreise von Köln entfernt, und er fehlt mir jetzt schon so entsetzlich.

Ich möchte nur noch bei ihm sein, koste es, was es wolle … Ich habe das Gefühl, die Sonne scheint heller als sonst, die Vögel zwitschern lauter, und alle Menschen um mich herum lachen mich an. Oder lachen sie mich aus? Nein, das glaube ich nicht, denn wie kann man ein so innig liebendes Herz auslachen?

Bis bald

Anne, die Verliebte

* * *

Marburg, 1538

Ein Hahn krähte, und die über dem Horizont aufgehende Sonne gab seinen steifen und malträtierten Gliedern wieder ein wenig Wärme. Der Morgentau lag noch feucht auf den Wiesen und Feldern, die so weit verliefen, wie das Auge reichte. Hier und da konnte man einen vereinzelten Bauernhof ausmachen.

Zu Pferde näherte sich Martin der Stadt auf der einzigen Geschäftsstraße, die sich an der Lahn entlangschlängelte. Die Landschaft teilte sich in zwei gleich große Flächen, so, als müsse es unbedingt eine gleich große rechte und linke Seite geben. Man nannte sie allgemein die Köln-Leipzig-Straße, die das Land von Westen nach Osten durchquerte.

Er hielt inne und schaute zu der kleinen Stadt empor. Hoch oben auf dem Berg thronte das mächtige Schloss des Fürsten und schien über die noch verschlafene Stadt zu wachen. Sein Rücken schmerzte, und trotz dem sich bemerkbar machenden Hunger und der vor Dreck stehenden Kleidung fühlte er sich glücklich. Er ließ die Zügel locker fallen, band seine Feldflasche vom Sattel und trank einen kräftigen Schluck, um den aufkommenden Hunger vorläufig zu stillen, aber er wusste, dass das fälschliche Völlegefühl nicht anhalten würde. Sein Pferd, ein Wallach, machte mit seiner schönen, braunen Farbe seinem Namen *Brunus* alle Ehre. Es fing gemächlich an, am Straßenrand zu grasen.

Martin hatte einen weiten Weg hinter sich gelegt und einige Umwege einschlagen müssen, um gefährlichen Wegelagerern aus dem Weg zu gehen. Er war mit nur wenig Proviant ausgestattet, doch seinen Kopf hatte er voller Träume. Er dachte nur noch an Anne. Sie war das schönste Mädchen, das er in seinem ganzen Leben jemals zu Gesicht bekommen hatte. Nicht, dass sein Leben schon so lang gewesen wäre, nein. Und trotzdem, mit 17 Jahren fühlte er sich Manns genug, seine eigenen Entscheidungen zu treffen.

Vor zwei Jahren ging er bei seinem Vater, einem Sattler, in die Lehre. Damals gefiel ihm der Beruf sehr gut, denn er liebte Pferde und alles, was mit ihnen zusammenhing. Er hatte viel gelernt, aber letztlich hatte er doch nicht so viel mit Pferden zu tun, wie er vorher annahm. Aber er hatte sich damit abgefunden und hätte seinen Meisterbrief ohne Probleme erhalten. Dann hatte es das

Schicksal anders beschieden. Wer hätte damals ahnen können, dass ein Blick in ihre wunderschönen grünen Augen, ein Lächeln von diesem sinnlichen Mund, alles ändern könnte?

Bei dem Gedanken daran grinste er vor sich hin und nahm noch einen kräftigen Schluck aus der Feldflasche. Seine Augen schweiften über die Felder, und er wischte sich seinen Mund, nach einem herzlichen Rülpser, an seinem verdreckten Ärmel ab. Ja, diese Augen hatten es ihm angetan, dieses verschmitzte Lächeln, ihre so ungezwungene Art, ihr Humor. Nicht jeder würde sie eine Schönheit nennen, aber für ihn war sie die schönste Frau der Welt.

Er seufzte verzückt, schnallte seine Flasche am Sattel fest, nahm die Zügel auf und bedeutete Brunus mit einem leichten Schnalzen, dass es mit dem Grasen genug war. »Komm, mein Junge, es geht weiter.« Ein leichter Druck mit den Beinen, und Brunus trabte an. Nach einem kurzen Trab spürte er wieder seinen schmerzenden Rücken und fiel in einen gemächlichen Schritt zurück.

Was soll's, dachte er bei sich, *ich bin ja fast angekommen.* Er sah wieder zum Schloss, hoch oben auf dem Berg, und der Schritt des Pferdes ließ ihm genug Ruhe, um sich noch mal an alles zu erinnern. Nicht, dass es schwierig gewesen wäre, denn er hatte sich die Ereignisse schon etliche Male wieder und wieder hervorgerufen. Aber es jedes Mal erneut zu durchleben, versicherte ihm zum einen die Richtigkeit seiner Entscheidung, die er trotz des Gezeters seiner Eltern durchgesetzt hatte, und zum anderen gab es ihm eine wohlige Wärme im Bauch, die er nur zu gerne andauern ließ, sooft und solange es nur ging.

Wer wusste schon, was ihn heute Abend erwartete. Was würde er vorfinden? Würde Anne noch immer bereit sein, mit ihm ihr Leben zu leben, was immer auch kommen wolle? Hatte sie auf ihn gewartet, wie sie es versprochen hatte? Seine innere Unruhe wuchs. Es waren immerhin schon Monate vergangen, seit sie sich in Köln kennengelernt hatten. Es hatte ihn wie ein Blitz aus dem heiteren Himmel getroffen, als sie mit ihrem Onkel an seinen Stand kam, um sich neues Zaumzeug auszusuchen, und sofort hatte er sich zu ihr hingezogen gefühlt.

Mit voller Wucht war die Liebe über ihn hereingebrochen, und er hatte gemerkt, dass es ihr ähnlich erging, denn sie war ein wenig rot geworden und hatte keusch die Lider gesenkt. Als sie wieder zu ihm hinübergeblickt hatte, glaubte er, ihren sehnsüchtigen und bewundernden Blick zu bemerken. Er wusste, dass er den Mädchen gefiel. Es gab viele Jungfrauen in seiner Zunftgemeinschaft, die ihn, blond, groß, kräftig und blauäugig, wie er war, anhimmelten. Sie schienen nur darauf zu warten, dass er um sie warb und sich für eine unter ihnen entschied. Sein Vater sagte ihm immer, er würde wohl von einem umherziehenden Normannen abstammen, und lachte dann laut über seinen eigenen Witz.

Ermutigt von Annes Blicken, war Martin am Abend nach der Arbeit mit seinen Lehrkumpanen auf das Fest gegangen, in der Hoffnung, sie wiedersehen zu können. Normalerweise blieb er mit den anderen Lehrlingen beim Zechen. Aber diesmal nicht, denn er hatte nur noch Anne im Sinn gehabt. Es war wie eine Panik in ihm aufgestiegen, die Angst, sie zu verpassen oder sie nie mehr wiederzusehen. Zu seiner großen Erleichterung hatte er sie dann endlich erblickt, und sie war noch schöner als am Tage. Sie hatte eine solche Anziehungskraft auf ihn ausgeübt, dass er in ihrer Gegenwart kaum noch zu atmen vermocht hatte.

Er kannte seinen Vater nur zu gut und wusste, dass dieser sich die Gelegenheit nicht nehmen lassen würde, Annes Onkel bei einigen Litern Ale noch mehr Waren aufzuschwatzen. So kam es, dass sie sich sehr bald wiedersahen. Sie hatten sich erst schüchtern angesehen, wie am Morgen, sich dann angelächelt, und er hatte all seinen Mut zusammengenommen und sie zum Tanz aufgefordert. Nachdem er ihr eifriges Nicken mit Dankbarkeit aufgenommen hatte, bat er ihren Onkel um Erlaubnis, der gelangweilt zugesagt hatte, nicht zuletzt darüber erleichtert, seine Nichte nicht ständig in seinem Rücken zu wissen.

»Geht nur, ihr junge Leut'«, hatte dieser schon leicht angetrunken gelallt. »Amüsieren muss ma sisch doch in euem Alder, gelle.«

Anne hatte gelacht und ihm erklärt, dass ihr Onkel immer einen hessischen Dialekt bekam, wenn er etwas zu viel getrunken hatte.

Sie hatten getanzt, geredet, gelacht, und die Spannung zwischen ihnen war so stark geworden, dass jeder es mit bloßen Augen hätte wahrnehmen können. Vibrierend und vom Tanz erhitzt, waren sie anschließend unbemerkt davongeschlichen. Ihre Gesichter hatten geglüht und ihre Augen vor Glück geleuchtet. Er fand sie hinreißend anzuschauen in ihrem graugrünen Kleid, welches so gut zu ihrer Augenfarbe passte.

In einer leeren Scheune hatten sie sich umarmt und atemlos geküsst. Er war überrascht gewesen, dass sie es zuließ, denn er hatte nicht mit einem so gelösten Verhalten gerechnet. Oder weckte er das in ihr? Der Gedanke hatte ihm gefallen. Trotzdem hatte er nicht gewagt, weiter zu gehen, denn für ihn war sie wie eine Prinzessin. Seine Prinzessin! Sie war so lieblich und süß, dass er sie auf keinen Fall verschrecken wollte. Etwas in ihrem frechen Blick hatte ihn ahnen lassen, dass unter der artigen Hülle mehr verborgen lag. Er hatte manchmal wie zufällig ihre Brüste gestreift, die sich aus ihrem schönen Mieder wölbten, und dabei ihr verschmitztes Lächeln bemerkt. Dies hatte Höllenqualen in seinen Unterbauch getrieben.

Sie besaß alles, was sich ein Mann nur erträumen konnte. Sie schien sehr intelligent zu sein und hatte eine unbeschreibliche Ausstrahlung, ohne dabei eingebildet oder hochmütig zu sein. Sie hatte Witz und lachte manchmal laut auf oder kicherte in die vorgehaltene Hand. Als sie ihn mit leicht geöffneten Lippen und ihrem Rehaugenblick unter ihrem schönen Hut hervor angeschaut und dann den Kopf mit einem leichten Lächeln zur Seite gedreht hatte, da hatte er sie an sich gerissen und sie geküsst, bis ihre Lippen brannten.

Sie hatten lange über dies und das geredet, sich wieder und wieder geküsst, und sie erklärte ihm, dass sie normalerweise nicht so vornehm angezogen wäre, aber dass es ihr schon Spaß machen würde, sich wie ein feines Edelfräulein zu fühlen. Er hatte lachend eine Verbeugung angedeutet und mit alberner Stimme »Eure Hochwohlgeborene« hervorgebracht, woraufhin sie sich kichernd wieder in die Arme gefallen waren.

Er hatte nicht gewusst, wie lange sie schon so zusammen verweilten, aber ihnen war bewusst gewesen, dass ihr Verschwinden bemerkt werden könnte. Sie hatte ihm zugeflüstert, dass sie ihn nie mehr gehen lassen wolle.

»Ein Wort von dir, und ich folge dir, wohin du willst«, hatte er ihr beteuert. Sie hatte sehr berührt gewirkt, den Blick gesenkt und mit einer leichten Röte auf den Wangen geflüstert: »Aber das geht doch nicht.« Von der Feier waren Gelächter und Musik herübergedrungen, und ein Lichtstrahl spiegelte sich auf ihren wunderschönen, wilden und vorwitzig unter der Kopfbedeckung hervorquellenden Locken.

Er hatte schon mal mit Mädels geflirtet, aber sich noch nie so zu jemandem hingezogen gefühlt. All seinen Mut zusammennehmend, hatte er flüsternd erwidert, dass er noch nie ein Mädchen wie sie gesehen und vom ersten Augenblick an geliebt hätte, dass er Himmel und Erde bewegen würde, um ihre Hand zu erbitten. Sie solle ihm nur eine kleine Hoffnung geben, und er würde alles arrangieren, um in den nächsten Wochen zu ihr gelangen zu können. Sie hatte ihm versichert, im nächsten Monat ihren Onkel noch mal nach Köln zu begleiten.

Völlig von diesem schönen und neuen Gefühl des Zusammengehörens gefangen und überwältigt, lagen sie Arm in Arm fest umschlungen, als hätte der andere fallen können, wenn man ihn losließe. Bis sie Stimmen hörten, die sie zu suchen schienen, verharrten sie, wohl denkend, dass ihre Reglosigkeit dazu führen könnte, die voranschreitende Zeit zu betrügen.

Überstürzt hatten sie dann ihre Kleider und Frisuren gerichtet, sich gegenseitig Stroh aus den Haaren und Stoffen gezogen, sich hastig mit mehreren kurzen, aber leidenschaftlichen Küssen voneinander verabschiedet und waren Hand in Hand losgerannt. Kurz bevor sie um die Ecke gebogen waren, hatten sie noch mal, nach Luft ringend, innegehalten, sich erneut hastig geküsst, aus Angst, gesehen zu werden, und sich ewige Liebe geschworen.

Den Abschiedsschmerz, den er in ihren Augen wahrgenommen hatte, spiegelte den seinen wider, und er hatte sich innerlich gekrümmt, sie gehen lassen zu müssen. Dann verschwand sie. Und hätte er sie ein paar Wochen später nicht wiedergesehen, er hätte sie für einen Traum gehalten.

* * *

Liebes Tagebuch,

es gab Momente, da habe ich mich ernsthaft gefragt, ob es nicht besser wäre, tot zu sein.

Ich schreibe dir erst jetzt, denn es ist so vieles passiert, dass ich mal wieder nicht weiß, wo ich beginnen soll.

Nach meiner Reise mit meinem Onkel fuhren wir noch ein zweites Mal nach Köln. Ich musste alle meine Über-

redungskünste aufbringen, damit mein Onkel einwilligte. Mein bestes Argument war der Landgraf selbst, der es liebe, mich auf Reisen zu schicken, damit ich ihm viel Neues berichten könne.

Das entspricht natürlich nicht mehr so ganz der Wahrheit, denn ich merke, dass Philipp mir sehr zugetan ist und meine Gegenwart nur ungern misst. Glücklicherweise hat er zu viel Achtung vor mir, um mir eine solche Reise auszureden. Auch hat er selbst so viele Verpflichtungen, dass es ihm manchmal gelegen kommt, wenn ich ihm nicht zur Verfügung stehen kann. Außerdem würde es ihm missfallen, mich unglücklich zu wissen. Was mir auch half, war der Umstand, dass Philipp sehr zufrieden mit mir ist.

Als ich von der ersten Reise zurückkam, wurde ich schwermütig. Nichts freute mich mehr. Ich bekam einen unerklärlichen Fieberanfall, und man schickte nach Neslin, doch es hieß, sie sei verschwunden. Das war für mich ein weiterer Schock. Ich habe nun niemanden mehr, an den ich mich wenden oder dem ich mein Herz ausschütten kann.

Nach einer Woche ging es mir endlich besser, mein Onkel hatte eine Heilerin aus Fulda kommen lassen, und Philipp schickte mir seine Hofärzte. Aber ich trauere sehr um Neslin, meine einzige Freundin. Hoffentlich geht es ihr gut, doch ich bin vor allem traurig, weil ich ihre übereilte Abreise nicht verstehe. Es hieß, sie hätte alles stehen und liegen lassen. Wurde sie überfallen? Wurde sie verschleppt? Hat es etwas mit den Dingen zu tun, über die sie mit mir nie sprechen wollte? Wird sie gesucht? Ich bin fürchterlich verzweifelt.

Nachdem es mir besser ging, konnte ich auch wieder bei Philipp vorsprechen. Das tat mir gut, und er zeigte sich sehr verständnisvoll. Er merkte, wie niedergeschlagen ich war, und glaubte, meine Trübsinnigkeit käme vom Verschwinden Neslins, denn auch er war deswegen ratlos. Wie hätte ich ihm die ganze Wahrheit sagen können? Sollte ich ihm erzählen, dass ich mich unsterblich in einen anderen verliebt hatte und dass mein Leben ohne Martin keinen Geschmack, kein Licht, keine Freude mehr hatte? Das konnte ich nicht. Ich weiß doch genau, wie Philipp für mich empfindet. Es wird immer offensichtlicher. Auch wenn er mich nie berührt, nie anzüglich ansieht oder auch nur eine Andeutung macht, so sehe ich in seinen Augen die Bewunderung und Liebe, die er für mich verspürt.

An kalten Wintertagen lagen wir so oft wie möglich auf dem weichen Bärenfell vor dem herrlichen Kamin in seinen Privatgemächern und lasen uns abwechselnd aus den verschiedensten Büchern vor. Ich gestehe, dass mir manchmal in den Sinn kam, ihn zu küssen, wenn wir uns so nahe waren. Es fühlte sich in diesen Momenten richtig an. Aber was wäre dann mit Martin? Und überhaupt? Was wird dann aus mir werden? Was würde mein Onkel von mir denken? Wenn ich über all diese Dinge nachdenke, vergeht mir das Küssen gleich wieder. Wo hat es mich auch bisher hingebracht?

Mit Jakob brachte es nichts Gutes und mit Martin nur Kummer. So viel Kummer, dass ich daran einzugehen drohe. Ich gebe es gerne zu: Philipp tut mir gut! Er tut meinem armen verlassenen Herzen gut. Verlassen von Neslin, und vielleicht schon vergessen von Martin?

Dann kam die zweite Reise, und ich musste einfach mit. Als weiteres Argument erklärte ich meinem Onkel, dass es mir helfen würde, aus meiner schwermütigen Stimmung herauszukommen, und das stimmte ja auch. So fuhren wir wieder nach Köln.

Diesmal sah ich Martin nur flüchtig, aber diese wenigen Momente reichen mir, um endlich Gewissheit zu haben. Natürlich liebt er mich noch immer. Wie konnte ich nur daran zweifeln? In wenigen Worten schilderte er mir seine Situation und versicherte mir, dass er bald nach Marburg kommen würde, denn er könne ohne mich nicht leben. Ja, das hat er gesagt. Und daran halte ich mich nun fest – Minute um Minute, Stunde um Stunde, Woche um Woche. Ich leide, ich habe keinen Appetit mehr, und mein Onkel meint, ich wäre noch krank. Ach Martin, wie sehr ich dich liebe und wie sehr du mir fehlst.

Anne

***

Martin richtete sich leicht im Sattel auf und verlagerte sein Gewicht auf die linke Seite, um die Rückenschmerzen zu lindern. Er tätschelte den Hals seines Wallachs, welcher gemütlich weitertrottete, als kenne er schon den Weg. Von Weitem schob sich die Marburger Kathedrale in sein Blickfeld. An der Westseite stand ein Holzgerüst, denn Ausbesserungsarbeiten wurden regelmäßig an der jahrhundertealten Elisabethkirche durchgeführt.

Als Martin seinen neuen Pastor über Marburg ausgefragt hatte, hatte er viel erfahren. So wusste er, dass Philipp die Gebeine der heiligen Elisabeth entfernen lassen hatte, um so die katholischen Pilger aus Marburg zu vertreiben. Den vorderen Bereich des Kirchenraumes hatte man früher den Ordensrittern vorbehalten. Fast alle katholischen Ordensbrüder konvertierten zum Protestantismus, sodass in der Kirche nun der evangelische Gottesdienst gefeiert wurde.

Aus der Ferne erweckten die Häuser mit ihren verschiedensten Schattierungen und Farbtönen den Anschein, winzig zu sein. Als hätte man sie kreuz und quer durcheinandergewürfelt aufgestellt. Kleine Straßen wuchsen wie die Wurzeln am Fuße eines Baumes um die Kathedrale herum. Martin beeindruckte ihre Kraftausstrahlung. Auch auf dem nahe liegenden Turnierplatz waren Arbeiten im vollen Gange. Feierlichkeiten schienen vorbereitet zu werden, Tribünen und Buden wurden errichtet. Das Marburger Schloss ragte stolz in den Himmel und ließ keinen Zweifel an der Macht des hiesigen Fürsten.

Martin gefiel, was er sah, und atmete tief durch. Ein übler Geruch stieg ihm in die Nasenlöcher. Sich der Stadtmauer nähernd, machte er das Torhaus mit den hohen Rundtürmen aus. Der Anblick des Wappens und des in Stein gehauenen Antlitzes des Landgrafen Philipps ließ auch hier alle womöglich aufkommenden Zweifel über die Macht und den Stolz der Stadt sofort verschwinden.

Der Geruch wurde langsam unerträglich. Sein Blick schweifte an der Lahn entlang, und er bemerkte Müllhaufen, zerbrochenes Geschirr, Tierknochen, Eingeweide, menschliche Exkremente und verwesendes Fleisch unter dem Buschwerk. Er bedeckte seine Nase mit einem Stück seines hochgezogenen Hemds. An manchen Stellen gingen die matschigen Flussufer in undurchdringliche Sümpfe voller Abfälle über, an anderen hingegen wucherte saftiges Gras, Schilf und Gestrüpp.

Naserümpfend wendete er sich ab und versuchte, sich mit schönen Gedanken abzulenken. Als Anne und er sich in Köln wiedergesehen hatten, hatte es kaum eine Gelegenheit gegeben, sich alleine zu treffen. Diesmal gab es kein Fest, welches ihnen als Alibi hätte dienen können. Nur einmal hatte sich ihr Onkel zu einem Geschäftsgespräch mit anderen Händlern gesellt, sodass sie sich schnell hinter die Verkaufsstände schieben konnten und einige Meter in eine Gasse hineingerannt waren, damit sie etwas ungesehen bleiben konnten. Vor lauter Aufregung, sie endlich wiederzusehen, hatte Martins Herz so heftig in seiner Brust geschlagen, dass es herauszuspringen drohte.

Ein Trunkenbold, der glaubte, auf die Gasse Vorrecht zu haben, grölte und schimpfte, als er an ihnen vorbeigetorkelt kam. Ungeduldig hatten sie gewartet, bis er hinter der Hausecke verschwunden war.

Es hatte leicht genieselt an diesem Abend, und die Regentropfen perlten von ihren dunkelbraunen Löckchen ab, die sich noch mehr zu kräuseln schienen. Das hatte sie für ihn nur noch reizender gemacht, und er sah sie genau an. Jedes einzelne Fältchen um ihren Mund und um ihre Augen, jedes kleinste Muttermal hatte er mit solcher Aufmerksamkeit betrachtet, als gelte es, sich alles auf Ewigkeit einzuprägen.

Anne, noch immer sein, noch immer genauso verliebt, versicherte ihm, bereit zu sein, um sich von ihm werben zu lassen. Er versprach ihr, sich zu beeilen, und sie küssten sich leidenschaftlich, aber kurz, aus Angst, entdeckt zu werden. Die süße Qual, sie so nahe bei sich zu haben, verging zu schnell.

Dann hatte er sie schnell wieder zurückgebracht, denn er wollte nicht, dass sie noch länger in der schmutzigen Gasse stand, noch dazu im Regen. Leider hatten sie sich nur in aller Eile verabschieden können, doch dabei hatte sie ihm etwas in die Hand gedrückt. Ihren Geschmack noch auf der Zunge und ihren Geruch in der Nase, lief er schweren Herzens durch die verregneten Gassen, um seine aufgewühlten Gefühle zu beruhigen.

Am Abend in seiner kleinen Dachstube über der Werkstatt hatte er das kleine, aus zusammengefaltetem Seidenpapier bestehende Päckchen geöffnet, und eine gepresste gelbe Kornblume war zum Vorschein gekommen. Dieses Päckchen behielt er nun immer bei sich.

Jetzt fragte er sich, ob sie vielleicht vom langen Warten Zweifel bekommen haben könnte oder ob ihr eine Heirat aufgezwungen worden war. Er kannte schließlich nicht mal richtig ihre Familie. Bei diesem Gedanken durchfuhr ihn ein riesiger Schreck. Er war so überzeugt gewesen von ihren Gefühlen füreinander und so bereit, alles zu tun, um zu ihr zu gelangen, dass er eventuelle Hindernisse ihrerseits gar nicht in Erwägung gezogen hatte. Und sie vielleicht auch nicht! Trotz Rückenschmerzen trieb er seinen Wallach nun unbewusst an, der sogleich in einen leichten Trab verfiel.

Jetzt, da sich dieser Gedanke in seinem Kopf wie ein unerwünschter Stachel festgebohrt hatte, wollte dieser nicht mehr weichen. Wie dumm von ihm. Warum hatte er nicht vorher daran gedacht? Er hätte versuchen können, ihr eine Nachricht zukommen zu lassen, irgendwie. Über einen Händler oder durch herumreisende Gaukler. Bei ihrem Onkel konnte er vorläufig natürlich nicht werben, denn was hatte er vorzuweisen? Nichts! Die Sitte, sich eine seinem Handwerk angemessene Braut zu suchen, hatte er missachtet. Noch dazu lebte er in einer anderen Stadt. Ach was, schalt er sich, er hätte so viel Geld gar nicht aufbringen können, um einen Botengang zu entgelten. Denn auch, wenn der Bote diesen Weg gegangen wäre, so sind die Händler und Fuhrleute doch alles Schlitzohren und profitieren höchst gerne von solchen Notzuständen.

Er näherte sich nun der Stadt. Der von der Lahn aufsteigende Gestank wurde schlimmer. Martin schaute wieder zum Ufer, wo drei halb nackte Männer gerade dabei waren, ein weiteres Fass voller Fäkalien aus ihrem Karren zu heben und ins Wasser zu leeren, wobei ihnen ein innehaltendes Wildschwein zusah, um dann sofort im Müll weiterzustöbern. Auf einem Berg konnte Martin ausgedörrte Überreste von Verurteilten erkennen, die man nach deren Hinrichtung zur Abschreckung vom Galgen hatte baumeln lassen. Bestürzt und angewidert wandte er sich ab. Nicht, dass er noch nie einer Hinrichtung beigewohnt hatte, jedoch hatte er nie Spaß dabei empfunden.

Er erreichte eine letzte Biegung der Straße und ritt nun direkt auf die Tore der Stadt zu. Davor warteten schon einige Händler und Bauern von außen liegenden Höfen, die kamen, um ihre Ware auf dem Markt feilzubieten. Auf den Wiesen entlang der Stadtmauer befand sich ein Zeltlager.

Ein Wachmann kam, sich seine Schamkapsel zuknöpfend, aus einem Zelt hervor und streckte sich wohlig. Martin schloss daraus, dass es sich um ein Wanderhurenlager handeln musste. Dieser Eindruck wurde von dem Erscheinen mehrerer Dirnen bestätigt. Die Turmwachen warteten schwätzend, an die Stadtmauern gelehnt, die ihnen aufgetragene Öffnungszeit ab.

Als die Tore sich endlich öffneten, ritt Martin hinter den Karren der Bauern in die Stadt ein. Eine Handvoll Jungen mit verschmierten Gesichtern und zerzausten Haaren rannte ihm nach und zerrte an seinen Zügeln. »Herr, Herr, brauchen Sie ein Zimmer? Ein Bett für die Nacht? Ein Badehaus? Ein Weib? Woher kommt Ihr?«, wurde er nun durcheinander gefragt.

»Aus Köln«, antwortete er schlicht und bemühte sich, freizukommen.

»Da kommt meine Mutter auch her«, schrie nun einer von ihnen. Die Jungen klammerten sich an seinen Sattel und hielten die offenen Hände zum Betteln hin. Ein für die Morgenstunden ungewöhnlicher Lärm kam ihm entgegen. Martin kümmerte sich nicht weiter um die Betteljungen, die schon bald von ihm abließen, um sich anderen Reisenden zu widmen.

Mit Getreide beladene Packpferde wurden von Bauern der umliegenden Höfe durch die Stadt gezogen. Landknechte trieben ihre Viecher auf den Marktplatz oder zogen mit Eiern, Milch und Käse beladenen Wagen Richtung Milchstraße. Kaufmannsläden öffneten zu allen Seiten und boten in kleinen Räumen ihre Waren an. Bemalte Hängeschilder zierten ihre Ladentüren, und Martin stellte verdutzt fest, dass es auf der Hauptstraße der Stadt, die ihr Aushängeschild zu sein schien, weder stank noch dreckig war. Nirgends lag Tierkot oder Abfall herum. Und fiel ein Pferdeapfel auf die Straße, kam sofort ein Knecht und kehrte ihn auf. Badehäuser, Wirtshäuser und Gaststuben gab es fast an jeder Ecke, und Martin merkte, dass es weder an Badern noch an Schuhgeschäften mangelte.

Die noch vor wenigen Momenten angenehmen Bauchschmerzen wurden nun zu einem heftigen, ja unerträglichen Ziehen in seinen Eingeweiden. Die Angst vor dem, was auf ihn zukommen könnte, bohrte sich in sein Herz. Würde er Anne wiedersehen? Würde sie immer noch frei für ihn sein?

Er sah seine Mutter vor sich, wie sie ihn mit erhobenen Händen angefleht hatte, nicht zu gehen, sich stattdessen ein nettes Weib aus seiner Zunft als Frau zu suchen. Er sah seinen Vater mal tobend, mal erschüttert und händeringend über *so einen Dickschädel* und so viel *jugendliche Dummheit*. Für einen Weiberrock alles aufzugeben, seine Lehre hinzuschmeißen, was für ein Leichtsinn, wo es doch wahrlich genug Weibsbilder gab, die ihm nachrannten.

Aber trotzdem, er hätte es nicht anders machen können. Ein Leben ohne *sie* schien Martin schier unmöglich. Er fühlte sich so aufgewühlt, dass er darüber nicht mal mehr seinen Hunger spürte. Ungeduldig und voller Bange ritt er durch die fremde, beängstigende Stadt und hoffte, bald ihr Haus zu finden, damit er sich so schnell wie möglich Gewissheit verschaffen konnte.

* * *

Liebes Tagebuch,

ich bin so aufgeregt. Martin ist da! Ich könnte den ganzen Tag nur tanzen und singen und hüpfen und springen … Ha, das reimt sich. Ich bin so glücklich. Endlich weiß ich ihn in meiner Nähe. Er kam hier ausgelaugt und halb verhungert an, aber er sah immer noch so gut aus … mein Martin.

Mein Onkel ist gerade auf Reisen, und so machte ich Liese glauben, dass es sich um den Sohn eines wichtigen Kunden meines Onkels handeln würde und dass wir ihm Gastfreundschaft schuldig seien. So ganz gelogen war das ja auch gar nicht. Als Martin ablehnen wollte, bestand Liese darauf, dass er erst mal bei uns unterkam. Da Onkel in Italien unterwegs ist, kann es Wochen dauern, bis er wiederkommt. Denn weilt er einmal in Venedig, kommt er da so schnell nicht wieder weg. So haben wir Zeit, um Lösungen zu finden.

Liese wurde bis jetzt nicht misstrauisch, jedenfalls hoffe ich das sehr. Aber ich muss gut achtgeben, dass sie unser Geheimnis nicht entdeckt. Daher vermeiden wir jeglichen Blickkontakt, wenn jemand mit uns im Raum verweilt. Denn würde sie auch nur einen unserer Blicke, die wahrlich Bände sprachen, bemerken, würde sie sofort begreifen.

Sie darf auf keinen Fall mein Tagebuch finden, und so habe ich eine Latte aus der Holzwand herausgebrochen und in die dahinterliegende Wand mit einem Löffelchen ein Loch gegraben. Das war einfach, denn die Wände bestehen aus Lehm. So, nun hast Du ein gutes Versteck und verrätst uns nicht.

Jede Nacht treffen Martin und ich uns in der Scheune, und ja, wir konnten uns nicht mehr zurückhalten. Er ist so anders als Jakob, so vorsichtig und sanft. Wenn seine Hände mich berühren, fühlt es sich an wie ein Windzug, der über meine Haut streift. Von Gänsehaut befallen, liege ich dann wie in Trance da, und wünsche mir, er würde nie aufhören. Natürlich hatte ich zuerst Angst, denn wenn ich in andere Umstände käme, was dann? Doch habe ich mich nach seinen Berührungen so sehr gesehnt, dass das Warten fast unerträglich wurde. Auch wenn Martin sehr anständig blieb und mich bat, bis zu unserer Hochzeit zu warten, so wurden wir bei jedem Kuss unruhiger und fordernder. Seine Küsse gingen mir durch und durch, und ich spürte, dass auch er sich beherrschen musste. Es machte mir fast ein wenig Spaß, ihn hinzuhalten, doch Martin hat eine Art, zu küssen und mich zu streicheln, dass auch in mir *ungeahnte Gefühle anschwollen. Ich musste einfach mit ihm eins werden. Ich wollte, dass er mich besitzt. Was auch immer geschehen würde, ich wollte, dass Martin es war, der mich zur Frau machte. Irgendwann hielten wir das Küssen nicht mehr aus, und unsere Lust wurde so stark, dass ich ihn auszuziehen begann. Wenn ich jetzt noch an sein Gesicht denke, muss ich laut lachen, denn er hatte mich entsetzt angestarrt. »Willst du das wirklich?«, hatte er gefragt, und sein glasiger Blick schien eher zu betteln: »Bitte, du willst es doch wirklich?« Und dann haben wir uns aufeinandergestürzt und uns geliebt. Ja, wir haben es getan, und nicht nur einmal. Ich bin plötzlich jemand anderes. Ich bin eine Frau. Martin hat mich zur Frau gemacht.*

Wenn ich mit ihm zusammen bin, bin ich wie eine wilde Katze, die nie genug bekommt. Manchmal schäme ich mich dafür, aber Martin macht es mir leicht. Er ist einfühlsam, rücksichtsvoll und hat mir Dinge über meinen Körper beigebracht, von denen ich nicht mal ahnte, dass es sie gab. Jede Nacht probieren wir etwas Neues, erkunden unsere Körper, liebkosen uns und kosten uns an den unvorstellbarsten Stellen. Es ist himmlisch. Ich möchte, dass unsere Liebe nie endet. Natürlich passen wir immer auf, dass ich kein Kind bekomme. Auch das hat er mir gezeigt. Jetzt bin ich endlich eine Frau. Seine Frau! Ich liebe ihn, ich liebe ihn, ich liebe ihn.
Anne, die Glückliche

KAPITEL 8

»Geliebt zu werden kann eine Strafe sein.
Nicht wissen, ob man geliebt wird, ist Folter.«

Robert Lembke

Marburg, 1539

Jakob ging sehr entspannt vom Badehaus zurück. Nach den anstrengenden Übungen hatte er sich heute doch mal eine Hure gegönnt. Das konnte nicht schaden, denn mit Anne schien es sich noch hinzuziehen. Auch wenn er sich fest vorgenommen hatte, sich zu bessern und frommer zu werden, so hatte ein Mann Bedürfnisse. Er konnte nicht Monate mit vollen Hoden herumlaufen, und Selbstbefriedigung kam schon gar nicht für ihn infrage. So hatte er sich gedacht, es lieber ab und zu mit Badehaushuren zu treiben, als vor aller Öffentlichkeit Mägde zu vernaschen, obwohl er eine Vorliebe für deren Frische hatte!

Er grinste. Der Unterschied zwischen einer Hure und einer einfachen Magd war riesig, denn sie übernahm die Initiative, und er brauchte gar nichts weiter zu tun. Das langweilte ihn zwar maßlos, denn er bevorzugte, die Oberhand über das Weib zu haben und deren Widerstand zu spüren, doch hatte er so nicht das Gefühl, Anne zu betrügen. Er beharrte in seiner Überzeugung, dass es sich bei einem passiven Beischlaf nicht um Betrug handelte, zumal es ja nicht an ihm lag, dass die Dinge nicht voranschritten. Mit der werde ich noch viel nachzuholen haben, dachte er nun erbost, schob den Gedanken aber gleich wieder weg.

Da trat Katherina wie aus dem Nichts auf ihn zu und zog ihn in eine Ecke hinter einer Säule.

»He, Weib, was machst du?«, fragte er verwundert.

»Psst, Jakob von Traubenheim, ich muss mit dir reden«, flüsterte sie geheimnisvoll und schaute sich nach allen Seiten um.

Das machte ihn neugierig. Er musterte sie und bemerkte, dass sie schlecht aussah. Sie war stark abgemagert, ihr ungeschminktes Gesicht wies erste Falten auf, und ihre Augen hatten das Leuchten verloren, waren allerdings auch nicht mehr so glupschig. Er stutzte, sie sieht fast menschlich aus, dachte er verwundert.

»Wir haben das gleiche Ziel«, säuselte sie geheimnisvoll weiter.

»Ach ja?« Er hob die Augenbrauen in die Höhe.

»Es gibt da ein Frauenzimmer, bei dem Ihr Euch mit Sicherheit rächen wollt, habe ich nicht recht, werter Herr Ritter?«

Jakob horchte auf. Die eben noch gefühlte Leichtigkeit wich einer erneuten Anspannung. Das machte ihn wütend, aber er war zu neugierig, um sie stehen zu lassen, ohne vorher mehr zu erfahren. »Soso, an wen denkt denn die gnädige Frau?«

»An Anne Händel, oder täusche ich mich da?«

Er sah sie verwundert an. »Aber ganz gewiss, wertes Fräulein, sie wird mein angetrautes Weib werden, die Mutter meiner Kinder. Wenn Sie noch mal so etwas Abartiges behaupten, dann werden Ihre Tage hier gezählt sein.«

Katherina schrak vor der Wucht seiner Worte zurück, doch fing sie sich sofort wieder. Sie lachte verbittert. »Was habt ihr Männer nur mit diesem Waisenmädchen? Merkt der werte Herr Ritter denn nichts? Bist du blind? Weißt du denn nichts von den Heiratsplänen deines Herrn?«, zischte sie ihn an, sodass ihm Speicheltröpfchen entgegenflogen.

Er schaute sie erstaunt an. »Heiratspläne? Der Fürst? Spinnst du, Weib? Der ist doch schon verheiratet …« Er überging völlig, dass Katherina ihn duzte.

»Eine zweite Ehe, hörst du dir den Tratsch denn nicht mehr an? Er plant eine Ehe zur linken Hand … mit Anne!«

Das saß. Denn es stimmte, seit seinem Gespräch mit Neslin schwelte er so in seinem Glück und seiner Zukunftsplanung, wandelte wie auf Wolken, dass er nichts mehr auf all das Geplapper am Hof gegeben hatte. Nicht mal hingehört hatte er. Jetzt dämmerte es ihm langsam. War Neslin deswegen abgehauen, weil sie ihn angelogen hatte?

Na klar … du Vollidiot. »Weib, was hast du gegen Anne, dass du ihr so zürnst?«, fragte er misstrauisch. Es fühlte sich so schön an, sie zu lieben, sie anhimmeln und verehren zu können, sodass der Gedanke, dieses Gefühl zu verlieren, ihn fast wahnsinnig machte. Er stützte sich mit einem Arm an der Mauer ab, die leicht zu rieseln anfing.

»Nun«, sagte sie geheimnisvoll, »sagen wir, sie hat mir etwas weggenommen, das mir gehören sollte.«

»Sprichst du vom Landgrafen?«, fragte er fast belustigt.

»Nein, Jakob, ich spreche von dir«, zischte sie nun geradeheraus und ärgerte sich sofort über ihre Offenheit. Es war ihr herausgerutscht.

»Von mir?« Er erschrak. »Wie könnte ich dir gehören? Du bist die abgelegte Hure des Landgrafen, keiner hat das Recht, dich anzufassen, weißt du das denn nicht?«, platzte es verwundert aus ihm heraus. Mit offen stehendem Mund fasste sie sich an die Brust und schwankte leicht zurück.

Jakob eilte zu ihr und hielt sie fest. »Verzeihung, wertes Edelfräulein«, stammelte er. »Ich dachte, alle wüssten dies.«

»Deshalb?«, fragte sie verwundert und fing nun an zu lachen, erst hysterisch, schließlich verfiel sie in einen Lachkrampf, der ihr die Tränen in die Augen trieb.

Jakob kratzte sich verlegen am Hinterkopf, denn er verstand nicht, was daran so lustig sein sollte.

»Und ich dachte«, sagte sie zwischen zwei Lachsalven, »dass mich kein Mann mehr begehrte.« Sie hielt sich den Bauch und lachte weiter.

Angesteckt von diesem neuen Anfall, fing Jakob ebenfalls an, herzhaft zu lachen, und seine Anspannung wich ein wenig von ihm ab.

Als sie sich halbwegs beruhigt hatte, lehnte sich Katherina, nach

Luft schnappend, an die Wand und schaute ihn traurig an. »Dann soll es gut sein. Aber denk an meine Worte, Ritter, wenn du mich brauchst, dann lass es mich wissen.« Sie drehte sich um und verschwand mit fliegenden Röcken.

* * *

Der Marburger Hof feierte ein freudiges Ereignis. Elisabeth, das siebte Kind des Landgrafen, war wenige Tage zuvor geboren worden, und Mutter und Tochter waren wohlauf. Das ganze Schloss kam in Aufruhr. Gemächer wurden gerichtet, Bestecke und Kelche poliert, und alles, was Beine hatte, rannte herum, um den Festsaal auszukehren, Stühle, Tische und Kerzenleuchter aufzustellen, Trachten auszubürsten und Rüstungen zu polieren. Viele prominente Persönlichkeiten aus dem gesamten hessischen Land und umliegenden Ländern sollten an diesem Tag anreisen.

Philipp stand an seinem Lieblingsplatz am Fenster und schaute dem bunten Treiben zu.

Er erwartete jeden Augenblick Anne. Seine so lieb gewonnene Anne. Während ihrer Abwesenheit hatte sie ihm entsetzlich gefehlt, sodass er sich entschlossen hatte, sie zu ehelichen. Ein Leben ohne sie würde er nicht aushalten. Er brauchte sie, wie die Luft zum Atmen. Natürlich würde es schwierig werden, die Erlaubnis für eine Ehe zur linken Hand zu bekommen, und er würde darum kämpfen müssen. Philipp straffte unbewusst die Schultern. Mit Christine hatte er bereits darüber gesprochen, sie trug es mit Fassung. Eine Scheidung wollte er nicht, das wäre politisch nicht klug. Er würde nach dem Fest nach Kassel reisen müssen, um Einzelheiten zu klären. Aber all das war es ihm wert. Er musste Anne besitzen, mit Haut und Haaren und auf legalem Weg. Sein Plan, das Alte Testament zu benutzen, in dem geschrieben stand, dass

Gott keinen Anstoß an der Vielweiberei der Patriarchen nahm, schien ihm genial. Stunden um Stunden hatte er hin und her gegrübelt und war zu dem Schluss gekommen, dass eine Zweitehe die von Gott gewollte beste Lösung sei. So musste er nicht mehr in Sünde leben, würde aber weiterhin mit Christine verheiratet bleiben können, mit allen Vorteilen, die dies barg. Er würde somit bald verreisen müssen, um die Erlaubnis einzuholen, und der Gedanke, Anne so lange alleine zu lassen, gefiel ihm gar nicht. Zumal er seit Annes Rückkehr von einer merkwürdigen Ahnung befallen wurde. Anne schien nicht mehr dieselbe zu sein, umso dringender wurde also sein Vorhaben. Er spürte zwar, dass sie ihn liebte, aber nicht, wie eine Gattin ihren Mann lieben sollte, oder zumindest nicht, wie er es sich von ihr gewünscht hätte. Er begehrte sie, und zwar mittlerweile auch körperlich, aber vor allem geistig, doch das erwiderte sie nicht.

Er vermutete, dass sie jemand anderen kennengelernt hatte. Vielleicht auf der Reise. Es gab eine Zeit, da hatte er sie so unglücklich gesehen, dass es ihn geschmerzt hatte. Wie gerne würde er ihr Herz gewinnen.

Aber nun ja, es gab ja auch noch Margarethe, die Tochter des Hans von Saale. Erst vor Kurzem hatte er sie kennengelernt. Sie schien zwar nicht ganz so gelehrt wie Anne zu sein, auch nicht so hübsch, jedoch war sie ihm sehr zugetan und er ihr ebenfalls. Sollte er tatsächlich auf Anne verzichten müssen, würde auch Margarethe als seine zukünftige zweite Frau infrage kommen. Wichtig war, dass er nicht länger alleine blieb und dass er nicht mehr gezwungen war, gegen die Bibel zu verstoßen, indem er Unzucht mit den Hofdamen trieb, nur um seine brennenden Gelüste zu stillen. Es klopfte.

»Herein«, rief er, immer noch mit dem Rücken zur Tür stehend.

Anne rauschte zur Tür herein und kam auf ihn zu.

»Ach, meine Anne, wie geht es dir? Du siehst noch schöner aus als sonst. Du bist so aufgeblüht.«

»Sie Schmeichler«, wehrte Anne verlegen ab und hoffte, sie würde sich nicht verraten, denn sie musste ihn um etwas Wichtiges bitten.

Er grinste. »Was hältst du von einer Schachpartie?«, fragte er herausfordernd, und Anne stimmte begeistert zu.

Sie setzten sich an den Schachtisch und spielten. Er hatte es ihr beigebracht, und sie wurde immer besser darin. Während des Spiels redeten sie kein Wort, auch das liebte er an ihr. Während sie über ihren nächsten Zug angestrengt nachdachte, konnte Philipp es nicht lassen, sie unauffällig zu mustern.

Sie musste die einzige Frau auf der Welt sein, die es schaffte, eine geschlagene Stunde, oder länger, nicht zu plappern, dachte er. Er lehnte sich in seinem Sessel zurück und lächelte wohlwollend. Er hatte zurzeit viele aufkommende Probleme im Land zu verwalten und genoss jede Ablenkung. Die Denkpausen beim Schachspiel ließen seine Gedanken jedoch zu den herrschenden Schwierigkeiten zurückschweifen.

Sein Verhältnis zu Luther bröckelte stark in den letzten Jahren, obwohl Philipp sich seit einiger Zeit politisch sehr zurückhielt. Doch nachdem er den landesgeächteten und vertriebenen Herzog Ulrich von Württemberg in Hessen aufgenommen hatte, hatte sich die Lage zugespitzt.

Auch die verzwickte und schwierige Judenfrage machte ihm zu schaffen. Er konnte Ungerechtigkeiten nicht ausstehen und hatte unter den Juden Freunde. Warum sollte er diese des Landes verweisen? Leider blieb der Hass gegen Juden so stark verbreitet, dass er nur mit Not einen Zweijahresaufschub der Landesverweisung erreichen konnte. Er hatte damit versucht, Zeit zu gewinnen, doch den Juden wurde alles verboten, sodass man diesen *Teilsieg* eigentlich als indirekten Landesverweis und somit als Niederlage hinnehmen musste.

Er starrte auf das Schachbrett. Anne grübelte konzentriert vor sich hin. *Wie süß,* dachte Philipp und schmunzelte.

Auch mit seinem früheren Freund, dem Kurfürsten Friedrich von Sachsen, spitzte sich die Situation zu. *Schade, er war einst mein bester Freund,* sann er nostalgisch vor sich hin. Er beobachtete Anne, die weiterhin konzentriert auf das Brett starrte. Ob er sich ihr offenbaren sollte? Würde sie seinen Heiratsplänen zustimmen? Immerhin war er ihr Fürst, dachte er hochmütig, verwischte den Gedanken jedoch sofort wieder. Ein Seufzer entschlüpfte seiner Kehle, sodass Anne nun aufsah.

»Bin ich zu langsam?«

»Aber nein, ich war ganz woanders. Verzeihung, Anne. Nimm dir die Zeit, die du brauchst«, antwortete Philipp, über sich selbst verärgert.

Früher hatte sein Freund treu den Kaiser unterstützt, aber jetzt drehte sich das Blatt. Friedrich wurde immer kaiserfeindlicher, Philipp hingegen hatte mit diesem im Sommer letzten Jahres eine Geheimabsprache getroffen. Dadurch hatte er sich mit ihm versöhnt, denn er fühlte instinktiv, dass es besser für ihn sein würde.

»Schachmatt«, frohlockte Anne.

Philipp schaute erstaunt auf das Brett. Tatsächlich, sie hatte gewonnen. »Gratuliere. Das müssen wir feiern!« Er klatschte in die Hände und ließ ihre Lieblingsplätzchen und Traubensaft kommen. Sein persönlicher Diener stellte alles auf dem kleinen Beistelltisch ab. Als er wieder aus dem Raum verschwunden war, wagte Anne sich vor.

»Philipp, darf ich Sie um etwas bitten?«

»Liebste Anne, es wurde aber auch mal Zeit, dass du das tust. Denn bislang war es immer nur ich, der dich um etwas bat.«

Anne lächelte verlegen. »Mein Onkel, der zurzeit auf Reisen ist, hat einen guten Geschäftspartner in Köln, und dessen Sohn, ein angehender Sattelmacher, sucht nun in Marburg eine Anstellung. Hätten Sie vielleicht eine Arbeit für ihn? Er versteht sich ausgezeichnet im Umgang mit Pferden …«

Philipp überlegte. So war das also, es handelte sich bei dem jungen Mann wohl um ihren Liebsten. Diese Erkenntnis versetzte ihm einen Stich ins Herz. Eifersucht stieg in ihm auf, *wie lächerlich*, dachte er. Hatte sie denn kein Recht auf Glück? Lange überlegte er hin und her und haderte mit sich selbst. Dann gab er sich einen Ruck. »Anne, würde es dich freuen, wenn ich ihn zu meinem Stallmeister ernenne? Nicht zum Oberstallmeister, denn dieses Amt muss einem Adeligen unterliegen. Titus, mein jetziger Stallmeister, kann sich dann endlich auf seine alten Tage zurückziehen. Dein … Freund … muss aber wirklich gut mit Pferden umgehen können, denn er wird Lehrlinge, Stallburschen und Knechte unterweisen müssen. Tut er das?«

Anne nickte eifrig und versuchte, ihn nicht zu ungläubig anzustarren, damit er ja nicht seine Meinung im letzten Moment noch änderte. Beschämt senkte sie den Blick. »Was wird aus Titus werden?«

Philipp grinste. »Liebste Anne, wie großherzig du bist! Mache dir keine Gedanken, er ist versorgt, ihm wird es an nichts fehlen.«

So viel Entgegenkommen hatte sie nicht erwartet. »Oh, danke, lieber Philipp.«

Er lächelte ihr großmütig zu. Anne, ach Anne, habe ich dich nun wirklich verloren! Am liebsten hätte er sie an sich gerissen, um sie stürmisch zu küssen. Stattdessen begann er, über seine bevorstehende Reise nach Kassel zu berichten. Er verschwieg ihr dabei allerdings den wahren Anlass. Er musste die Genehmigung einer eventuellen *Zweitehe* erreichen, und wie konnte er ihr jetzt gestehen, dass sie die Braut sein sollte? Im tiefsten Inneren hoffte er noch immer, sich doch mit Anne vermählen zu können, aber er würde die Genehmigung abwarten müssen, um es offiziell kundzugeben. Margarethe blieb seine zweite Wahl, doch für wen er sich auch entschied, eines stand fest, er wollte nicht einsam alt werden.

* * *

Als Anne in der Nacht in die Scheune kam, lag Martin schon im Stroh und wartete auf sie. Sie fielen sich in die Arme und küssten sich lange und innig. Sie brauchten keine Worte, um einander zu verstehen. Sie hielten, ja krallten sich aneinander wie am ersten Tag.

Nach einiger Zeit platzte Anne mit der Neuigkeit heraus. »Der Fürst hat dich zum Stallmeister ernannt! Nach den Festlichkeiten fängst du an.«

Martin schaute sie verwundert an. Er war erleichtert und dankbar, aber auch misstrauisch. »Wieso macht er das für dich?«

Sie grinste. »Weil er mich mag, das habe ich dir doch schon erzählt.«

Endlich ging es voran. Allerdings würde er ins Schloss umziehen müssen, und dann würden ihre Zusammenkünfte nicht mehr so einfach sein. Martin nahm ihr Gesicht in die Hände und küsste sie erneut. »Wie schön und wie schade.«

Sie verstand sofort. »Wir werden schon eine Lösung finden«, meinte sie und dachte gleichzeitig nach. Sich mit ihm im Schlossstall rumzutreiben, in dem Jakob seine Mägde bestieg, das kam nicht infrage. Ihre wundervolle Liebe durfte nicht beschmutzt werden.

Martin grübelte noch eine Zeit lang still vor sich hin. Seitdem er in Marburg weilte, nutzte er Annes Abwesenheiten, um tagsüber die Stadt und die Menschen zu erkunden. So war ihm auch der Ruf des Landgrafen nicht entgangen. Vor ihm schien kein Weiberrock sicher zu sein, doch konnte er bei Anne nicht den leisesten Hauch von schlechtem Gewissen erkennen, und so glaubte er ihr, dass es keinen Grund zur Beunruhigung gab.

Nach einiger Zeit legte Martin sich seitlich auf sie und flüsterte ihr ins Ohr: »Soll ich es wieder tun?« Dabei ließ er seine Hand langsam an ihrem rechten Bein entlang vom Knie aufwärtsgleiten, so sanft, dass es ein Windzug hätte sein können.

»Ja«, hauchte Anne, denn allein seine raue, lüsterne Stimme machte sie halb verrückt.

»Willst du es wirklich?«, flüsterte er verspielt weiter und streifte dabei wie zufällig ihre Scham.

»Ja, ja, ja, bitte«, stieß sie keuchend aus, die Lust stieg in ihr hoch wie die Lava eines brodelnden Vulkans. Die Vorfreude auf das, was kommen würde, vermischt mit seinen sanften Händen auf ihrem Körper und seiner überaus erotischen Stimme, ließ sie erschauern. Er spielte mit ihr, hielt sie hin, und sie liebte es. »Nun mach schon«, stöhnte sie erregt und drückte ihn leicht nach unten.

Sie ahnten nicht, dass sie in dieser Nacht beobachtet wurden.

* * *

In Jakob krampfte sich alles zusammen. Was er da sah, war ungeheuerlich. Er war Anne heute gefolgt, denn schon seit Wochen schien sie ein *Leuchten* in sich zu tragen. Ja, anders konnte man es nicht beschreiben. Trotz des Verschwindens ihrer Freundin wirkte sie auf einmal ausgeglichener und glücklicher denn je. Dem Getratsche zufolge hatte sich die Hexe davongestohlen, die hatte wohl wirklich Dreck am Stecken gehabt. Anne indessen blühte auf. Eine Aura der Unnahbarkeit umgab sie, sodass er sich ernsthaft fragte, ob sie ihn wirklich liebte.

Das Gespräch mit Katherina im Hinterkopf, wollte er endlich Gewissheit bekommen. Die Frage nagte an ihm wie ein Wurm in einem Apfel. Er hatte also beschlossen, ihr auf dem Heimweg zu folgen. Dort hatte er einen jungen Mann im Hof Holz hacken sehen, den er noch nie zuvor wahrgenommen hatte. Während Anne zu Liese ins Haus gegangen war, war Jakob in die Scheune geschlüpft und hatte sich im oberen Stock versteckt, von dort hatte er einen Blick über den ganzen Hof und in die Stube hinein.

Er hatte die neue Magd des Händlers beobachtet, die am Brunnen Wasser schöpfte. *Nicht schlecht,* hatte er gedacht und den Gedanken im Hinterkopf behalten. Er hatte das Weib des Bauern gesehen, das den Schweinestall ausmistete, und hatte den guten Braten aus dem Händlerhaus gerochen. Sein Magen hatte geknurrt. Es gab nichts Auffälliges, und Jakob wollte sich gerade auf den Rückweg machen, mit dem Vorhaben, über den jungen Mann Erkundigungen einzuholen. Innerlich hatte er geflucht, denn Elvira hatte ihm versprochen, ihm den Tratsch sofort weiterzutragen. Weibervolk, pah!

Doch nach dem Abendmahl war der junge Mann aus dem Haus gekommen und zur Scheune geschlichen. Seine Art, über den Hof zu schleichen und sich mehrfach umzudrehen, hatte Jakob stutzig werden lassen. Außerdem war er jetzt gezwungen gewesen zu bleiben, solange der Mann in der Scheune verweilte. Dieser hatte sich gemütlich ins Stroh gelegt, die Arme hinter dem Kopf verschränkt und vor sich hingelächelt. Ob er ein Stelldichein mit der neuen Magd hatte? Gewundert hätte Jakob das nicht, denn das schien ein hübsches Jüngelchen zu sein. Er hatte eine gewisse Vorfreude verspürt, gaffen zu dürfen. Er sah gerne anderen dabei zu, und es war noch aufregender, wenn diese nichts davon wussten. Der Gedanke hatte ihn erregt. Lange Zeit war nichts geschehen, und er hatte schon gedacht, er wäre nun verdammt, die Nacht mit knurrendem Magen im oberen Stockwerk der Scheune zu verbringen. Er hätte sich jetzt im Badehaus von einer Hure massieren lassen oder mit den Kumpanen zechen können. Innerlich hatte er geflucht. Auch wenn er sich als Ritter alle Rechte herausnehmen konnte, so wollte er keine schlafenden Hunde wecken. Anne würde sich mit Recht fragen, was er in der Scheune ihres Onkels machte, und misstrauisch werden. Außerdem hegte er immer noch die unglaublich naive Hoffnung, Katherina könne unrecht haben.

Da! Eine vermummte Gestalt war aus der Stube geschlüpft und im Dunkeln über den Hof gehuscht. Dann hatte er ihre flüsternden Stimmen gehört, und das Blut war in seinen Adern gefroren, denn er erkannte ihre Stimme sofort. Er hatte nur Wortfetzen und Gekicher hören können, aber es reichte, um zu begreifen, dass der Mann Annes Geliebter war. Ein Stich durchfuhr ihn, als sie sich küssten.

Noch immer brodelte in Jakob die Wut, und er stand unter Schock. Es handelte sich also doch um eine Lüge. Die Hexe hatte ihn ausgetrickst, um Zeit zu gewinnen. Diese Erkenntnis erschütterte ihn, und er wollte laut fluchen. Nun schaute er wieder hin, er sah, wie sie anfingen, sich stürmisch und lustvoll zu küssen und Liebesworte ins Ohr zu flüstern. Was machte der Mann da? *Pfui Deibel,* er legte seinen Kopf zwischen ihre Beine, wie ekelhaft. Welch ein Mann machte so etwas? Sich so zu erniedrigen und einem Weibsbild zu unterliegen. Ein Weib, das nahm man!

Er konnte seinen Blick nicht von der Szene abwenden und sah im Halbdunkel, wie Anne sich vor Vergnügen wand und dann in Zuckungen verfiel. War sie krank? Was machten sie da? *Das war ja wohl der Gipfel,* nun nahm sie das Gemächt des Typen in den Mund, *diese Schlampe.* Nie hätte er so etwas von ihr gedacht. Die war mit allen Wassern gewaschen. Eine Welt brach in ihm zusammen, und das Schauspiel ekelte und erregte ihn zugleich, er hasste sich dafür.

Das behütete Mädchen, da lachen ja die Hühner. Er hätte schon fast wie ein Trottel um sie geworben, wollte sich beraten lassen, sich Gedichte oder gar Minnelieder schreiben lassen, um sie ihr zu schenken. Jakob, der Hornochse! Aber das würde sich ändern. *Züchtiges Mädchen aus gutem Haus,* und ich hab's geschluckt. Er hätte am liebsten laut und hysterisch losgelacht.

Nun saß sie auf dem Typen, ihre Brüste wippten auf und ab, und sie ritt den Mann. In Jakobs Lenden zog es schmerzlich, und er spürte gleichzeitig den heftigen Stich der Eifersucht. Es wurde ihm unerträglich, weiter zuzusehen, aber er konnte seinen Blick nicht abwenden. Am liebsten wäre er heruntergesprungen, hätte den Mann erwürgt und sie dann vergewaltigt, so wie sie es verdient hätte. Aber er blieb liegen und sah voller Hass und Gier zu. Jakob bebte vor Qual.

Nachdem die Liebenden eingeschlafen waren, drehte sich Jakob auf den Rücken, sah wieder und wieder Annes hüpfende Brüste, ihren geilen Hintern und ihren lutschenden Mund vor seinem inneren Auge, und in nur wenigen Sekunden erleichterte er sich ins Stroh, ohne ein Geräusch von sich zu geben. Wie ein armes Schwein, dachte er. Dann starrte er stundenlang an die Scheunendecke und schmiedete Rachepläne.

* * *

Es hatte die Nacht über geregnet, die Straßen waren noch schlammig und die Luft feucht. Heute fand das große Fest statt! Ein Jahrmarkt hatte sich vor und auf dem Hof des Schlosses mit allerlei Buden, Gauklern und Spielstätten errichtet. Man konnte Hammerwerfern zuschauen, in Säcken um die Wette hüpfen, sich beim Armdrücken messen und mit einem Hünen raufen. Es gab Feuerspucker, Jongleure und sogar eine Zwergin, die wahrsagte. Anne staunte.

Überall hing das Wappen des Landgrafen, und als dieser sich zeigte, jubelte ihm die Menge zu und rief: »Hoch soll er leben, hoch soll er leben, dreimal hoch.« Er ließ die Jubelrufe noch eine Weile verhallen, dann hob er die Hand, und es wurde still.

Anne fand ihn wunderschön in seinem langen, samtigen Übermantel und der dazu passenden Kappe. Er sah erhaben aus, und Anne fühlte sich stolz, seine Freundin zu sein, auch wenn das keiner wusste. Hier und da plärrte ein Säugling, ein Huhn gackerte, und eine Schüssel fiel scheppernd zu Boden. Manchmal war ein Murmeln zu vernehmen, welches sofort mit einem gezischten *Pscht* unterbunden wurde.

»Liebe Freunde«, setzte der Landgraf feierlich an, »vielen Dank, dass ihr meiner Aufforderung so zahlreich gefolgt seid.«

Nun hätte man eine Stecknadel fallen hören können, niemand schien zu atmen. Eine Bedienstete trat an Philipp heran und reichte ihm ein kleines Bündel. Behutsam bettete er es in seiner Armbeuge.

»Ich stelle euch hiermit meine jüngste Tochter Elisabeth von Hessen vor, hoch soll sie leben!« Er hielt das Neugeborene mit beiden Händen in die Luft und zeigte es nach allen Seiten. Jubel und Hochrufe erklangen.

Philipp hob erneut die Hand, und die Welle der Rufe verebbte. »Ich erkläre hiermit die Festlichkeiten für eröffnet.«

Nun brach ein unbeschreibliches Getöse los, alle klatschten, pfiffen und grölten. Hunderte Kappen flogen in die Höhe, um anschließend wieder aufgefangen zu werden. Wie ein Donnergrollen gellten die Hochrufe über die Stadt, und Anne bekam Gänsehaut.

Zusammen mit Miezie folgte sie der wogenden Menge, die sich zum Turnierplatz auf der Ketzerbach, nördlich des Schlosses, bewegte. Die Rocksäume der Damen schliffen trotz der Stelzenschuhe im Schlamm, und alles redete bunt durcheinander. Da sich ihr Onkel noch immer auf Reisen befand, wurde Anne von Miezie als Anstandsdame begleitet. Auf der Ketzerbach angelangt, bogen sie zu der offiziellen Tribüne ab, die auf der großen Kampfwiese für die Ehrengäste aufgestellt worden war.

Anne gehörte dazu. Sie bekam einen Ehrenplatz, nicht weit von Philipp und Christine entfernt. Langsam füllte sich die Tribüne, teilweise mit bekannten Gesichtern, teilweise mit fremden Adeligen und gut betuchten Bürgern, die aus dem ganzen Land angereist waren.

Auch Künstler, Geistliche und Grafen aus anderen verbündeten Ländern kamen, was Anne beeindruckte. Sie wusste von Philipp, wie lästig, aber auch wie wichtig solche Bündnisse waren, und sie nicht einzuladen, hätte als Beleidigung aufgefasst werden können. Solche Verfehlungen und Versäumnisse wurden schnell zum Skandal und konnten womöglich Kriege auslösen und viele Menschenleben kosten. Es musste sehr schwer sein zu regieren, dachte Anne.

Das niedere Volk sammelte sich an den Gattern, die im großen, ovalen Bogen rund um den riesigen Kampfplatz aufgestellt worden waren. In der Mitte des Platzes befand sich eine lange Abtrennung aus Holz, die Kampflinie, auch das wusste Anne von Philipp, der ihr das Prinzip der *Tjost,* dem Lanzenstechen, und alle zugehörigen Gepflogenheiten erklärt hatte.

Auf der linken Seite, in der Nähe des Eingangs, waren große Zelte errichtet worden. Dort wurden die Ritter und deren Pferde von ihren Knappen vorbereitet. Jeder Ritter hatte ein kleines Zwischenzelt zugeteilt bekommen. Die Kabine war mit Strohsäcken ausgestattet worden, auf denen sie des Nachts auch schliefen, falls sie nicht anderweitig beschäftigt waren. Natürlich galt das nicht für die Ritter der Burg, die im Schloss über dem Marstall einen ganzen Flügel mit eigenen Zimmern besaßen. Sie benutzten die Kabinen also nur, um sich zu rüsten, die Pferde zu versorgen und sich, im Falle einer Verletzung, von einem Arzt versorgen zu lassen, was bei solchen Festspielen sehr häufig vorkam.

Langsam füllte sich die Tribüne, und an den Gattern drängten und schubsten sich die Menschen. Kinder wurden auf die Schultern der Väter gehoben, und hier und da kam noch ein Grüppchen oder ein Pärchen angetrödelt. Der elegante Wagen des Landgrafen fuhr vor, und Philipp stieg heraus, hielt seiner Frau elegant die Hand hin und half ihr auszusteigen.

Christine war die Anstrengung der Geburt noch anzusehen, sie hatte dunkle Ränder unter den Augen, die trotz einer dicken, weißen Schminkschicht durchschimmerten. Ein Raunen ging durch die Menge, und die auf der Tribüne Anwesenden erhoben sich von ihren Plätzen. In ihrer prächtigen Kleidung hätte man sie für König und Königin halten können. Philipp und Christine hielten vor ihren Plätzen an, drehten sich nach rechts und links und verbeugten sich leicht. Die Adeligen klatschten, und die Menge johlte, woraufhin das Landgrafenpaar Platz nahm und die Menschen um sie herum zu tuscheln anfingen.

Eine Fanfare wurde geblasen, und die Recken ritten einer nach dem anderen vor, den Helm unter dem Arm, das Wappen ihres Herrn auf den Überhemden, und hielten zunächst vor Philipp und dann vor Christine an. Sie beugten die für Friedenstjosten abgestumpfte Lanze und den Oberkörper zu einer Huldigung. Philipp neigte bei jedem vorbeireitenden Ritter leicht den Kopf zur Begrüßung, und Christine lächelte sanft.

Manch eine Lady steckte anschließend von der Tribüne aus ihrem Ritter ihr Tuch an die hingehaltene Lanze. Dieser verbeugte sich, holte das Tuch geschickt von der Lanze und ließ es in der Halsöffnung seiner Rüstung verschwinden. Einer roch sogar daran, bevor er es wegsteckte, die Lady kicherte, und Anne musste lächeln. Wie gut sie die beiden verstand.

Philipp beobachtete sie sehnsüchtig, und als sich ihre Blicke kreuzten, lächelte er ihr zu. Etwas beschämt erwiderte sie sein Lächeln, denn sie hatte bei der Liebesgeste des Ritters nicht an ihn gedacht.

Dann kam ein Ritter mit dem Wappen Philipps angeritten. Jakob! Annes Rücken versteifte sich. Jakob ritt energisch vor, die Hufe seines Tieres ließen Schlamm spritzen und wirbelten Staub auf. Unsanft riss er sein Pferd herum und brachte den Rappen tänzelnd zum Stehen. Er beugte die Lanze vor Philipp, der ihn grüßte und wohlwollend ein aufmunterndes Klatschen mit den Händen andeutete. Man sah Philipp seinen Stolz auf Jakob an. Dann senkte dieser die Lanze vor Christine, die zu Annes Überraschung ein Tuch herausholte und es an der Spitze festband.

Jakob verbeugte sich und sagte: »Meine edle Dame, es ist mir eine Ehre, für Euch und Euren Gatten zu kämpfen.« Christine lächelte, und Jakob riss seinen Gaul herum, sodass erneut eine Staubwolke aufwirbelte. Mit seinem tänzelnden Pferd verweilte er einen kurzen Moment mit vor Hass sprühenden Augen vor Anne, gab ihm dann die Sporen und ritt zurück zu den Zelten. Erschüttert über das, was er in Jakobs Augen gelesen hatte, fragte sich Philipp, was es bedeuten mochte.

Gab es eine Affäre zwischen ihnen? Nein, das schien nicht möglich. Jakob war zu grob für Anne. Oder mochte sie das etwa? Wollte sie deshalb nichts von ihm? Blieb er selbst zu sanftmütig? Philipp schaute sie an, doch Annes Blick war starr geradeaus gerichtet.

Jakobs Blick lief Anne eiskalt den Rücken hinunter. Hatte er denn immer noch nicht von ihr abgelassen? Warum dieser offene

Hass, als ob er ihr den Krieg erklärte? Wusste er etwas? Das konnte nicht sein, Martin und sie waren sehr vorsichtig gewesen. Sie schämte sich. Die halbe Tribüne musste diesen Blick mitbekommen haben. Scheu schaute sie zu Philipp, der sie besorgt musterte und dann mit ernster Miene den Kopf wegdrehte.

Ihr schwindelte, und sie hatte ein flaues Gefühl im Bauch. Das Mieder schien ihr zu eng geschnürt. Miezie legte, beruhigend und diskret, ihre Hand auf Annes Hand. Sie erwiderte den Händedruck dankbar, ohne ihre Zofe dabei anzusehen.

Die Kämpfe begannen, Pferde schnaubten bei jedem Schritt, Ritter ächzten, Schlamm spritzte, Lanzen splitterten, und das Publikum wiegte gespannt mit. Eine Dame schrie hysterisch auf, als ihr Ritter vom Pferd fiel. Anne genoss die Tjost nicht. Sie fand nichts Schönes oder gar Aufregendes daran, zuzusehen, wie Ritter sich gegenseitig von ihren Gäulen stießen. Manche blieben regungslos auf dem Boden liegen und wurden dann von den Knappen weggetragen, andere humpelten davon. Die Menge stöhnte auf, sobald sich jemand verletzte, und johlten und klatschten gleich darauf für die Gewinner.

Sie waren wie Tiere, dachte Anne, geil auf Blut. Angeekelt wendete sie ihren Blick ab. Wie viel lieber würde sie jetzt mit Martin in der Scheune Zukunftspläne schmieden. Jakob, einer der Besten bei diesem Turnier, machte dem Landesoberhaupt große Ehre. Bislang hatte er alle brutal vom Pferd gerissen. Manchmal verletzte er sogar die Tiere. Anne wollte das grausame Schauspiel nicht länger mit ansehen.

Philipps Blick wurde immer besorgter. Er kannte Anne mittlerweile so gut, dass er geradezu schmerzhaft fühlen konnte, was in ihr vorging. Mit zusammengekniffenen Augen schaute er vom einen zum anderen. Irgendetwas war zwischen Anne und Jakob vorgefallen, das war offensichtlich, und er musste herausbekommen, was da vor sich ging. Er bedauerte nun, gleich nach dem Fest abreisen zu müssen, und nahm sich vor, dieses Rätsel nach seiner Rückkehr in zwei Wochen auf jeden Fall zu lösen.

Hätte er in diesem Augenblick in die Zukunft blicken können, so hätte er die Reise mit Sicherheit verschoben.

* * *

Nach den Kämpfen, das Festmahl war schon seit einigen Stunden in vollem Gange, verabschiedete sich Anne vom Fürsten und seiner Gattin und schlenderte über den Hof an den Ständen vorbei. Miezie war in ihrem Gemach im Schloss geblieben. Sie hatte Anne mitleidig angesehen und ein aufmunterndes Lächeln versucht. »Der Herr Landgraf wird Sie beschützen, Anne.«

Seitdem sie aus dem überdachten Haupteingang getreten war, fühlte sie sich verfolgt. Wenn sie sich umdrehte, sah sie zwar viele Menschen, aber niemanden, den sie erkannte. Bestimmt bildete sie sich das bloß ein, beruhigte sie sich. An einem Stand, an dem schöne, bunte Bänder angeboten wurden, hielt sie inne und bewunderte die Ware. Sie hatte dank ihres Onkels ein Auge für Qualitätsunterschiede. So sah sie schon an den Nähten, ob es sich um Plunder oder um kostbare Bänder handelte. Diese hier schienen eine gute Herkunft zu haben. Viele Damen aller Schichten drängten sich um den Stand und quiekten durcheinander. Anne besah sich ein goldenes Brokatband, welches gut zu ihrem neuen hellgrünen Samtkleid passen würde. Ein Kleid mit goldbesetzten Säumen hatte sie einmal auf Modezeichnungen gesehen, die ihr Onkel aus Italien mitgebracht hatte. Oh, wie er ihr fehlte.

Sie spürte eine Gestalt, die sich hinter sie drängte, sie mit einer Hand auf ihrem Bauch an sich drückte, und ein Kratzen von Bartstoppeln an ihrem Hals.

* * *

Nun war es aber wirklich genug. Sie konnte diese Demütigung einfach nicht mehr länger ertragen. Alle hatten immer nur Augen für diesen Bauerntrampel. Philipp sah sie mal besorgt und mal schmachtend an, dass es schon lächerlich wurde.

Jakob, von dem sie eigentlich geglaubt hatte, er würde sich jetzt endlich von diesem Weibsstück distanzieren, schien nur noch wilder nach ihr zu verlangen. Der bösartige Blick, den er ihr bei dem Turnier zugeworfen hatte, sprach Bände. Er hatte sich nicht mal dafür geniert. Vor versammeltem Hof hatte er Anne ganz offen den Krieg erklärt. Eigentlich sollte sie das fröhlich stimmen, aber das tat es nicht.

Instinktiv wusste sie, dass Hass nur dort gedeihen konnte, wo es auch Liebe gab.

Katherina schmiss einen Schminktiegel wütend in die Ecke. Nachdem Anne das Fest verlassen hatte, blieb auch Jakob verschwunden. Ob er ihr auflauerte? Es sollte ihr nur recht sein, wenn er endlich mit ihr abrechnete. Vielleicht war es ja auch nur verletzter Stolz, der ihn trieb.

Einmal mit ihr fertig, würde er endlich frei sein.

Katherina hatte sich noch nie im Leben etwas so innig gewünscht, wie diesen Mann endlich zu besitzen. Mit Haut und Haaren. Sie wollte sein Herz und seine Seele, und sie würde nicht ruhen, ehe sie nicht an ihrem Ziel angelangt war. Jedes Mittel würde ihr dafür lieb sein.

Sie stutzte. Jedes? Sie dachte an die Giftfläschchen, die mit Sicherheit noch in dem alten Haus der Hexe waren. Sie brauchte nur dorthin zu gehen und sich umzuschauen. Und wenn der Ort verhext war? Sie schauderte. Am liebsten würde sie ihre neue Zofe dort hinschicken, aber die würde somit zur Mitwisserin werden.

Außerdem war es nicht sicher, dass diese genau wissen würde, wonach sie zu suchen hatte. Katherina konnte ja schlecht sagen »Bring mir alle Gifte mit, die du findest«.

Angestrengt dachte sie nach. Wieso machte sie sich dieses Luder nicht einfach zur *Freundin?* So könnte sie vielleicht auch einiges über Jakob oder Philipp erfahren. Sich mit einer so niederen Person abgeben zu müssen, war ihr zwar zuwider, doch würde sie es ertragen müssen.

Sie könnte Anne einladen und ihr eine Tasse Tee anbieten. So unter *Freundinnen des Landgrafen*. Das dumme Ding würde natürlich nichts merken, im Gegenteil, sie würde sich geehrt fühlen und glauben, ihrer Anerkennung am Hof nun endlich einen Schritt näher gekommen zu sein. Katherina kicherte. Stattdessen würde sie am folgenden Abend fürchterliche Bauchschmerzen bekommen, sich in Krämpfen winden und später in der Nacht qualvoll dahinscheiden.

Was für ein wundervoller Gedanke. Kein Mensch würde wissen, oder auch nur nachforschen, was dem Waisenbalg widerfahren war. Vielleicht Cholera? Eine Lebensmittelvergiftung? Das kam so oft vor, und kein Mensch wusste, warum.

Wer würde auf den Gedanken kommen, Katherina damit in Verbindung zu bringen?

Wer würde es wagen, sie zu verdächtigen?

Wer könnte ihr etwas nachweisen?

Sie genoss den Ruf, nur an Kleidung, Schminke und Männern interessiert zu sein, keineswegs aber an Kräutern.

Der Gedanke gefiel ihr immer besser, je mehr sie darüber nachdachte …

* * *

Bevor sie erschrocken herumfahren konnte, raunte ihr Jakob ins Ohr: »Wenn ich dir so ein Band schenke, lutschst du ihn mir dann auch mal ab?«

Sie riss sich los und starrte ihn erschrocken an.

Da fasste er sich vulgär an die Hoden und bewegte seine Hand auf und ab. Dabei machte er eine geile Grimasse, die Zunge aus dem Mund hängen lassend. Er deutete Leckbewegungen an und rollte dabei mit den Augen.

Anne griff sich entsetzt an den Hals, hob ihre Röcke an und stürzte durch die Menge davon. Sie rannte und rempelte dabei Passanten an. »Hey, kannst du nicht achtgeben«, wurde ihr nachgeschimpft, aber von Panik befallen, rannte sie ohne Einhalt bis zu ihrem Haus. Atemlos schnappte sie nach Luft, ihr Herz hämmerte wie wild in ihrer Brust, und sie lehnte sich mit dem Rücken an die Hauswand und starrte in den Himmel.

Tausend Fragen auf einmal schossen ihr durch den Kopf. Hat er uns gesehen? Unmöglich! Aber warum hat er das gesagt? Oder war es nur ein Zufall, und alle taten diese Dinge? Warum sagte er »auch mal«, als ob er wisse, dass sie es schon getan hatte? Ihr wurde bang. Oder meinte er das, weil andere es ihm auch machten? Ja, das wird es sein, beruhigte sie sich.

Wie sie Jakob verabscheute. Nicht auszudenken, wenn der Kerl wüsste … sie schauderte. Sie schlich sich in die Stube, log Liese an, sie wäre müde und fühle sich nicht wohl, und stieg in ihre Kammer. Dort wartete sie sehnsüchtig darauf, dass die Nacht hereinbrach und alle sich zur Ruhe legten.

* * *

Kleine Tröpfchen fielen ihr auf die Nase, aber das störte sie an diesem Tag nicht. Im Gegenteil. Sie saß in der hintersten Ecke des

Schlossgartens auf einer Steinbank neben den Rosenranken, stützte sich mit den Händen auf der Bank ab und ließ den Kopf in den Nacken fallen. Katherina schöpfte neue Hoffnung, denn Jakob hatte sie um ein *Stelldichein* gebeten. Sie bildete sich darauf natürlich nichts ein, denn sie hatte nun begriffen, dass sie bei Hofe keine Chancen mehr hatte und dass es ihm mit Sicherheit nur um ihren Vorschlag ging. Auch wenn sie den Gedanken an eheliche Vereinigung abgelegt hatte, so hatte sie doch noch Gefühle für Jakob. Aber war es wirkliche Verliebtheit? Das konnte sie nicht mit Sicherheit sagen.

Was sie aber wusste, war, dass die Gedanken an ihn in ihrem Körper Dinge anstellten, die sie nie für möglich gehalten hätte. Nie hatte ihr das Zusammensein mit Männern wirklich Spaß bereitet. Es gefiel ihr, die Macht in diesem winzigen Augenblick der Wonne über sie zu haben. Das erfüllte sie mit Befriedigung. Jedoch war der Moment zu kurz, um selbst körperliche Wonne zu erfahren. Jakob war der Erste, bei dem sie, alleine beim Gedanken an ihn, schon Reaktionen ihres Körpers verspürte.

Seit ihrem letzten Zusammentreffen ertappte sie sich immer häufiger dabei, in Tagträumen zu versinken, verruchten und unaussprechbaren Gedanken nachzugehen, die sich immer mehr zu wilden Fantasien entwickelten. Von ihm gequält zu werden, wurde zu ihrer größten Lust, und da es nur in ihren Gedanken geschah, ließ sie dem Spiel freien Lauf. Sie ertappte sich selbst bei der Vorstellung, an der Stelle einer Magd von ihm vergewaltigt und geschlagen zu werden, und es bereitete ihr Gänsehaut am ganzen Körper und ein nie gekanntes Drängen und Kribbeln zwischen ihren Schenkeln. Allein der Gedanke, gleich mit ihm ein paar Minuten zu verbringen, ließ sie aufblühen. Es überraschte sie selbst ein wenig, denn früher hätte sie sich zu solchen Empfindungen nicht für fähig gehalten. Sie machte den Mund auf und streckte ihre Zunge den Regentropfen entgegen, um sie damit aufzufangen.

Ein Hölzchen knackte auf dem Pfad, und gleich darauf erschien Jakob, schöner denn je. *Wie jammerschade,* dachte sie bei sich.

»Gott zum Gruße, wertes Edelfräulein«, sagte er, sich leicht verbeugend.

»Gott zum Gruße, Herr Ritter von Traubenheim«, grüßte sie ihn knicksend zurück. Sie benutzte absichtlich seinen Zunamen, um ihm zu schmeicheln und ihm den Eindruck von Wichtigkeit zu geben. Es wirkte, denn er straffte die Schultern, und man sah einen gewissen Stolz in seiner Miene, die nun entspannter wirkte als zuvor.

»Wie schön, dass Sie kommen konnten, Katherina«, fing er verlegen an zu sprechen.

Sie schaute ihn treuherzig an und wartete. Zufrieden stellte sie fest, dass er sie von Kopf bis Fuß musterte und dass ihm ihre Erscheinung zu gefallen schien.

»Sie hatten mir mal ein Angebot gemacht, auf das ich nun gerne zurückkommen würde.«

Katherina lächelte süßlich und wartete ab.

»Sie gaben mir zu verstehen, dass Sie mir behilflich sein könnten …«, fuhr er fort, »um Anne zu …«

»… bestrafen?«, fragte sie. »Zu züchtigen?«, fügte sie leise hinzu.

Sein Blick konnte seine Verwunderung nicht verbergen. »Ja«, antwortete er schlicht.

»Ich wusste, dass dieser Tag kommen würde.« Sie versuchte, gelassen zu bleiben, und täuschte Selbstsicherheit vor.

»Was meinen Sie damit?«

»Ihre Lust, andere zu quälen und Rache zu nehmen, ist größer als Ihre Abneigung mir gegenüber, nicht wahr?«, sagte sie fast beiläufig und schaute ihn listig an.

»Ich …«, stotterte er verlegen und stutzte. Mochte er gerne Menschen quälen? War das wahr?

Katherina merkte, wie sie ihn verwirrte, und fuhr fort: »Ist es denn nicht so, werter Herr Ritter?« Sie machte einen Schmollmund und klimperte mit den Augen.

Donnerlittchen noch mal, dachte Jakob, *wie kann sie mich besser kennen als ich mich selbst?* Oder konnte das jeder so einfach von seinem Gesicht ablesen? »Woher wissen Sie solche Dinge über mich, Weib?«, erwiderte er verlegen, schaute sich nach rechts und links um und grinste.

»Sagen wir es mal so«, erklärte sie, »wir könnten vom gleichen Schlag sein, Herr Ritter, und zwar in *jeder* Beziehung.« Sie machte eine kleine Pause, um das Gesagte wirken zu lassen. »Wie ich Ihnen schon mitteilte, wir verfolgen die gleichen Interessen und haben den gleichen Geschmack für … Gewalt und Qualen«, meinte sie nun und rekelte sich. Sie merkte, dass er anbiss.

Jakob wurde heiß, und er zog an seinem Hemdkragen, der zu eng zu werden schien. Warum bin ich auch in voller Hofkleidung gekommen, verfluchte er sich innerlich. Kleine Schweißperlchen bildeten sich auf seiner Stirn und seiner Oberlippe. »Reden Sie weiter«, brachte er gepresst heraus.

»Schön, setzen Sie sich doch erst einmal zu mir«, sagte sie und tippte leicht mit der Hand neben sich auf die Steinbank.

Er gehorchte und setzte sich nervös und mit feuchten Händen hin. Was ist nur mit mir los, fragte er sich. Er schaute sie an. Sie trug keine Schminke, und er fand sie so plötzlich bemerkenswert schön. Aber das durfte nicht sein, schalt er sich.

»Also Jakob, ich darf doch Jakob sagen, nicht wahr?«, säuselte sie, und er stimmte nickend zu.

»Haben Sie in Ihrem Leben schon mal mit einer Frau … eh … verkehrt, die sich Ihnen willig gab, außer Mägde, die es aus Angst, oder Huren, die es für Geld getan haben?«, fragte sie nun durchtrieben.

Erschüttert und gleichzeitig überrascht von so viel Dreistigkeit und Offenheit, starrte er sie an. Er dachte über die Frage nach. Ja, da war … nein, Mist, es gab keine. Keine Einzige! *Sapperlot!*

Sie grinste. »Sehen Sie?«, neckte sie ihn, um die Situation zu entschärfen.

Nun grinste auch er verlegen. »Na ja, es stimmt schon. Irgendwie langweilig ohne Widerstand.« Er lachte leise, und sie knuffte ihn in die Seite.

»So ähnlich geht es mir«, meinte sie nun.

»Hmm …« Er schaute sie mit Feuer in den Augen schräg von der Seite an.

Katherina lächelte gespielt lieblich, stand auf und machte ein paar Schritte hin und her, damit er ihren schlanken, in ein weißes Seidenkleid gehüllten Körper bewundern konnte. Sie wusste, dass das Licht sie zur Geltung brachte und man von seinem Platz aus durch den Stoff hindurch alle Umrisse ihres Körpers erahnen konnte. Sie hatte bewusst nichts darunter angezogen. Ihr Ledermieder und die dazu passenden Ärmelledergamaschen mit Eisennieten, die von den Fingern bis kurz über den Ellbogen reichten, unterstrichen ihre Absichten zusätzlich. Anscheinend verfehlte sie nicht die gewünschte Wirkung.

»Du weißt, dass ich dich nicht anfassen kann.« Er rang nun um Fassung, denn er hatte einen trockenen Hals, und seine Hose spannte sich auffällig.

»Natürlich, das sollst du ja auch gar nicht«, erwiderte sie nun geheimnisvoll.

Jakob verstand nicht gleich und runzelte die Stirn.

»Wie wäre es mit Zuschauen?«, fragte sie ganz beiläufig, als schlüge sie ihm einen Spaziergang vor.

Er starrte sie an. »Du meinst … ich dir?«, fragte er und wurde heiß.

Sie beugte sich nah an sein Ohr: »Du mir und ich dir. Ich darf nicht an dir kosten, so lasse mich wenigstens Zeuge deiner … hmm … Gewalttätigkeiten sein«, hauchte sie ihm nun ins Ohr.

Nun war es ganz um seine Fassung geschehen, er leckte sich begierig die Lippen.

»Und ich lasse dich an den meinen teilhaben«, setzte sie nach und gab ihm damit den Gnadenstoß.

Er hatte noch nie etwas so Aufregendes gehört und kam sich auf einmal völlig hilflos vor. Nie hätte er gedacht, dass es so etwas geben könnte, es machte ihn total wild. Am liebsten hätte er sich vergessen und wäre über sie hergefallen.

Sie schaute ihn herausfordernd und frech an und genoss seine offensichtliche Qual.

Hitzewallungen übermannten ihn, und er musste sich zusammenreißen. Die Schweißperlen wurden zu Tropfen, die sich mit dem nun stärker werdenden Regen vermischten. Er ging auf sie zu, packte sie fest am Handgelenk, zog sie zu sich und umklammerte mit seiner anderen Hand ihren Hals. Sein Mund hielt direkt vor ihrem inne, und er starrte sie mit wildem Blick an. »Was machst du mit mir«, stieß er aus.

Sie schaute ihn ebenso feurig und hasserfüllt an, schlug auf ihn ein. Er küsste sie brutal auf den Mund, aber sie biss ihn, und er stieß sie fluchend von sich. Es regnete nun in Strömen, Katherinas lange Haare klebten an ihren Wangen, ihre vom Kuss aufgesprungene Unterlippe blutete, und das Kleid haftete wie eine durchsichtige, weiße Haut an ihrem schlanken Körper, der nun endgültig alle seine Geheimnisse preisgab.

Er saß in der Falle, jubilierte sie. Sie hatte es geschafft.

»Mein Gott«, stöhnte er, ohrfeigte sie und riss sie wieder an sich, um sie erneut zu küssen. »Wenn du willst, fangen wir an, du Teufelsweib.« Dann ließ er sie los, schubste sie zu Boden und rannte triefend nass davon.

Er sah nicht mehr, wie sie triumphierend lachend im Regen lag und ihre Fäuste in den Himmel reckte.

* * *

Heute nahm er seinen Posten als Stallmeister auf. Die Knechte und Lehrlinge stellten sich in einer Reihe auf, um ihn zu begrüßen. Sie waren vom Landgrafen persönlich darüber informiert worden, dass ein neuer Stallmeister sein Amt antreten würde. Sein Vorgänger, der ein hohes Alter erreicht hatte, dankte bei dieser Gelegenheit ab. Er durfte aber weiter bei freier Kost und Logis im Schloss verweilen, und so blieb er noch ein paar Tage bei Martin, um ihn einzuarbeiten.

Martin hielt eine kurze Begrüßungsrede, alle schienen verwundert, und manche sogar beleidigt. Sie tauschten untereinander Blicke aus und verstanden nicht, wie so ein Jüngling zu diesem Posten kam. Dann gingen sie wieder zurück an die Arbeit, und Titus, der alte Stallmeister, fing an, Martin die Einzelheiten zu erläutern.

Dadurch erfuhr er, welchen der Stallburschen er im Auge behalten musste und welche Vorlieben oder Ansprüche die Ritter hatten. Der Tag ging rasch vorüber, und dann durften sie, wie üblich, am Nachmittagsmahl teilnehmen. Alle Bediensteten außer dem Küchenpersonal und dem niederen Stallpersonal wurden täglich im Schloss verköstigt. Martin staunte, denn das hatte er nicht erwartet.

Titus und er setzten sich zu den Stallburschen, und sie mussten sich zu zweit einen Brotfladen als Unterlage teilen. Dort wurden die Speisen draufgelegt und dann vertilgt. Martin schlang ein paar Hühnerkeulen hinunter und wollte sich gerade den Mund am Tischtuch abwischen, da raunte ihm Titus entsetzt zu: »Nicht doch, Bursche! Wo kommst du denn her? Hier im Schloss gelten die gleichen Sitten wie bei Hofe des Kaisers. Nimm deinen Ärmel.« Titus erkannte, dass der junge Bursche noch einiges zu lernen hatte. Ab und an flüsterte er ihm daher Ratschläge zu, um zu vermeiden, dass er sich lächerlich machte. Er mochte Martin, nicht zuletzt, weil er sich bald dank ihm zur Ruhe setzen durfte.

Denn auch wenn die meisten Stallburschen davon überzeugt waren, dass Martin ihm die Stellung wegnahm, so erlöste er ihn vielmehr, da seine alten Knochen schon seit Langem schmerzten. Besonders bei Regenwetter konnte er sich kaum noch bewegen. Früher hatte ihm die nette Neslin eine Kräuterpaste und einen Sud gegeben, der ihm immer geholfen hatte. Aber Neslin blieb fort, ihr Haus stand verlassen am Waldrand und verrottete. In Gedanken brummte er vor sich hin.

»He, Kleiner. Das Brot darf erst zuletzt gegessen werden. Und trinken darfst du erst, wenn du fertig gekaut und runtergeschluckt hast.«

Martin staunte über all die Regeln, die es zu beachten gab. Er sah sich ein wenig um. Kerzenschein beleuchtete den mit wenig Fenstern ausgestatteten Saal, in dessen vorderem Teil Musikanten spielten. Frische Binsen lagen überall auf dem Boden verteilt. An der hinteren Wand entlang stand etwas erhöht eine lange Tischreihe. Dort speisten die hohen Herrschaften. Der Platz des Fürsten blieb frei, da er sich auf Reisen befand. Die Landgräfin, eine bis oben hin zugeschnürte Dame mittleren Alters, saß aufrecht und steif da. Andere Tischreihen gingen wie Finger von einer Hand über die Länge des Saales ab. Je weiter weg man von ihrem Tisch saß, umso niedriger war der Rang, den man innehatte.

Martin machte die Ritter aus, die der Gräfin am nächsten saßen. Alle waren sie starke, trainierte Männer. Dabei blieben seine Augen an einem Ritter hängen, der ihn anzustarren schien. Er stutzte und schaute schnell woandershin. Vielleicht gehörte es sich ja nicht, den Herren beim Essen zuzuschauen. Da er noch nicht alle Regeln kannte, wollte er lieber vorsichtig sein.

Am Ende des Mahls wollte er sich erheben, aber Titus hielt ihn zurück.

»Erst muss sich die Gräfin erheben.«

Martin seufzte und ließ sich auf die Bank zurückfallen.

»Muss ich nicht wieder an die Arbeit?«

Titus gluckste. »Es wird hier nur bis vier gearbeitet. Nachmittags wird gegessen, manchmal bis in die Abendstunden. Aber keine Bange, da der Herr abwesend ist, kannst du bald weg, die Landgräfin wird sich schon bald erheben.«

»Und was macht man dann nachmittags? Ich wollte noch so viel lernen …«

»Das wirst du schon noch, keine Sorge. Ruh dich aus, denn es ist mehr los, wenn Festspiele sind oder Jagden.«

Martin staunte entgeistert. Was für ein Leben, dachte er und starrte auf den mit Knochen und Knorpeln bedeckten Boden. Ab und zu kam ein Hund, schnappte sich einen Leckerbissen und lief auf den Hof, aus Angst, jemand könnte ihm diesen wieder abnehmen. Plötzlich bauten sich zwei kräftige Beinlinge vor Martin auf.

Als er irritiert an ihnen hochschaute, blickte er direkt in das Gesicht des Ritters, den er zuvor beobachtet hatte.

Titus sprang aufgeregt vom Tisch auf, verneigte sich, stammelte »Gott zum Gruße, Herr Ritter Jakob«, und knuffte Martin in die Seite.

Der sprang ebenfalls auf und tat es Titus nach. Die Bank, die sie sich geteilt hatten, fiel hinter ihnen krachend zu Boden.

Jakob stand breitbeinig und mit verschränkten Armen da, verzog keine Miene und musterte ihn von Kopf bis Fuß. Um sie herum wurde es still, als hielten die umliegenden Speisenden den Atem an, und alle Bewegungen erstarben. Nur im vorderen Teil der Halle hatte man nichts mitbekommen, und es wurde fröhlich weitergespeist.

»Wer bist du?«, fragte der Ritter ihn geradeheraus.

»Er ist Martin, der neue Stallmeister, der mich ablöst«, antwortete Titus.

»Halt's Maul und verzieh dich, Titus. Ich rede mit dem Knilch!«

Martin fühlte sich eingeschüchtert. Er verstand nicht, warum dieser Jakob so aggressiv auftrat. Er hatte schon so manches Pferd eines Ritters gesattelt, und die meisten verhielten sich, wenn auch herablassend, so doch jovial. »Ich heiße Martin, Herr. Ich bin der neue Stall…«

»Das weiß ich bereits«, schnitt Jakob ihm das Wort ab. Die Umsitzenden lachten. »Kannst du reiten, Junge?«, fragte er nun etwas freundlicher.

»Ja, Herr, Pferde sind meine Leidenschaft.«

»Gut, morgen reitest du mit mir aus, ich muss auf einer großen Koppel trainieren. Du nimmst drei der besten Gäule mit. Titus wird dir alles erklären.«

»Jawohl, Herr Ritter«, antwortete Martin und fragte sich, ob er die richtige Anrede gewählt hatte.

Ihn nicht aus den Augen lassend, pickte sich Jakob eine Mandel von einer der Platten, drehte sich dann abrupt um und ging von dannen.

Erleichtert atmete Martin aus, die oberen Stallangestellten musterten ihn schadenfroh, und alle fingen wieder an, durcheinanderzureden. Die Szene würde ihnen noch tagelang ein Gesprächsthema bieten.

Er stellte die Bank wieder auf, doch plötzlich erhoben sich alle, noch teilweise mit vollem Mund. Er verstand nicht, dann sah er die Fürstin den Saal verlassen. Alle setzten sich wieder.

Martin nutzte die Gelegenheit und verschwand. Trotz des fülligen Essens hatte er ein flaues Gefühl im Magen. Er hatte bis jetzt alle Prüfungen mehr oder weniger gut bestanden, aber er fühlte sich unbeholfen, und das ärgerte ihn. Er schlenderte zu den Ställen, über denen sich auch die Unterkünfte des Stallpersonals befanden.

Die Luft roch nach Herbst und Laub. Einzelne Pfützen sammelten sich auf dem unebenen Pflaster des Hofes. Dort erwartete Titus ihn bereits. Er schilderte ihm in ein paar Sätzen, was der Ritter von ihm verlangte.

»Das ist nichts Ungewöhnliches«, meinte Titus. »Du sattelst ihm morgen in aller Frühe Adonis, Vidal und Arthis.« Er deutete auf die Pferdeboxen. »Dazu noch dein Pferd«, er zeigte auf Brunus, »und seinen Lieblingsgaul, den Donner.«

»Warum so viele Pferde?«, wollte Martin wissen.

»Ein Ritter wie Jakob muss in Übung bleiben. Er ist der beste Turnierreiter des Landes, und viele neiden ihm seine Stellung«, erklärte Titus. »Dadurch hat er mehr Druck als andere Ritter, denn er hat viel zu verlieren. Es ist also nicht unüblich, dass er sich ein paar Gäule nimmt, um zu trainieren. Eher unüblich ist es aber, dazu den Stallmeister mitzunehmen, der eigentlich Wichtigeres zu tun hat. Ein Stallbursche würde durchaus reichen«, fügte er dann nachdenklich hinzu. »Aber du kannst dich nicht drücken, denn nur der Landgraf selbst könnte diese Entscheidung rückgängig machen.« Er klopfte ihm aufmunternd auf die Schulter. »Er will dich wahrscheinlich nur testen. Es ist vielleicht sogar der Herr selbst, der ihm das vor seiner Abreise befohlen hat. Mach dir keine Sorgen, Martin. Er möchte seinen Lieblingsgaul nicht zu sehr rannehmen, deshalb die anderen Pferde.«

Martin atmete erleichtert auf. Er hoffte sehr, den Ansprüchen des Ritters gerecht zu werden. Wahrscheinlich hatte Titus recht, und der Landgraf persönlich hatte dieses Vorgehen angeordnet, um ihn zu testen. Das schien nur normal. Da er nun freihatte, machte er sich auf, um Anne einen Besuch abzustatten. Er verabschiedete sich von Titus, den er immer mehr mochte, und schlenderte, vor sich hinpfeifend, durch das Tor. Doch das flaue Gefühl im Bauch wollte ihn nicht verlassen.

* * *

Liebes Tagebuch,

ich weiß nicht, ob ich glücklich oder traurig sein soll. Heute hatte Martin seinen ersten Tag als Stallmeister. Er meinte, alles wäre gut gelaufen, außer dass er mit den Tischsitten nicht vertraut war. Wir haben uns halb totgelacht, als er mir von seinem unglücklichen Verhalten erzählte. Dann verging mir allerdings das Lachen, als er mir von Jakob berichtete. Ich versuchte, mein Entsetzen darüber zu verbergen, doch ich glaube, er hat es bemerkt. Morgen soll er mit ihm ausreiten. Mein Martin mit diesem bösen Jakob, alleine im Wald … Oh lieber Himmel, hilf!

Ich versuche, mich zu beruhigen, indem ich mir sage, dass das nichts zu bedeuten hat. Dass es ein Zufall ist. Aber irgendwie glaube ich nicht daran. Ich habe wirklich das Gefühl, Jakob weiß von uns und tobt innerlich. Ich habe Angst, dass er sich an Martin rächen will. Martin hingegen meint, dass Jakob den Befehl von Philipp bekommen haben könnte. Das kann natürlich sein … aber ausgerechnet Jakob? Na ja, der Landgraf kann ja nicht wissen, was zwischen mir und Jakob vorgefallen ist, oder doch? Nachdem mich Jakob bei dem Fest so belästigt und so gemeine Andeutungen gemacht hat, habe ich die Befürchtung, er könne etwas wissen. Lieber Gott, bitte beschütze Martin.

Anne, verzweifelt

KAPITEL 9

»Blickt auf die Weite, die Festigkeit, die Raschheit des Himmels und hört einmal auf, Wertloses zu bewundern!«

Anicius Manlius Torquatus Severinus Boethius
(um 480–um 524)

Kassel, 1539

Philipp atmete die Herbstluft tief in seine Lungen ein und lehnte sich im Sessel zurück. Bei dem Ritt nach Kassel hatte er sich erkältet. Er hustete viel und manchmal so heftig, dass er daran zu ersticken drohte. Die ersten Tage hatte er sogar das Bett hüten müssen. Zu seiner Begrüßung hatten sie ihm eine Lutherpfanne serviert, die aus Fleischspießen, Rauchfleischbohnen, geschmorten Zwiebeln und Semmeltörtchen bestand. Doch aufgrund seines gesundheitlichen Zustandes hatte er sie nicht genießen können. Er wusste, wie gut das mit Majoran, Basilikum und Knoblauchöl zubereitete Fleisch roch und schmeckte, dass ihm allein bei dem Gedanken daran das Wasser im Munde zusammenlief. Er nahm sich vor, später einen Diener in die Küche zu schicken, um ihm auf persönlichen Wunsch das Gericht heute zubereiten zu lassen.

Die Erkältung diente eigentlich nur als Vorwand. In Wahrheit deckte sie ein tieferes, ernsteres Leiden auf. Die Ärzte wurden sich mal wieder nicht einig, doch Philipp war überzeugt, von dem gleichen Leiden befallen zu sein wie sein seliger Vater: die Franzosenkrankheit! So unterzog er sich willentlich den harten Quecksilberkuren und litt seit Wochen Höllenqualen. Wie hatte er auch glauben können, von Gott nicht irgendwann für seine wollüstigen Ausschweifungen bestraft zu werden? Daher ließ er alle Behandlungen über sich ergehen, las täglich stundenlang in der Bibel und schwor sich, sollte er je wieder genesen, ein frommes Leben zu führen.

Mit seinem Straßburger Freund Martin Bucer, der sich schon so oft für ihn eingesetzt hatte, hegte er einen noch intensiveren Schriftverkehr als zuvor, hauptsächlich um seinen innigsten Wunsch, eine Zweitehe einzugehen, voranzutreiben. Er hatte im Alten Testament Stellen gefunden, die eine solche Ehe rechtfertigen, ja sogar erlauben würden. Allerdings brauchte er unbedingt ein Gutachten Luthers, um diese Ehe gefahrlos eingehen zu können. Bucer unterließ keine Bemühung, um Luther von der Rechtmäßigkeit zu überzeugen, und hielt Philipp mit seinen regelmäßigen Berichten auf dem Laufenden. Für Philipp, der vor Kummer, Langeweile, Angst und Trübsinn fast verrückt wurde, war das von großer Wichtigkeit. Ganz gegen seine Gewohnheit fehlte ihm dieser Tage jegliche Kraft.

Die Diener hatten ihn heute das erste Mal zu einem Sessel auf die untere Terrasse getragen, von wo er nun, mit Decken gut zugedeckt, zu seiner Rechten den schönen Schlossgarten bewundern und zu seiner Linken den immensen Ausbesserungsarbeiten zuschauen konnte. Dadurch bekam er viele neue Ideen für das Marburger Schloss, welches bei Weitem nicht so groß war. Einen Stich im Magen spürend, sehnte er sich nach seinem Schloss, den Heilkünsten Neslins und … nach Anne.

Schon auf der langen Reise war ihm bewusst geworden, dass sein Leben ohne sie an Geschmack verlor. Warum hatte er ihr nicht seine Gefühle gestanden? Warum hatte er nicht vor seiner Abfahrt reinen Tisch gemacht? Er hatte sie um Ehrlichkeit gebeten und war es selbst nicht gewesen. Aber nun gab es in ihrem Leben einen anderen, oder nicht? Die Zweifel bereiteten ihm heftige Magenschmerzen. Er musste so schnell wie möglich zurück nach Marburg. Eigentlich hätte er schon lange wieder dort sein sollen, aber sein Gesundheitszustand verbot es ihm, und das wusste er auch ohne die Ermahnungen des Arztes. Die Reise dauerte mehrere Tagesritte, und das feuchte Herbstwetter würde ihm den Rest geben.

Von Botschaftern, die regelmäßig zwischen den Städten hin- und herritten, erfuhr er, dass auf Schloss Marburg alles zum Besten stand. Während seiner Abwesenheit hatte er wie üblich Jakob von Traubenheim die Leitung des Schlosses anvertraut, denn er hatte uneingeschränktes Vertrauen in seinen Ritter. Schon oft hatte Jakob erfolgreiche Botengänge für ihn erledigt, hatte in Kriegen an seiner Seite gekämpft und blieb ihm treu ergeben. Allerdings fragte sich Philipp immer wieder, was es mit Jakob und Anne auf sich hatte, warum er Anne beim Turnier einen so hasserfüllten Blick zugeworfen hatte. Oder hatte er sich das nur eingebildet?

Stundenlang blickte er gedankenversunken in die bunte Herbstlandschaft und wünschte sich insgeheim, malen zu können. Unter seinen vielen Talenten, die der liebe Gott ihm mit in die Wiege gab, hatte er dieses eine wohl vergessen. Die grünen saftigen Wiesen um das Schloss, deren Birken und Eichen sie mit buntem Laub übersäten, rochen nach Pilzen und modrigen Blättern. Selbst die von Bäumen gesäumten Gehwege schillerten in allen Farben. Kein Lüftchen wehte, was eine geheimnisvolle Atmosphäre schaffte. Vögel pickten auf den Wiesen, und man konnte vereinzelte Grüppchen von Spaziergängern ausmachen. Ein Gärtner rechte, ganz zu Philipps Leidwesen, das Laub zu einem Haufen zusammen, um es dann mit einem Karren abzutransportieren.

Ein plötzlicher Windstoß ließ den Haufen Blätter aufwirbeln, und verärgert schüttelte der Gärtner den Kopf. Philipp, der dies als Gerechtigkeit des Himmels ansah, lächelte. Als der Gärtner nun innehielt und zum Himmel schaute, tat es ihm Philipp unwillkürlich nach und entdeckte die aufziehende schwarze Wolkenwand.

Wie um die aufflackernde Erkenntnis eines nahenden Unwetters zu bestätigen, donnerte es in der Ferne krachend. Immer mehr Böen zogen auf, und Philipp sah, wie die Bauarbeiter hastig ihre Materialien zu einem Unterstand brachten, Dienstboten aufgeregt herumrannten, um Gartenstühle und Tische in Sicherheit zu bringen. Spaziergänger beschleunigten ihren Schritt, die

Damen mit gerafften Röcken, die Herren besorgt in den Himmel schauend.

Auch Philipp wurde nun wieder rechts und links gestützt und in seine Gemächer gebracht, wo er sich erneut Stunden langweilen würde. Er ließ sich an ein hohes Fenster führen und blieb dort, getreu seiner Gewohnheiten aus Marburg, lange sitzen, um das Spektakel des Unwetters zu bewundern. Baumkronen bogen sich im Wind, kleine Äste und Blätter wirbelten herum, und es wurde fast dunkel, obwohl es erst früher Nachmittag war. Philipp fröstelte.

Ein Arzt hatte ihn hier in Kassel untersucht und ihn zur Ader lassen wollen, was er vehement ablehnte. Er fühlte sich erschöpft, aber die Gespräche zwischen Bucer und Luther schienen gut voranzukommen. Dessen anfängliche Abneigung gegen eine Zweitehe bröckelte, trotzdem mahnte er ihn vor eventuellen politischen Folgen. Philipp Melanchthon, ein sehr beliebter und bekannter Lehrer und Reformist, stimmte dieser Ehe auch zu und stellte sich sogar zur Verfügung, bei der Hochzeit anwesend zu sein.

Philipp spürte, dass er bald alle wichtigen Personen überzeugt hatte und seiner Rückreise, von seiner angegriffenen Gesundheit mal abgesehen, nichts mehr im Wege stand. Neben ihm lag das Buch eines seiner Lieblingsdichter. Eine Hofdame hatte sich angeboten, ihm vorzulesen, das konnte er jedoch nicht annehmen. Keine würde eine so süße Stimme haben wie seine Anne. Ohnehin konnte er die meisten Gedichte auswendig und zitierte das *Sonett von der Liebsten Augen* von Martin Opitz, ohne ins Buch zu schauen:

»Diß wunderliche Werck /
das Gott hat auffgericht /
Die Erde / Lufft / vnd See /
des Himmels hohe Thronen /

Das alles / was man kan /
vnd auch nicht kan bewohnen /
Hett es kein / oder auch zwo Sonnen /
stünd es nicht.
Ich arm betrübtes Thier muß zweyer Sonnen liecht Vertragen /
die mir arg für meine Liebe lohnen /
Ja die bey Tag vnd Nacht auch meiner nicht verschonen /
Doch ärger ist die Pein /
wann mir der Glantz gebricht /
Was wunder ist es dann /
daß jhr mich sehet sterben Mehr als zehn tausentmal /
eh' kaum hingeht ein Tag?
Vnd jmmer widerumb belebt zur newen Plag? Ist sie mir allzunah /
muß ich durch sie verderben: Ist sie denn gantz hinweg /
so hab ich lauter Nacht /
Doch wehl' ich mir den Todt /
den mir die Hitze macht.«

Donner folgte grellen Blitzen, und das Gewitter tobte nun direkt über ihnen. Ein Diener schürte das Feuer im Kamin. Nun setzte ein wolkenbruchartiger Regen ein, und man konnte kaum noch etwas sehen. Wieder krachte es gewaltig, und erneut wurde der Himmel von wild zuckenden Blitzen erleuchtet.

Philipp wurde wehmütig. Wie gerne wäre er jetzt bei Anne oder hätte sie hier bei sich. Es hatte viele Möglichkeiten gegeben, sie zu verführen, und er hätte sich einfach bedienen können, denn kein Mädchen würde es wagen, einen Fürsten zurückzuweisen, selbst Anne nicht. Doch alleine der Gedanke, über ihr zu liegen, ohne dass sie dabei etwas empfand, oder vielleicht sogar Ekel in ihren Augen zu lesen, machte es ihm völlig unmöglich, einen erzwungenen Beischlaf in Erwägung zu ziehen. Er liebte sie von ganzem Herzen, er verehrte, bewunderte, ja, begehrte sie. Niemals würde er sie zu etwas zwingen und ihre Lebenslust und ihr hübsches Lächeln missen wollen.

Philipp sah ihr strahlendes Gesicht vor sich und lächelte unwillkürlich vor sich hin. Er dachte an den Tag, an dem er sie zur Hirschbrunft mitgenommen hatte, zu Beginn des Herbstes, seiner Lieblingszeit. Er hatte ihr eine Schachtel mit einem eleganten grünen Jagdkleid zukommen lassen mit den Worten: »Von Philipp, eine Überraschung wartet auf dich«.

Als sie dann zum verabredeten Zeitpunkt und in die neue Jagdtracht gekleidet zu ihm gekommen war, hatte er sie wunderschön gefunden. Ihre Augen hatten vor Aufregung geleuchtet, und zu Fuß waren sie in den Wald gegangen, nur gefolgt von zwei Wachen.

Er hatte gemerkt, dass Anne das Laufen nichts ausmachte, ja, dass sie es gewohnt war, im Wald spazieren zu gehen, und er sah sie erblühen. Sie hatte ihm Pflanzen gezeigt, deren Namen sie kannte, und gemeinsam beobachteten sie aufgescheuchte Wildgänse und sahen ihnen nach. Sie waren tiefer in den Wald hineingelaufen, bis sie an einer Lichtung ankamen, und da hatten sie es gehört: das Röhren der Hirsche.

Sanft hatte er sie nach unten gezogen, damit sie sich hinter hohen Grashalmen ducken konnten, die entlang des Waldrandes wuchsen. Auf der Lichtung standen mehrere Hirsche und röhrten abwechselnd um die Wette. Anne war sprachlos gewesen und beobachtete die Tiere mit großen runden Kinderaugen.

»Es sind die Männchen, die ein Weibchen anrufen, um ihr zu imponieren.«

»Und was machen die Weibchen?«, hatte sie gespannt gefragt und ihn angelächelt.

»Die lassen sich Zeit.« Sie grinsten beide vertraut. »Wusstest du, dass die Männchen in dieser Zeit, die drei Wochen dauert, nichts mehr essen?« Sie hatte die Augenbrauen gehoben und ihren Mund überrascht zu einem »O« geformt. »Und wann … eh … wann passiert es dann?«, wollte sie leise wissen.

»Es gibt nur genau zwei Tage, in denen das Weibchen empfänglich ist«, hatte er ihr erklärt, »es ist sehr selten, dass man das mitbekommt, außer man lagert hier drei Wochen.«

Zum Zeichen ihres Verständnisses hatte sie genickt und ihn wieder angelächelt.

In diesem Moment, ja genau in diesem Moment hatte er ein starkes Kribbeln im Bauch gefühlt und sie zärtlich auf den Mund küssen wollen. Er hatte gespürt, dass sie es auch wollte, denn sie sah seinen Mund an. Plötzlich krachten Hirschgeweihe gegeneinander, und dieser Moment war entwischt.

Philipp seufzte. Es gab Momente im Leben, da wurde selbst ein reformierter, gebildeter und berühmter Landgraf ein dummer Junge, ja, ein Dummkopf …

* * *

Es war kalt und klamm, als sie losritten. Der Morgentau lag auf den Wiesen, und beim Ausatmen erzeugte man kleine Wölkchen. Martin war sehr früh aufgestanden, um in Ruhe alles vorzubereiten. Er liebte die Morgenstunden ohne Hetzerei. Er hatte alle Anweisungen von Titus befolgt und dann auf einer Bank gewartet. Jakob war nur kurze Zeit später erschienen, hatte zufrieden gebrummt, war, ohne ein Wort von sich zu geben, aufgestiegen und hatte ihm mit einem Kopfwink zu verstehen gegeben, dass er ihm folgen sollte.

Nun ritten sie schon eine ganze Weile durch die Wälder, ohne ein Wort zu sprechen, Jakob vorneweg und Martin mit den drei Ersatzpferden hinterher. Vögel zwitscherten, und es roch nach Moos, Pilzen und modrigem Waldboden. Die sanft wiegenden Bewegungen der Pferde und deren warmer Geruch hatten eine beruhigende Wirkung auf ihn. Er schaute sich um und dachte an Anne.

Er malte sich ein gemeinsames Leben mit ihr aus, ein Heim mit Kindern. Wie die wohl aussehen würden? Blond mit Stupsnasen? Oder dunkel gelockt mit blauen Augen? Er lächelte verträumt. Auf jeden Fall würden sie hinreißend werden. Er fühlte sich tief erfüllt von Glück und fand, dass er dankbar sein konnte, so eine schöne Liebe leben zu dürfen. Er kannte viele Gesellen seiner ehemaligen Zunft, die Vernunftehen eingegangen waren. Sie lebten unausgefüllt und mit keifenden Weibern zusammen, und man sah ihnen an, dass sie immer verbitterter wurden. Hätte er Anne nicht kennengelernt, so wäre er wohl auch irgendwann verheiratet worden. Mit Anne aber würde er nie verbittert sein müssen, das wusste er sicher.

Als sie an einer kleinen Lichtung vorüberritten, gab Jakob ihm mit der Hand zu verstehen, dass er aufschließen sollte. Martin gehorchte, ließ sein Pferd mit einem leichten Schenkeldruck antraben und verfiel neben dem Ritter erneut in ein Schritttempo.

»Na, Bursche, erzähl. Wo kommst du her? Was treibt dich nach Marburg?«, fragte Jakob scheinheilig.

Martin blieb auf der Hut. Es kam ihm merkwürdig vor, als einfacher Stallmeister von einem Ritter ausgehorcht zu werden. Oder war diesem nur langweilig? »Ich komme aus Köln und arbeitete dort als Sattler.«

»Na, und warum hast du das aufgegeben? Eine Weibergeschichte?« Jakob sah ihn schief von der Seite an.

»Na ja, so ungefähr«, gab Martin zu, und es wurde ihm unwohl. Das ging den Ritter eigentlich nichts an.

»Na, für so manchen *Weiberrock* hat sich ein junger Bursche wie du schon ins Verderben gestürzt«, erwiderte Jakob, und Martin meinte, ein leichtes Beben in seiner Stimme zu vernehmen. »Besonders wenn er meint, es mit einem feinen Fräulein zu tun zu haben, und dann merkt, dass es sich um eine Schlampe handelt«, sagte Jakob wie beiläufig.

Martin gefiel der Unterton nicht, und sein Unbehagen wuchs.

Sie ritten eine Weile still nebeneinanderher. Als sie an einer großen Lichtung ankamen, hielt der Ritter an.

»Hier ist es gut.« Er stieg von seinem Pferd, und Martin tat es ihm nach.

»Anne ist eine geile Braut, was?«, sagte er nun provozierend und machte den Zügel seines Gauls an einem Stamm fest.

Martin blieb fast das Herz stehen. Er versuchte, sich seine Erschütterung nicht anmerken zu lassen. Jakob schien zu triumphieren. Mit zusammengekniffenen Augen starrte er Martin an, als wolle der Ritter sagen: Jetzt sitzt du in der Falle, Bursche! Martin erschauderte. Was wollte dieser Mann von ihm?

Jakob schien sich an seiner Unsicherheit zu weiden. »Und sie kann so gut Schwänze lutschen. Selbst der Landgraf sagt, sie sei eine *fürstliche Schwanzleckerin!*« Schallend lachte er über seinen eigenen Witz. »Hast *du* ihr das beigebracht?«, fragte er dann.

Martins Muskeln und sein Kiefer spannten sich an. Seine Gedanken überschlugen sich, er witterte die Gefahr und die Falle, und gleichzeitig bohrten sich die Worte wie Pfeile in sein Herz. Er rang um Beherrschung.

»Was ist?«, setzte Jakob, Überraschung vorgaukelnd, nach. »Wusstest du denn nicht, dass das ganze Schloss schon drübergestiegen ist?«

Nun maß Martin ihn mit zusammengekniffenen Augen, und ein Lächeln der Erleichterung spielte um seine Lippen.

Mist, dachte Jakob, *er hat sie entjungfert und war sich seiner sicher.* Er wechselte den Ton. »So oder so, du bist verloren, und sie wird mein werden, mein Bursche. Beiße schon an, Jüngelchen, du sitzt in der Falle …« Jakob stellte sich provozierend vor ihm auf.

Martin behielt die Ruhe und konzentrierte sich darauf, nicht auszurasten. Wenn du einen Ritter ohne Zeugen angreifst, dann ist alles aus, dachte er.

»Ich weiß genau, was du denkst, aber es ist zu spät. Ich werde dich zu Brei schlagen, und dann soll mir mal einer nachweisen, dass ich angefangen habe«, sagte Jakob lässig und grinste höhnisch.

Martin wusste sich verloren. Was er auch tun würde, seine einzige Chance blieb, den kampferprobten Ritter zu besiegen. Ohne weiter nachzudenken, versetzte er ihm mit seiner Stirn einen Schlag ins Gesicht, und hörte dessen Nasenbein krachen. Blut strömte heraus.

Jakob griff sich verwundert an die Nase und sah dann das Blut auf seiner Hand. »Du hast dein Todesurteil besiegelt«, fauchte er ihm hasserfüllt entgegen und stürzte sich auf ihn.

* * *

Liebes Tagebuch,

Martin ist verschwunden. Ich kann es kaum fassen. Seit er mit Jakob ausgeritten ist, habe ich ihn nicht mehr gesehen. Ist er zu beschäftigt? Ist er krank? Hat Jakob ihm etwas angetan? Das würde er nicht wagen! Oder doch? Ich habe es gewusst. Wie konnte ich nur von Martin verlangen, mir

nachzureisen. Jetzt ist er diesem fiesen Kerl ausgeliefert. Wenn nur Philipp von seiner Reise wieder zurück wäre. Morgen gehe ich ins Schloss und erkundige mich. Ich halte es sonst nicht mehr aus.
Anne

* * *

Hans saß gelangweilt im Hof auf einer Bank, den Kopf auf eine Hand gestützt, und sah den anderen Knappen beim Würfeln zu. Die Arbeit hatte er verrichtet, und Jakob war nirgends zu sehen. Überhaupt war dieser zurzeit eher abwesend, und wenn er mal kam, konnte man ihn fast, für dessen Verhältnisse, als freundlich bezeichnen. So, als ob dieser von irgendetwas oder irgendjemandem besänftigt werden würde. Aber das sollte seine Sorge nicht sein, dachte er nun und kickte einen Kiesel weg. Seine Arbeit wurde dadurch beinahe erträglich, denn er fühlte sich freier und nicht mehr ständig gepiesackt.

Seine Kumpane grölten laut, als einer von ihnen alles gewann und einkassierte. Ein Grüppchen Mägde eilte mit Wäschekörben unter den Armen über den Hof, die Knappen hielten beim Spielen inne und pfiffen ihnen nach. Die Weiber giggelten und verschwanden im gegenüberliegenden Gebäude.

Hans schmunzelte. Seine Miezie war auch dabei gewesen und so niedlich wie immer. Anstatt zu kichern wie die anderen, hatte sie ihn nur vielsagend angeschaut. Er liebte sie wirklich sehr, wusste aber nicht, wie er sich ihr nähern sollte. Und wozu auch? Er konnte ihr nichts bieten.

Der Vorfall mit Jakob steckte ihm noch in den Knochen. Auch wenn er davon erst spät durch den Klatsch der Weiber erfahren hatte, so blieb ihm die Vergewaltigung Miezies nicht verborgen. Er hatte sich in Krämpfen gewunden und nächtelang nicht mehr schlafen können. Am liebsten hätte er Jakob umbringen wollen, doch er kam zu dem Schluss, dass ihn dies nicht weiterbringen würde.

Seine Gefühle Miezie gegenüber hatten sich nicht geändert, im Gegenteil, er fühlte sich ihr noch näher. Er wollte sie trösten und beschützen, denn sie hatte es wahrlich nicht verdient, so behandelt zu werden. Wer hatte das schon, fragte er sich nun.

»Du Betrüger!«, der Knappe Joseph sprang erregt von der Bank auf und brüllte sein Gegenüber an.

Dieser erhob sich ruhig. »Wie bitte?«

»Ich habe gesehen, dass du betrogen hast, du Hund! Komm her, ich schneide dir die Eier ab.«

Nun gingen die beiden aufeinander los, Hunde fingen an zu bellen, als würden sie die Aufregung noch unterstreichen wollen. Aus allen Ecken kam Gesinde angerannt, um nichts von dem Spektakel zu verpassen. Keiner wollte die beiden Kampfhähne beschwichtigen.

Hans stand auf und zog sich zurück. Er hasste solche Szenen mit aggressiven, kämpfenden Männern und wusste, dass einem Eingreifenden meist die Abreibung beider drohte. Die Männer wollten nicht abgehalten werden, so als wäre das unehrenhaft.

Drei Reiter kamen im Galopp durchs Tor geritten, und Hans drehte sich neugierig um. Er hatte das Gefühl, sie zu kennen, doch waren sie noch zu weit entfernt. Dann kamen sie herangetrabt, und Hans blieb der Mund offen stehen.

»Hallo, Brüderchen«, grüßte ihn der mittlere Reiter.

* * *

Es stank fürchterlich, er fror und fühlte sich elend. Er versuchte, seine Augen zu öffnen, die von den Schlägen und Tritten, die er hatte einstecken müssen, noch zugeschwollen waren und von Blut verklebt blieben. Wie hatte es nur so weit kommen können?

Er versuchte, sich zu bewegen, da nahm er erst wahr, dass man ihn an beiden Händen mit ausgestreckten Armen und an der Wand stehend angekettet hatte.

Langsam gewöhnten sich seine Augen an die Finsternis. Er befand sich ohne Zweifel im Verlies des Schlosses.

Mein Gott, wie würde er hier wieder hinauskommen?

Aus irgendeinem anderen Teil des Kerkers hörte er ein schmerzvolles Stöhnen. Schatten huschten an der gegenüberliegenden Wand vorbei. Ratten!

Es stank nach Erbrochenem und nach Exkrementen.

Wenn er nur in einer anderen Stellung ausharren könnte. Sein Rücken schmerzte fürchterlich, und seine Zunge fühlte sich vor Durst geschwollen an. Er fühlte sich elend wie noch nie in seinem Leben.

Als er sich ein wenig bewegen wollte, merkte er, dass es wohl keine Stelle an seinem Körper gab, die nicht schmerzte. Sein Magen tat ihm besonders weh, denn der hatte einige heftige Fußtritte abbekommen. Ein paar Rippen waren sicher auch gebrochen.

Langsam kam die Erinnerung wieder zurück. Jakob, dieses miese Schwein. Er hatte alles von Anfang an geplant, um ihn aus dem Weg zu haben. Jetzt wurde ihm alles klar.

Er hatte ihn in den Wald gelockt, wo es keine Zeugen gab. Aber warum? Ging es ihm um Anne? Stechende Schmerzen fuhren ihm durch den Kopf, der auch einiges abbekommen haben musste. Er fragte sich, ob er noch alle Zähne hatte, und ließ seine wunde aufgeblähte Zunge suchend im Mund umherwandern. Alleine diese Bewegung schmerzte im Kiefer, aber er stellte erleichtert fest, dass er, sollte er das Ganze lebend überstehen, noch würde lächeln können.

Oh, Anne, wie konnte es nur dazu kommen? Diese Frage schwirrte ihm immer wieder im Kopf umher, trotz der heftigen Kopfschmerzen. Er wollte sie glücklich machen, mit ihr leben, ein Heim mit vielen Kindern gründen.

Bereit, hart zu arbeiten, hatte er alles dafür tun wollen, dass es ihr an nichts fehlte. Aber als Jakob so von ihr sprach, war er ins Wanken gekommen. Ja, er hatte einen kurzen Moment an ihr gezweifelt. Dann hatte Jakob einen Fehler begangen. Martin erinnerte sich noch genau an ihr erstes Mal, sie hatte Schmerzen gehabt und leicht geblutet. Es konnte also nicht stimmen, was er da behauptet hatte.

Er vernahm Schlüsselgeräusche, und die über der Treppe liegende schwere Kerkertür wurde mit lautem Ächzen geöffnet.

Schwerfällig hievte ein Wachmann seinen dicken Wanst die Kerkertreppe hinunter. Gefolgt von seinem Kollegen, hob er eine Fackel hoch und ließ sie langsam an allen Zellen vorbeikreisen. Dabei umspielte ein lüsternes Grinsen seine Lippen, als ob ihm das ganze Elend viel Spaß bereiten würde.

Hätte Martin noch Speichel im Mund gehabt, er hätte verächtlich ausspucken wollen. Aber so sah er mit seinen zugeschwollenen Schlitzen hasserfüllt zu den beiden Wachmännern hinüber, was er lieber hätte sein lassen.

»Der da«, sagte der Wachmann mit dem dicken Bauch, »der hat wohl noch nicht genug Abreibung bekommen.« Sie lachten hohl. »Warte, Bürschchen, dich kommen wir auch bald holen, verlass dich darauf.«

Mit viel Lärm schlossen sie eine Zelle neben ihm auf und zogen ein erbärmliches Bündel Mensch heraus, dessen Füße über den Boden schleiften.

Als ob er seine ganze Kraft noch mal zusammennehmen wollte, bäumte sich der alte Mann auf, zerrte mit seinen Armen und stemmte sich wild mit den Füßen gegen den Kerkerboden. »Nein«, schrie er verzweifelt, »nein, keine Folter mehr, bitte.«

Die Gegenwehr ließ die beiden Wachmänner nur köstlich auflachen. Sie labten sich sichtlich an der Pein und der Angst des Greises. Mit einem kräftigen Faustschlag auf dessen Rücken brachen sie den Widerstand des armen Teufels und zerrten ihn die Treppe hinauf, wobei nun seine Beine bei jeder Stufe gegen die Kanten stießen.

Entsetzt wandte Martin den Kopf ab und stieß einen Fluch aus. Verzweiflung stieg in ihm auf. Dann fiel die Kerkertür krachend zu und wurde verriegelt.

Die erneute Stille und Dunkelheit ließen ihn in einen Dämmerzustand fallen, in dem die Schmerzen, der Durst und der Gestank etwas erträglicher wurden.

Er sah sie vor sich, Anne, seine Liebste, und wollte bitterlich weinen. Er fragte sich, was er hätte anders machen sollen, aber wie er die Geschehnisse auch drehte und wendete und trotz seiner aussichtslosen Situation, konnte er nichts bereuen. Er wusste nicht, wie viele Stunden, Tage oder Nächte er so in seine Schmerzen gehüllt dahingedöst hatte. Er wünschte sich nur noch zu sterben. Denn ein Leben ohne sie schien ihm nicht lebenswert.

Die Kerkertür öffnete sich erneut, und der dicke Wachmann kam keuchend die Treppe herunter. *Jetzt ist es also wieder so weit,* sagte er sich, *jetzt werde ich abgemurkst oder zu Tode gequält.*

* * *

Hans kam aus dem Staunen nicht mehr heraus.

Sein Bruder ließ sich erschöpft vom Pferd gleiten, kam auf ihn zu, klopfte ihm auf die Schultern und raunte: »Schlechte Nachrichten, Junge! Der Alte hat das Zeitliche gesegnet.«

Hans sah ihn mit großen Augen ungläubig an.

»Ich verstehe deinen Kummer, Bruderherz, aber so ist das Leben. Zeig mir, wo wir uns erfrischen können, und dann berichte ich dir.«

Hans deutete, immer noch sprachlos, in Richtung Küchenhaus, und die drei Ankömmlinge entfernten sich, die Pferde hinter sich herführend.

Hans stand wie angewurzelt da, den nun immer hitziger werdenden Kampf und die jubelnde Menge nicht mehr wahrnehmend, und glaubte immer noch nicht, was er da gehört hatte. Die Gedanken überschlugen sich, und er hätte gleichzeitig weinen und lachen wollen. Hatte der Herr im Himmel ihn erhört? Warum sonst hatte sein Bruder diesen langen Weg auf sich genommen? Er hätte doch einen Boten schicken können.

Fast vor der Küchentür angelangt, drehte sich sein Bruder noch einmal zu ihm um und rief ihm wie beiläufig zu: »Denk schon mal über deine Entlassung nach. Ich brauche dich jetzt, und zum Ritter taugst du Hasenfuß sowieso nicht.«

***

Katherina hatte sich noch nie so gut in ihrem Leben gefühlt. Sie blühte auf, der ganze Hof hatte den Wandel bemerkt, und sie glitt wie in eine andere Welt ab, in der sie sich weder für Klatsch noch für Modeangelegenheiten interessierte. Die Edeldamen sowie die Zofen fanden ihr Verhalten befremdlich, da alle wussten, wie es um sie an diesem Hof stand. Wenn sie sich nicht sicher gewesen wären, dass es keinen Mann an diesem Hofe wagen würde, Katherina anzufassen, so hätte man meinen können, sie hätte einen Liebhaber. Stundenlang saß sie am Kamin und starrte mit einem merkwürdig abwesenden Lächeln in die lodernden Flammen.

Manchmal verschwand sie tagelang, und keiner wusste, wohin.

Katherina triumphierte innerlich, denn keine dieser Damen hätte sich auch nur in ihren blühendsten Fantasien vorstellen können, was sie gerade durchlebte. Sie hatte ihren Seelenverwandten gefunden. Den Herrn und Meister über ihren Körper und ihre Träume. Sie gaben sich gegenseitig etwas, was beide noch nie zuvor gefunden hatten. In nur wenigen Wochen hatte sich ihr Verhältnis in eine solch starke Vertrautheit verwandelt, dass man hätte meinen können, sie wären Bruder und Schwester. Er gestand ihr alles, und während er ihr seine wildesten Fantasien erzählte, schämte sie sich nicht, ihm die Lust, die ihr seine Geschichten bereiteten, offensichtlich vorzuführen. Er hatte sie nie berührt und sie ihn auch nicht.

Sie küssten sich lediglich. Wild und schmerzhaft versuchten sie, dem anderen die eigene Seele zu entwenden. Wäre es nicht so brutal gewesen, hätte man es Liebe nennen können. Die Genugtuung, Anne das Leben zu verderben und ihren Liebsten unter Höllenqualen sterben zu lassen, hatte auf beide eine aphrodisierende Wirkung.

Katherina ahnte, dass Jakob noch nicht mit Anne fertig war, und sah dem Ereignis teils mit gespannter Erwartung, teils mit Angst entgegen. Er wollte dieses Weibsstück noch immer, da war sie sich sicher. Sie wollte ihm alles gönnen, aber nur unter der Bedingung, dass er mit ihr teilte, dass sie auch ihr Vergnügen daran hatte. Nun hatte sie Angst, dass er sich Anne für sich alleine aufheben könnte, und das käme einem Verrat gleich, den sie nicht ertragen würde. Nichts würde sie schlimmer treffen.

Katherina hatte die anliegende Nebenkammer herrichten lassen, bei der es sich eigentlich um ein Dienstbotenzimmer handelte. In die Zwischentür hatte sie von einem Knecht, dem sie ein paar Groschen zugesteckt hatte, ein Loch hauen lassen und von der anderen Seite ein Bild darüber gehängt, welches ebenfalls mit einem winzigen Loch versehen worden war. In dieses Zimmer lockte sie dann die nichts ahnende *Auserwählte,* wie sie die Opfer nannten, und lieferte diese ihrem Herrn und Meister unterwürfig zum Spiel. Meistens handelte es sich um jungfräuliche Mädchen, fast noch Kinder, die es zu Massen im Schloss zu finden gab. Damit es kein Gerede gab, zog sie sich dann in ihr Gemach zurück und konnte dem Schauspiel, solange sie wollte, zuschauen.

Jakob, der wusste, dass sie sich hinter der Wand befand, und die Nebenkammer über eine Hintertreppe erreichen konnte, machte alles, um sie mit einzubeziehen. Es wurde ein grausames Spiel, welches beide liebten und auch andersherum spielten. Unter schwersten Drohungen wurden danach die *verbrauchten* Opfer in der Nacht vom Hofe geschickt, die es in ihrer Todesangst vor dem Ritter nie wieder wagen würden, zurückzukommen.

Ihre Grausamkeiten wurden immer wilder, und Katherina versuchte, sich ständig Neues auszudenken, damit es Jakob nicht langweilig wurde, denn es war ihre größte Angst, ihn zu verlieren. Mittlerweile benutzten sie schon Utensilien für ihre Spiele, und sie fragte sich, was wohl als Nächstes kommen würde …

***

Hinter dem Wachmann vernahm Martin eine schmale Gestalt. Er öffnete seine Augen, die in den letzten Tagen abgeschwollen waren.

Er erkannte eine Frauengestalt, und er traute seinen Augen nicht.

»Hier, wertes Fräulein, hier ist der Halunke. Ich gebe euch eine Stunde, nicht mehr, sonst müssen Sie mir auch mehr zahlen«, sagte dieser brummend, merklich enttäuscht, dass er nicht zu seinem Folterrecht kam.

Anne trug Tücher und eine Schüssel herein, und der Wachmann stellte einen Krug Wasser, Käse und Brot auf den Boden. »Nun geht schon«, bat sie ihn ungeduldig.

Unwillig wandte dieser sich ab, schritt betont langsam die Stufen hoch und ließ, nicht ohne vorher noch mal »Eine Stunde!« zu rufen, krachend die quietschende Tür ins Schloss fallen.

Dann wurde es still. Martin schämte sich für seinen Zustand, seinen Körper, seinen Geruch und drehte beschämt den Kopf zur Seite. »Du hättest nicht kommen dürfen«, sagte er heftiger als gewollt.

Anne schien sichtlich erschüttert. »Martin, Martin«, flüsterte sie. »Es tut mir so unendlich leid …«

»Wieso tut es *dir* leid?«, fragte er barsch. »Du kannst doch am wenigsten für das alles.« Im gleichen Moment bereute er seine trotzigen Worte.

»Anne«, raunte er nun heiser, »warum bist du nur gekommen? Schau mich an, ich bin verlaust und stinke erbärmlich. Du bist so schön und riechst nach Rosenwasser, du kannst mich sowieso nicht mehr retten.« Es stimmte, sie roch himmlisch gut. Ihr Duft verbreitete sich in der Zelle und ließ ihn sich noch dreckiger fühlen als vorher.

»Vielleicht«, antwortete sie nun starrsinnig und reckte das Kinn vor, »aber zumindest kann ich dir die Haft etwas erleichtern.«

»Wozu, damit sie mich hinterher wieder so zurichten können?« Martin wollte weinen, aber er hielt sich zurück. Der dicke Kloß in seinem Hals wollte nicht weichen.

»Martin«, sagte sie zärtlich, »mein liebster Martin. So kenne ich dich ja gar nicht. Wo ist der junge Mann voller Hoffnung und Zuversicht?«

»Na, du siehst ja, wo mich das hingebracht hat«, entgegnete er bitter. Dann hob er den Kopf und sah sie an. Die Fackel, die der Wachmann an der Wand gelassen hatte, verlieh ihren Locken einen goldenen Schimmer. Wie schön sie ist. Er suchte ihr Gesicht von oben bis unten, Millimeter für Millimeter mit seinen Augen ab, als wolle er sich jede Pore, jede Wimper und jedes Härchen einzeln einprägen.

»Martin, lass uns nicht streiten. Ich habe nur eine Stunde, das hast du doch gehört. Lass mich dir wenigstens ein bisschen helfen«, flehte sie ihn an.

Ja, dachte er, ich bin ein Idiot. Sie steht hier für mich in der stinkenden, vor Ratten und Läusen wimmelnden Kammer, und ich zergehe vor Selbstmitleid. Er rang sich ein Lächeln ab, was ihm seine ausgetrockneten, verkrusteten und aufgesprungenen Lippen nicht gerade dankten.

Sie hob den Wasserkrug hoch und flößte ihm die Flüssigkeit in den Mund. Wasser rann ihm erfrischend die Kehle hinunter und über seine Kleidung.

Prustend hielt er inne. »Langsam, ich habe seit Tagen nichts mehr getrunken, ich muss langsam trinken.«

Dann schob sie ihm auch ein Stück Honigbrot in den Mund. Das tat so gut, gierig zwang er sich zu kauen und schlang es hinunter. »Hast du das gebacken?«, wollte er wissen, um irgendetwas Belangloses zu sagen.

Sie nickte lächelnd und wiederholte die Fütterung, bis er satt schien, was sehr schnell geschah, denn sein Magen musste zusammengeschrumpft sein. Sie schaute sich in der Zelle um und versuchte, ihre Erschütterung zu verbergen. Dann nahm sie die Schüssel, tunkte das Ende eines Tuches ins Wasser und fing an, langsam und behutsam seine Wunden abzuwaschen.

Er biss die Zähne zusammen, denn an manchen Stellen

schmerzte es höllisch. Sie machte unbeirrt weiter, und sein dankbarer Blick kreuzte ab und zu den ihren.

»Was ist passiert, Martin?«

»Es ist besser, du weißt es nicht, Liebste.«

»Bitte, ich will es wissen«, entgegnete sie bestimmt. »Ich *muss* es wissen.«

»Es war eine Falle. Ich hatte keine Chance, Anne«, sagte er nun inbrünstig, als müsse er seine Niederlage entschuldigen.

»Das weiß ich, Martin, ich hätte es wissen müssen. Es ist meine Schuld, es war so offensichtlich …«

Er horchte trotz seiner Schmerzen auf. »Was meinst du damit?«

Ihre Kehle schnürte sich zu. »Jakob machte sich Hoffnungen auf mich und belästigte mich seit einiger Zeit. Ich wollte die Augen schließen und es nicht wahrhaben. Ich glaubte, er würde schon irgendwann aufgeben und sich eine andere suchen. Ich wähnte mich in Sicherheit, bis …«

»Bis?«

»Bis er mich eines Abends schnappte und vulgäre Andeutungen machte«, brach es aus ihr heraus. »Spätestens da hätte ich wissen müssen, dass er nicht aufgeben würde.« Es entstand eine Pause. »Ich glaube, er hat uns in der Scheune meines Onkels beobachtet …«

»Scheiße«, sagte Martin und ließ den Kopf resigniert in den Nacken fallen. Sie wusch ihm den Kopf, den Oberkörper, die Schenkel, und während sie es tat, fand sie ihn einfach nur schön. Ein herrlicher Körper.

»Ich liebe dich«, sagte sie schlicht.

Er schaute ihr in die Augen, und sie versuchte, aufmunternd zu lächeln. »Ich liebe dich auch so sehr«, flüsterte er zärtlich und ließ seinen Kopf erschöpft auf ihre Schulter fallen.

Sie streichelte ihn zärtlich, dann küsste sie ihn. Die Tränen rannen ihr übers Gesicht, und sie konnte nichts mehr sehen. Als Martin das sah, war es auch um seine Beherrschung geschehen, und beide standen sie weinend eng aneinandergeschmiegt.

Die Kerkertür wurde aufgerissen, und das scharfe Geräusch ließ sie beide vor Schreck zusammenzucken.

Anne klammerte sich an ihn, und seine geschundenen Knochen schrien auf, doch das war ihm egal. »Ich komme wieder, ich lass dich hier nicht alleine. Ich hole dich hier raus, koste es, was es wolle.«

»Anne, meine Anne«, flüsterte er, dann schaute er sie mit feuchten Augen und einem dankbaren und zugleich schmerzlichen Blick an.

»Wird's bald!«, schrie es von oben.

Es zerbrach ihr schier das Herz. Sie kramte schnell alles zusammen und verschwand aus der Zelle und aus dem Kerker.

Besser so, dachte er sich, sie hat in diesem stinkenden Loch nichts zu suchen. Und dennoch, er empfand tiefe Dankbarkeit, denn ganz gegen seinen Willen hatte sie ihm wieder Lebensmut eingehaucht. Wie sehr er sie liebte. Er lächelte schmerzlich, und ohne dass er etwas dagegen tun konnte, liefen ihm die Tränen erneut über die Wangen. Ihre Stimme hallte in ihm noch lange nach: »Koste es, was es wolle …«

* * *

Liebes Tagebuch,

es ist entsetzlich. Ich bin am Boden zerstört, und doch muss ich stark bleiben.

Martin ist im Schlosskerker inhaftiert. Ich erfuhr es durch meine Zofe, und sie hatte es durch das Getratsche im Schloss erfahren. Es heißt, er habe Jakob angegriffen und ihm die Nase gebrochen. Ich habe es geschafft, den Wachposten zu bestechen, wozu ich Lieses zusammengespartes Geld entwenden musste.

Ich schäme mich dafür, aber ich konnte Martin nicht im Kerker ausharren lassen, ohne zu wissen, wie es ihm geht. Ich wurde krank vor Angst um ihn und bin es noch immer. Einmal durfte ich ihn sehen, nun habe ich kein Geld mehr.

Daher ging ich zu Jakob, um ihn um Gnade zu bitten. Er lachte mich nur aus und meinte, er hätte mich jetzt da, wo er mich haben wollte. Was er von mir verlangt, ist so schrecklich, dass ich es nicht einmal niederschreiben kann. Er hat mir zwei Tage Bedenkzeit eingeräumt, bevor er mit der Folter beginnen würde.

Warum kommt Philipp nur nicht zurück? Mir wird beim Schreiben klar, dass ich keine andere Wahl habe, als auf Jakobs Angebot einzugehen. Er hat gewonnen.

Er versprach mir, solange ich ihm willig bin, dürfte ich Martin die Haft erleichtern, und er würde die Finger von ihm lassen. Der Fürst solle dann bei seiner Rückkehr entscheiden, was aus ihm werden solle, schließlich hatte er sich an einem Ritter vergriffen. Während er mir das sagte, zeigte er mir seine gebrochene, verkrustete Nase. Es ekelt mich, mir vorzustellen, von ihm befingert zu werden. Aber ich kann Martin nicht allein lassen … Ich werde es über mich ergehen lassen.

Gott stehe mir bei.

Anne, verloren …

* * *

Es verging viel Zeit, er konnte nicht sagen, wie viel, denn ohne Tageslicht konnte er die vergehenden Stunden nur schwer abschätzen. Dann ging die Kerkertür erneut auf, und ein anderer Wachmann, den er noch nie gesehen hatte, stieg die Treppe herunter.

Ihm schwante Schlimmes. Würden sie ihn jetzt auch foltern? Den armen Kerl hatten sie vor einiger Zeit wiedergebracht und achtlos in eine Ecke geschmissen. Kein Laut war mehr über dessen Lippen gekommen. Vielleicht war er schon tot.

Der Wachmann schloss Martins Zellentür auf und kam auf ihn zu. Er hatte einen mitleidigen Ausdruck im Gesicht und sagte: »Mehr Glück als Verstand, mein Alter«, und schüttelte dabei den Kopf. Er stellte die mitgebrachte Wasserkanne und das Brot auf dem Boden ab und schloss seine Handfesseln auf. Nicht mehr von den Fesseln gehalten, stürzte Martin mit schlaffen Beinen zu Boden.

»Iss, Junge, iss, wer weiß, wofür du die Kraft noch brauchen wirst.«

Und dann ging der Mann wieder weg.

Martin blieb eine Weile erschöpft am Boden liegen und zwang sich dann in eine sitzende Position. Den Gestank nahm er nicht mehr wahr, seine Nase hatte sich schon daran gewöhnt. Zitternd führte er die Karaffe an die Lippen und trank. Dann aß er ein wenig von dem vertrockneten Brot und sank anschließend erschöpft zu Boden.

Er wusste nicht, wie lange er so dalag, als der Wachtmeister mit Putzmägden zurückkam, die ihn mitleidig und naserümpfend von der Seite musterten. Dann wurde alles ausgekehrt, frisches Stroh auf dem Boden verteilt, und in einer Ecke an der Wand wurde Stroh zu einer Schlafstatt aufgetürmt. Zwei Männer hoben ihn darauf. Er nahm nichts mehr wahr und fiel in einen komaartigen Schlaf.

Er träumte wirres Zeug, und als er schweißgebadet aufwachte und langsam die Augen öffnete, sah er, dass überall das frisch duftende Stroh ausgebreitet war. Ein alter Eimer für die Notdurft stand in der Ecke, und eine kleine Fackel brannte an der Wand. Der Geruch des Strohs erinnerte ihn an den Tag des Frühlingsfestes in der Scheune, und die Erinnerungen der letzten Geschehnisse kamen schmerzlich wieder zurück.

Er hatte immer noch Schmerzen, aber sie wurden erträglicher. Er richtete sich auf, ihm wurde schwindelig, doch er zwang sich zum Durchhalten. Auf Knien tastete er sich an der Wand entlang, ließ sich neben dem Krug und dem Teller fallen und trank diesmal gierig. Dann aß er das trockene Brot und den verschimmelten Käse. Es ekelte ihn, aber er musste wieder zu Kräften kommen. Er nahm sich vor, sich trotz seiner Schmerzen körperlich zu betätigen, falls er weiterhin etwas zu essen bekam.

Als er an sich hinunterblickte, wurde er sich mit Entsetzen seines ausgemergelten Körpers bewusst. Wie lange war er jetzt hier? Er konnte es einfach nicht sagen. Es waren gefühlte Monate. Nach seinem Bart- und Haarwuchs zu urteilen, könnte das sogar stimmen.

Was würden seine Eltern nur denken, wenn sie wüssten, wo er sich befand, und wenn sie ihn so sähen? Beschämt sah er das flehende Gesicht seiner Mutter vor sich und den Zorn seines Vaters. »Ach, Mutter«, sagte er leise, »es hätte ja doch nichts geändert, ich liebe sie.«

Nach einigen Tagen begann er, in der Zelle auf und ab zu gehen, um seine Muskeln wieder zu stärken. Er bekam regelmäßig zu essen und zu trinken, und er fragte sich, was Anne wohl dafür tun musste, um ihm diesen Komfort zu ermöglichen. Doch diesen Gedanken schob er schnell wieder von sich, denn mit Wut im

Bauch war ihm jetzt wirklich nicht gedient, trotzdem versetzte es ihm einen Stich.

Dann kam sie endlich wieder. »Eine Stunde«, hauchte sie, und sie küssten sich.

Auch wenn er sich in einem weitaus besseren Zustand befand als beim letzten Mal, so fühlte er sich immer noch verlaust, schmutzig und stinkend. Aber das schien sie nicht zu stören. Sie warf sich in seine Arme, sodass er fast das Gleichgewicht verloren hätte.

»Liebster, du kannst gar nicht wissen, wie sehr ich dich vermisse und wie sehr ich um dich bange«, sagte sie unter Tränen.

Er räusperte sich, denn er hatte einen Kloß im Hals. »Nein, kann ich nicht, ich habe gar keine Zeit, an dich zu denken«, versuchte er zu witzeln.

Sie knuffte ihn leicht in die Seite. »Du Unmensch.« Sie wischte sich die Tränen ab. Er hatte recht, es war unsinnig, die Zeit mit Weinen zu vergeuden.

Er fasste sie an den Ellbogen und schob sie sanft ein paar Zentimeter von sich weg, um sie besser ansehen zu können. »Bitte sag mir, was du weißt, und schone mich nicht.«

Sie schüttelte den Kopf. »Viel ist es nicht. Ich glaube, keiner weiß so recht, was mit dir werden soll. Ich denke, sie warten auf die Rückkehr des Landgrafen, um dich richten zu lassen.« Sie schluckte die aufsteigenden Tränen hinunter … »Bis dahin versuche ich, dir die Haft, so gut es geht, zu erleichtern und dir die unangenehmen Wachmänner vom Leibe zu halten.« Sie senkte den Kopf.

Behutsam nahm er ihr Kinn zwischen Zeigefinger und Daumen und zwang sie, ihn anzusehen. »Was machst du dafür?« Es war ausgesprochen.

»Nichts«, versuchte sie, sich herauszuwinden, und wollte den Kopf aus seinen Fingern herausdrehen.

»Anne?« Sein Ton wurde fast drohend, wie wenn er ein Kind bei einer Dummheit erwischt hätte, welche es trotz aller Offensichtlichkeit leugnen wollte. »Das glaube ich dir nicht. Schau mich bitte an. Hey, sag mir die Wahrheit.«

In Anne krampfte sich alles zusammen. Wie sollte sie ihm sagen, dass sie Jakob dafür gewähren lassen musste, was immer er verlangte. Er nahm sie, wo und wann immer es ihm gefiel. Zu ihrer Überraschung wurde er nicht brutal, wie sie es erwartet hatte. Man konnte fast meinen, er wäre wirklich verliebt in sie. Vor allem wollte er aber, dass sie seine damaligen Andeutungen wahr machte und ihn mit ihrem Mund befriedigte.

Sie schüttelte den Gedanken schnell wieder ab. Jedes Mal sagte er ihr, dass sie nur für ihn alleine wäre, er sie nicht teilen würde, und man hätte meinen können, er hätte fast ein schlechtes Gewissen dabei. Einmal hatte er ein »nur noch ein bisschen alleine für mich, dann muss sie es erfahren« hinzugefügt.

Sie konnte sich darauf keinen Reim machen und wollte auch nicht weiter darüber nachdenken. Er ekelte sie an, aber der Gedanke, ihren Martin geschunden im Keller liegend oder gar gefoltert zu wissen, blieb für sie unvorstellbar. Sie hätte es mit hundert Männern getrieben, wenn es sein müsste, aber sie hätte die Qualen ihres Geliebten nicht ertragen.

»Keine Sorge, Liebster, man hat mir Geld geliehen.«

»Wer? Und wie willst du das wieder zurückzahlen?«

Sie schaute ihn trotzig an. »Meinst du, dies ist der richtige Ort und der richtige Augenblick, um zu streiten?«

»Nein«, stimmte er ihr verlegen zu, aber er wusste, dass sie log. Von seinem Gefühl der Eifersucht überwältigt, riss er sie an sich und flüsterte gepresst in ihr Ohr: »Du gehörst mir.«

Sie liebte diesen Satz, und seine Eifersucht entflammte sie. Er raffte ihre Röcke hektisch hoch, darunter trug sie nichts.

Er riss sich die Hose runter, drehte sie mit dem Rücken zur Mauer und klatschte sie fast ein wenig brutal dagegen, aber das erregte sie noch mehr. Sie stöhnte laut auf, als er ihr Bein anhob und im Stehen in sie eindrang. Stöhnend bewegte er sich in ihr, und es war um ihrer beider Beherrschung geschehen.

»Du bist mein, verstanden?«

Als sie nicht antwortete, stieß er noch fester zu. »Los, sag es, du bist mein, sag es …«

Es erregte sie ungemein, ihn so aufgewühlt und leidenschaftlich zu spüren. So war er noch nie gewesen. »Ja, ich bin dein, … ich gehöre dir, … für immer«, brachte sie stoßweise heraus, fast schreiend, denn bei jedem dritten Wort drang er heftig in sie ein. Sie zerfloss mit ihm, verzweifelt krallten sie sich aneinander, und als sie sein pulsierendes Glied in sich spürte, da überkam es auch sie, und zuckend und stöhnend sank sie gegen ihn.

So blieben sie lange stehen.

Die Kerkertür wurde aufgerissen, und sie sprangen hastig auseinander. Anne richtete ihre Kleidung, sein Samen rann an der Innenseite ihrer Schenkel klebrig hinunter. Ich werde mich nie mehr waschen, dachte sie, aber das ginge ja nicht, denn das würde ja heißen … sie seufzte.

»Bis bald, mein Herz.« Sie drückte ihm einen innigen Kuss auf den Mund und verschwand.

Martin schämte sich ein wenig, sie so wild genommen zu haben. Doch es schien ihr gefallen zu haben. Wie ein wildes Tier ging er in der Zelle hin und her, und anstatt zumindest vorläufig Befriedigung oder Entspannung zu empfinden, machten ihn seine Gedanken verrückt.

»Das ist aber eine scharfe Maus, dein Hühnchen«, hörte er auf einmal eine Stimme aus der anderen Zelle.

Scheiße! Er hatte seinen Mitgefangenen völlig vergessen. Er

hatte ihn tot geglaubt. »Scher dich um deinen eigenen Dreck«, blaffte Martin ihn an, traurig darüber, dass jemand Zeuge ihrer intimsten und kostbarsten Momente geworden war.

»Schon gut, Junge, schon gut. Ist nicht böse gemeint. Ich war auch mal jung … lang ist es her, dass mir eine Maus so ein Fest bereitet hat«, sagte er lüstern und drehte sich dann weg.

Martin musste grinsen. Klar, er konnte ja auch nichts dafür, dass er Zeuge werden musste. »Nichts für ungut, ist schon in Ordnung«, meinte er deswegen beschwichtigend. »Tut mir leid, dass du Zeuge wurdest, ich dachte, du wärst von uns gegangen.«

»Das dachte ich auch …« Der Gefangene kicherte. »… als ich von deinem geilen Gestöhne aufwachte und glaubte, ich wäre im Paradies.« Sein eigener Witz ließ ihn grunzen vor Lachen, welches in einen rasselnden Husten überging.

Martin musste nun auch grinsen und lachte halbherzig. Es tat gut und wirkte befreiend, auch wenn seine Situation ganz und gar nicht zum Lachen war. Sofort verzog sich wieder sein Mund, er presste die Lippen zusammen, und seine Stirn legte sich in Falten.

»Mach dir nichts draus, Junge, wenn sie die Beine breitmacht, um dir die Haft zu erleichtern, dann tut sie das aus Liebe zu dir«, sprach der Alte weiter und versuchte gleichzeitig, nach einer Ratte zu treten.

»Halt's Maul!«, schrie Martin ihn an, entsetzt darüber, dass jemand seine Ängste so knallhart aussprach, und schlug mit der Faust in die Mauer. »Ah, so ein Scheiß«, stöhnte er, sich die schmerzende Faust haltend. Aber dies war nichts im Vergleich zu den Schmerzen, die er seelisch und körperlich durchlitt bei diesem ungeheuerlichen Gedanken …

»Wer bist du überhaupt, dass du dir erlaubst, solche Dinge zu sagen?«, fragte er ärgerlich, aber gleichzeitig doch froh, mit jemandem reden zu können.

Der Alte brummte. »Ich? Ich bin ein Niemand, habe alles verloren, was es zu verlieren gibt. Ich heiße Hans … man nannte mich Hans den Glücklichen, denn ich hatte immer Glück.« Er lachte säuerlich und kratzte sich am Kopf. »Und du? Wer bist du?«

»Auch ein Niemand«, seufzte Martin. »Ich heiße Martin, Martin der Pechvogel«, fügte er bitter und voller Selbstmitleid hinzu.

»Na, na, so viel Pech, wie du hast, möchte ich auch haben.«

Und beide fingen diesmal gleichzeitig an, herzhaft zu lachen, was bei Hans sofort wieder in einen rasselnden Hustenanfall überging. »Dich hat es aber stark erwischt«, sagte Martin mit ernster Miene und noch vom Lachen feuchten Augen.

Da prustete der alte Hans wieder los. »Ja«, sagte er zwischen zwei Lachhustenanfällen, »ja, mich hat es stark erwischt.«

So ging es einige Minuten, bis sie wieder still dasaßen, erschöpft von ihren Lachkrämpfen und zur gleichen Zeit unendlich traurig. Zumindest war er den Druck im Bauch los, sagte sich Martin.

Dann legte er sich auf sein Strohlager und starrte nur noch an die Decke.

* * *

Jakob kam aus dem allgemeinen Abort im Hinterhof. Wohlig rekelte er sich und stieß einen Seufzer aus. Die Hände im Rücken verschränkt, ging er nun langsam zu den Ställen. Alles lief bestens nach Plan. Er hatte endlich Rache genommen, war aber noch nicht fertig mit Anne. Wann immer er wollte, bestellte er sie zu sich und nahm sie, sooft er es sich nur wünschte. Er grinste.

Noch nie hatte er sich so befriedigt gefühlt. Er spürte den Unterschied, eine Magd zu besteigen oder den Triumph einer Eroberung auszukosten. Es ärgerte ihn nur, dass sie nicht mitmachte.

Wenn sie erst mal seine Frau wurde – sein Herr bewilligte ihm sicher seine Anfrage auf Entschädigung –, würde sie sich schon ihrem Schicksal fügen und zahmer werden. Er gluckste bei dem Gedanken.

Bislang wurde Philipp noch jeder Bettgenossin überdrüssig, und Gerüchte verlauteten, dass er es nun auf Margarethe von der Saale abgesehen hatte. Manche sprachen sogar darüber, dass er sie heiraten wolle, in zweiter Ehe. So ging Jakob davon aus, dass er Anne schon leid war.

Anders als bei anderen Weibern, hatte Philipp Anne außerdem nie offiziell als seine Geliebte vorgestellt. So war an den Gerüchten vielleicht auch nichts dran, das könnte er zumindest als Verteidigung vorbringen, falls man ihm sein Vergehen an ihr vorhalten sollte. Selbst wenn er dafür hätte bestraft werden sollen, so hätte ihn das nicht von ihr abbringen können. Wenn Annes Onkel bei seiner Rückkehr erfahren würde, was sie so alles getrieben hatte, würde er sehr schnell in die Heirat mit Jakob einwilligen, um die Schande von seiner Familie abzuwenden.

Katherina würde das natürlich nicht gefallen, vor allem würde sie sich fragen, warum er Anne als abgelegte Geliebte des Grafen ehelichte, aber sie zuvor nicht mal angefasst hatte. Er würde seine Pläne wohl besser erst mal geheim halten, denn er wollte Anne ganz für sich haben. Täglich sagte er sich, dass er Katherina einweihen musste, schob dies aber immer auf den nächsten Tag. Mit der Zeit wurde ihm immer klarer, dass er Anne nicht für ihre perversen Spiele opfern wollte, dazu war er ihr zu sehr verfallen. Katherina durfte nie erfahren, dass er Anne schon häufig genommen hatte, denn er wusste, dass sie das verrückt machen würde.

Natürlich hatte er vor, sie weiterhin zu sehen, auch nach der Hochzeit, denn was sie ihm bot, dem konnte selbst Anne nichts entgegensetzen: den Himmel auf Erden. Er grinste zufrieden.

Und dieser Dreckskerl im Kerker? Ha! Dessen Tage waren gezählt. Der würde ihm nicht mehr in den Weg kommen. Der Fürst würde ihn aufknüpfen lassen, so wie es immer gehandhabt wurde bei solchen Übergriffen. Noch dazu würde er nicht billigen, dass dieser Kerl seine geliebte Anne besprungen hat. Kein Hahn wird nach ihm schreien.

Zufrieden mit sich und seinen Plänen, nahm er sein gesatteltes Pferd, stieg auf und trabte, gefolgt von einem Stallburschen und drei weiteren Pferden, aus dem Schlosshof in Richtung Wald.

* * *

Miezie legte gerade Wäsche zusammen und trällerte ein Liedchen vor sich hin, als Anne in ihr Gemach zurückkam. Ihr bleiches Gesicht erschreckte Miezie. Seit einigen Wochen hatte sie eine Veränderung an Anne bemerkt, wagte es jedoch nicht, sie darauf anzusprechen. Nachts durfte sie weiterhin bei ihr im Bett schlafen, auch wenn Anne nun ihre Nächte plötzlich doch bei Hofe verbrachte, obwohl der Herr nicht anwesend war.

Gerüchten zufolge würde er aus gesundheitlichen Gründen so schnell nicht wieder zurückkommen. Es hieß sogar, er wäre *todkrank*. Miezie wusste, dass bei solchen Gerüchten meistens übertrieben wurde, doch oft steckte ein Körnchen Wahrheit darin.

Das riesige Himmelbett war groß genug für zwei. Wenn Anne sie schlafend glaubte, weinte sie leise in ihre Kissen. Miezie wollte sie dann am liebsten in die Arme schließen und trösten, aber aus Angst, von ihr zurückgewiesen zu werden oder Anne zu enttäuschen, ließ sie es bleiben. Sie wusste, dass dies nicht ihrer Art entsprach, aber Miezie wurde im Leben schon so oft hin und her geschubst, dass sie solch eine Reaktion immer erwartete, ohne es bewusst wahrzunehmen. Vielleicht wäre es Anne ja auch peinlich, bei ihrem Gram ertappt zu werden.

Doch jetzt setzte sich Anne aufs Bett, schlug ihre Hände vor die Augen und schluchzte. Miezie versuchte, ihre Erschütterung zu verbergen, denn Anne weinte das erste Mal offen vor ihr. Miezie biss sich auf die Unterlippe, legte die Wäsche vorsichtig auf der Truhe ab und ging zu ihr. Vor ihr niederkniend, nahm sie deren Hände in die ihren und flüsterte: »Anne …«

Da brach der ganze Kummer aus Anne heraus. Zuerst stockend und schluchzend, erzählte sie ihr nun in allen Einzelheiten, was vorgefallen war. Miezie hörte zu, und obwohl sie an Schläge, Vergewaltigungen und andere furchtbare Dinge gewöhnt war, erschütterte es sie, dass so etwas auch jemandem passieren konnte, der vom Landgrafen gefördert und beschützt wurde.

Außerdem hatte sie Anne lieb gewonnen, denn dank ihr führte sie nun ein angenehmeres Leben als je zuvor. Sie liebte sogar einen Mann, was sie nie für möglich gehalten hätte. Es handelte sich ausgerechnet um Jakobs Knappen, Hans, den sie so lieb fand und so sanft, dass sie nicht anders konnte, als sich in ihn zu verlieben. Jedoch war diese Liebe bisher rein platonisch geblieben, denn weder er noch sie hatten den ersten Schritt gewagt. Nun wurde ihr bange.

»Schwöre mir, dass du mich nie verraten wirst, Miezie«, schluchzte Anne weiter.

»Oh, nein, Anne, wie könnte ich. Ich habe Ihnen so viel zu verdanken«, sagte Miezie voller Inbrunst, sodass sich Anne in ihre Arme warf und um sich, ihr Leben und ihre verlorene Liebe weinte. Die herzzerreißenden Schluchzer machten Miezie selbst ganz traurig. Die starke, schöne Anne! Sie so zu sehen, war für Miezie unerträglich, doch jetzt musste sie für Anne da sein. Die Rollen hatten sich vertauscht, Miezie wog Anne im Arm wie eine Mutter ihr Kind.

Nach einiger Zeit beruhigte sie sich, und Miezie brachte ihr einen heißen Kamillentee, den Anne genüsslich schlürfte. Die Wirkung ließ nicht auf sich warten, sie wurde ruhiger und legte sich aufs Bett.

»Wie soll es nur weitergehen, Miezie?«

Miezie überlegte. »Was wird der Landgraf wohl tun?«

In Annes Augen flackerte ein Hoffnungsschimmer auf. »Ja«, meinte sie schwach, »Philipp wird vielleicht alles verstehen und Gnade walten lassen.« Dann schlief sie erschöpft ein.

Miezie löste die Tasse behutsam aus ihrer Hand, legte eine Tagesdecke über Annes Beine und streichelte ihr sanft eine Haarsträhne aus dem Gesicht. Sie tat ihr so leid, es zerriss ihr das Herz. Sie musste ihren Martin sehr lieben, um diesen schrecklichen Jakob zu ertragen. Was würde Annes Onkel dazu sagen?

Sie stand auf und räumte die liegen gelassene Wäsche in die Truhe und widmete sich dann, am Kamin sitzend, ihren Stickarbeiten. Sie sehnte sich nach Hans.

* * *

Philipp war entsetzt, aufgewühlt und fühlte sich hilflos. Hilflos, denn er hatte keine Macht mehr über die Dinge, die nun geschehen würden. Alles krampfte sich in ihm zusammen. Wie konnte das nur geschehen? Wie konnte ihm sein Leben nur so entgleiten? Warum hatte er nicht früher reagiert? Jetzt war es zu spät, nichts und niemand konnte nun das Unvermeidliche verhindern. Seine Stimme drohte ihm zu versagen, aber er fing sich wieder. Als mächtiger Herrscher durfte er sich wie immer nichts anmerken lassen. Auch sein Stolz verbot es ihm, sich jetzt gehen zu lassen. Das hatte er von seiner Mutter gelernt. Ein kurzer Blick in ihr strenges Gesicht auf dem Wandteppich, und er straffte sich.

In Tränen aufgelöst stand Anne, seine Anne, vor ihm und hatte ihm alles gebeichtet. Selbst das, was er lieber nicht hätte wissen wollen. Bei seiner Rückkehr war ihm von seinen Beratern mitgeteilt worden, was vorgefallen war. Auch hatte er erfahren, dass Jakob eines Abends im betrunkenen Zustand laut damit geprahlt hatte, als Entschädigung die Hand Annes zu fordern. Den Rest hatte er sich zusammenreimen können. Er hörte sie bereitwillig an und wollte ihr helfen, allerdings hatte er nicht mit diesem Ausmaß der Geschehnisse gerechnet.

Annes Schultern zuckten bei jedem Schluchzer, sie schnäuzte sich an ihrem Ärmel.

Philipp schloss die Augen. Er hatte Bauchkrämpfe, so sehr schmerzte ihn die Erkenntnis, dass er Anne nicht mehr zur Frau nehmen konnte. Er hatte zwar geahnt, dass sie einen anderen liebte, hatte es aber insgeheim für eine alberne Mädchenschwärmerei gehalten. Er hatte an ihre gute Erziehung und an ihre Vernunft glauben wollen. Nun stand sie vor ihm und beichtete, ein Kind zu erwarten und nicht zu wissen, von wem. Daraufhin hatte sie ihm die ganze Geschichte unter Tränen und Schluchzern erzählt.

»Anne, ich bin erschüttert«, setzte er leise an, »nicht nur über deinen jetzigen Zustand, sondern auch, was du hast durchstehen müssen.« Er machte eine Pause. »Ich habe diese Reise für dich unternommen«, sagte er, und Anne sah verdutzt auf.

»Für mich?«, fragte sie verwirrt, von krampfartigen Atembewegungen geschüttelt, und schaute ihn mit großen, tränenunterlaufenen Augen an.

»Ja, Anne, für dich. Wir wollten immer ehrlich zueinander sein, und du hast dein Versprechen, zwar mit Verspätung«, sein tadelnder Blick traf sie, »gehalten. Nun werde ich auch sehr offen sein.« Er räusperte sich.

Anne spürte seine Enttäuschung und wurde noch verzweifelter, denn er war immer gut zu ihr gewesen, er hatte diese Schmach nicht verdient.

»Wie du sicher gemerkt hast, habe ich dich sehr lieb gewonnen«, setzte er an, »mehr, als es sich für eine Freundschaft ziemt.« Er legte eine Pause ein, um seinen Worten die nötige Wirkung zu verleihen.

Anne senkte beschämt den Kopf. Sie hatte es ja geahnt, es aber nicht sehen wollen, weil es ihr nicht in den Kram gepasst hatte.

»Ich hatte gehofft, dich zu meiner Frau zu machen.« Ein Zucken durchlief seine Züge.

Anne erstarrte und hob dann den Kopf.

»Aber … Sie sind doch schon verheiratet«, platzte es aus ihr heraus.

»Ja, das stimmt, Anne. Deswegen bin ich verreist und habe Geistliche um Erlaubnis gebeten, eine zweite Ehe eingehen zu dürfen. Diese Erlaubnis habe ich, nicht ohne Widerstand, nun erhalten. Das war auch der Grund meiner Verspätung, mal davon abgesehen, dass ich krank wurde …«

Anne rührte sich nicht mehr und wartete ab, dass er weitersprach. Philipp ging nachdenklich vor dem Kamin auf und ab.

»Dir ist wahrscheinlich klar, dass ich dich nun nicht mehr ehelichen kann. Nicht nur, dass ich mich zum Gespött des ganzen Hofes, ach was … des ganzen Reiches machen würde.« Er stockte, und seine Stimme drohte ihm bei dem Gedanken zu versagen. Er flüsterte: »Ich könnte es nicht ertragen, dich in meinen Armen zu halten und zu wissen, nicht dein Erster zu sein. Zu denken, dass alles, was du mit mir machst, durfte schon ein anderer kosten. Das würde mich krank machen.«

Er verstummte, hielt vor dem Fenster an und schaute hinaus. Schwalben flogen vorbei, und vereinzelte Regenwolken zogen am

Horizont auf. »Ich habe also eine Entscheidung getroffen.« Er straffte sich und gebärdete sich wieder ganz wie ein Fürst. »Du kannst bis zu deiner Niederkunft auf dem Schloss verweilen. Das Neugeborene lasse ich als meines und Christines Kind anerkennen. Keiner wird wissen, dass es deines ist. Dann wirst du den Hof verlassen und nie mehr wiederkommen. Ob du bei deinem Onkel unterkommst, was ich bezweifeln möchte, oder in einem süddeutschen Kloster, das bleibt dir überlassen. Die nötigen Mittel werde ich dir dafür stellen. Das wird dich vor Jakob retten, der übrigens um deine Hand anhalten will, er verlangt dich als Entschädigung, wusstest du das?«

Anne riss die Augen auf, fing am ganzen Körper an zu zittern, ihre Beine wurden schwach, und sie schüttelte den Kopf.

»Dann brauchst du das auch nicht. Allerdings wirst du es schwer haben, einen Ehemann zu finden«, schloss er.

»Und Martin?«, flüsterte sie bange.

Philipp starrte sie wütend an, fing sich aber sofort wieder. »Du bist dreist, Anne, mich nach ihm zu fragen, nach allem, was ich dir gerade eröffnet habe«, sagte er verärgert. Doch er seufzte, sie liebte diesen Kerl eben, und ich liebe sie, weil sie so ist, dachte er. »Ich werde einen Gerichtshof abhalten müssen, und eine Entscheidung wird fallen. Diese kann ich nicht alleine treffen, denn die Ritter werden Gerechtigkeit fordern für den Ihren.«

Sie schluchzte wieder auf.

Philipp stand auf, trat zu ihr und wollte sie berühren, ließ aber seine Hände resigniert wieder fallen, wandte sich von ihr ab und verließ ohne ein weiteres Wort den Raum.

* * *

Liebes Tagebuch,

mein Herz leidet Höllenqualen, und mein Leben ist verwirkt. Ich erwarte ein Kind. Von Martin? Von Jakob? Weißt du es? Ich weiß es nicht!

Philipp hat sich erboten, mir die größte Schmach zu ersparen und mein Kind als das seine anzunehmen, danach werde ich weggeschickt. Sollte es Martins Kind sein, so würde ich das Liebste, das mir bleibt, verlieren. Aber was soll ich sonst tun? Alleine und mit dickem Bauch in der Welt herumirren? Zur Wanderhure werden?

Mir ist jetzt fast alles gleich. Martin wird er nicht retten. Er hat mir zu verstehen gegeben, dass ihm die Hände gebunden sind und dass Gerechtigkeit walten muss. Man darf einen Ritter nicht angreifen, schon gar nicht als einfacher Stallmeister. Das wird als unverzeihlich gewertet. Es wäre, als ob eine Magd eine Hofdame ohrfeigen würde. Er ist verloren. Darauf steht der Galgen.

Mein Liebster, mein Martin, ich werde dich nie wiedersehen. Am liebsten würde auch ich sterben. Nun darf ich auch nicht mehr ins Verlies. Zumindest hat Philipp mir versprochen, dass ihm bis zum Prozess kein Unrecht geschieht. Oh Martin, ich vermisse dich so, und mir ist so bange. Keine gemeinsame Zukunft, keine Kinder, kein Heim.

Und mein Onkel? Wenn er von alledem erfährt, wirft er mich vor die Türe. Die Blutschande würde er nicht ertragen, und sie würde seinen Geschäften schaden. Und wer weiß, wie viele »Jakobs« sich dann auf mich stürzen, wenn ich erst mal hilflos auf den Straßen umherirren werde. Ohne Geld, ohne Habe.

Was soll ich nur tun? Was ist das für ein Leben? Wo ist Gott? Hat er uns verlassen? Ist das die Strafe dafür, vor der Hochzeit von den fleischlichen Wonnen gekostet zu haben? Ja, das wird es sein. Ich habe mir das alles selbst eingebrockt. Mir wird nichts anderes übrig bleiben, als Philipps Angebot anzunehmen und mein Kind wegzugeben.
Anne

KAPITEL 10

»Das schnellste Roß, das euch zur Vollkommenheit trägt, ist das Leiden.«

Meister Eckhart (1260–1327)

Marburg, 1539

Die Fanfare wurde geblasen, und alle Köpfe der sich auf dem Außenhof befindenden Menge drehten sich zum Schlosstor. Der Landgraf ritt in voller Montur und von seinen Beratern begleitet auf die Menge zu, die ihm nun eine Allee freigab und sich vor ihm verbeugte. Mit seinem gefütterten, roten Überwurf wirkte er erhaben wie ein König, und seine mit weißem Pelz umrahmte, schief sitzende Kappe verstärkte diesen Eindruck noch. Die Pferde schnaubten, und Dampf stieg aus ihren Nüstern in die feuchtkalte Luft, während ihre Hufe den Schneematsch verspritzten.

Jakob, der eigentlich als einer seiner engsten Berater bei solchen Prozessen amtierte, würde diesmal als Ankläger fungieren. Da der Erzbischof von Mainz im Juni des Jahres 1528 seine geistliche Gerichtsbarkeit an den Landgrafen abgetreten hatte, hatte dieser vorläufig freie Hand in seinem Land. Der Prozess sollte als Schauprozess auf dem Marktplatz abgehalten werden, zur Abschreckung der Bürger der Stadt.

Anne und Miezie standen in vorderster Reihe und warteten auf den Beginn. Miezie hielt die zittrige Anne fest, die jeden Augenblick zusammenzubrechen drohte. Trotz ihres warmen, gefütterten Samtumhanges mit Kapuze, durch den sie ihre Hände in einen Muff stecken konnte, zitterte sie am ganzen Körper, aber nicht vor Kälte.

Am Podest angekommen, stiegen die Männer von den Pferden, die von Dienern sogleich abgeführt wurden, und nahmen an den Tischen auf dem Podium Platz. Philipp saß in der Mitte und sah mit seiner, speziell für Gerichtsverhandlungen angefertigten, roten Überrobe mit weißem Fellsaum sehr würdevoll aus.

Mehrere Gefangene wurden vorgeführt und die Verfahren schnell abgehandelt. Meist ging es dabei um Diebstahl, Beleidigung eines hohen Stadtbeamten oder um Nachbarschaftsstreitigkeiten. Zwei Todesurteile durch den Strang wurden ausgesprochen, einem sollte die Hand abgehackt werden, und Geldbußen wurden auferlegt.

Die Menge grölte und klatschte bei jedem Urteil, und Anne schaute sich angewidert um. Am liebsten hätte sie die Leute angeschrien und gefragt, wie sie sich am Leid anderer so ergötzen konnten, aber sie wusste, dass das Unsinn wäre, denn die Menschen waren grausam, und das begriff sie immer mehr.

Sie dachte an Neslin, die sie gewarnt hatte. Wie recht sie gehabt hatte, doch Anne hatte ihr nicht glauben wollen. Eine solche Veranstaltung stellte die einzige Ablenkung der meisten Bürger dar, und das Elend anderer lenkte sie zeitweise von dem ihren ab, ja, entschädigte sie sogar dafür. Zu wissen, dass man selbst nicht an der Stelle der Angeklagten stand, musste sich so wohltuend anfühlen wie ein frisches Bad, und gab ihnen das Gefühl, dass ihr Leben doch nicht so schlecht war, wie sie meinten.

Die Kälte Philipps, mit der er die Urteile verlas, erschütterte Anne und gab ihr das Gefühl, er sei ein anderer Mann.

Es wurde still, und die Menge teilte sich erneut, um einen weiteren Gefangenen durchzulassen. Martin wurde, von zwei Wächtern gestützt, vor das Gericht geführt. Er war abgemagert und bleich, er hatte lange zerzauste Bart- und Kopfhaare, und die Hände waren ihm auf den Rücken gebunden. Er schaute sich suchend in der Menge um, erblickte Anne, und sein Blick blieb lange auf ihr haften, als würde ihr Anblick ihm Kraft schenken. Seine Augen waren voller Liebe zu ihr, und auch ihre Blicke sprachen Bände. Ohne Worte sagte er ihr, sie solle sich nicht grämen, dass er nichts bereue und dass er es wieder tun würde.

Die Menschenmenge rumorte. Annes Knie knickten leicht ein, ein unterdrücktes Stöhnen kam aus ihrer Kehle, und Miezie konnte sie gerade noch abfangen. Tränen kullerten aus Annes Augen. Sie konnte es nicht ertragen, ihn so zu sehen, ihn leiden zu sehen, und doch musste sie bis zuletzt dableiben, für ihn. Sie musste stark sein, sagte sie sich, versuchte, so gut es ging, ihre Schultern zu straffen, und wischte sich die Tränen weg, doch sie konnte deren Strom nicht aufhalten.

Nun stand Martin vor dem fürstlichen Gericht und verbeugte sich zur Huldigung. Philipp hob leicht seinen Arm, um dem Gerichtssprecher den Beginn der Sitzung zu befehlen.

»Hohes Gericht, ehrwürdiger Landgraf von Hessen, erhabener Fürst«, setzte dieser an. »Wir verhandeln jetzt über die Straftat von Martin dem Sattler und ehemaligen Stallmeister im Marburger Schloss. Er wird angeklagt von Jakob von Traubenheim, Ritter, Gesandter, Berater und langjähriger Vertrauter unseres Fürsten, dem Landgrafen Philipp von Hessen, ihn, den Ritter, kaltblütig, hinterhältig und ohne Grund angegriffen, ihm bei dem Versuch, ihn zu töten, die Nase gebrochen zu haben.« Der Gerichtssprecher ließ die Worte nachhallen, und die Menge raunte.

»Laut Verteidigung wissen wir alle um die Kampfkraft, den Mut und das große Talent dieses Ritters, so ist es also höchst undenkbar, dass der Ritter selbst mit einem Angriff angefangen hat, sonst hätte der Angeklagte keine Zeit gehabt, ihm das Nasenbein zu brechen. Es handelt sich bei dem vom höfischen Arzt nachgewiesenen und attestierten Nasenbeinbruch somit um den Hauptbeweis.« Der Gerichtssprecher setzte sich zufrieden.

»Das ist versuchter Totschlag«, rief einer aus der Menge. »Darauf steht der Strang«, rief ein anderer, und die Menge brüllte zustimmend.

Anne starrte fassungslos, aber erwartungsvoll auf Philipp. Dieser hob den Arm, und alles verstummte. »Der Ankläger möge vortreten.«

Jakob wurde vorstellig, ging vor Philipp auf ein Knie und wartete mit gesenktem Kopf.

»Erhebe dich, Ritter«, sagte Philipp. »Ich möchte aus deinem Munde hören, was genau geschehen ist.«

Jakob wiederholte in wenigen Worten das schon Gesagte, ein Raunen ging durch die Menge.

Philipp sah ihn scharf an, er konnte unmöglich die Worte seines besten Ritters anzweifeln. Er bedeutete ihm, zur Seite zu treten. »Bringt mir den Angeklagten«, forderte Philipp.

Man zerrte Martin unsanft vor den Landgrafen, und er sank ergeben auf beide Knie und senkte ehrerbietig das Haupt.

»Sprich, was hast du zu deiner Verteidigung vorzubringen?«, donnerte Philipp, und Anne zuckte zusammen.

»Ehrwürdiger Fürst, ich … ich wurde in eine Falle gelockt. Der Ritter Jakob plante es von Anfang an … warum, weiß ich nicht … er hatte es auf mein Mädchen abgesehen …«

Die Menge grölte.

»Ich kann jedes Weib in ganz Hessen vögeln, soviel ich will, warum sollte ich einen harmlosen Burschen wie dich für ein vergammeltes Weibsbild angreifen?«, brüllte Jakob, und die Menge lachte johlend.

Philipp hob erneut die Hand, um Ruhe zu gebieten. »Bist du gerade dabei, meinen getreuen Ritter Jakob von Traubenheim anzuklagen?«

Martin nickte. »Ja, ehrwürdiger Fürst, ich spreche die Wahrheit.«

Philipp war sich dessen sicher, aber er wusste auch, dass es keine Zeugen gab und dass das Wort eines Ritters, *seines Ritters,* das von zehn Männern wog.

Die Menge fing rhythmisch an zu rufen: »Strang, Strang, Strang …«

Wieder hob Philipp die Hand, und die Rufe verstummten. Er schaute nun Anne direkt in die Augen, die zitternd von ihrer Zofe gehalten wurde. Ihr Anblick zerriss ihm das Herz, und in diesem Moment hasste er es, ein Fürst zu sein. Es schien eine Ewigkeit zu vergehen, dann wandte er den Blick wieder auf Martin, dann auf Jakob, der seinen triumphierenden Blick nicht ganz verbergen konnte.

Philipp hätte ihn am liebsten verurteilt für das, was er Anne und auch ihm, Philipp, angetan hatte, aber selbst ein Fürst konnte es sich nicht leisten, einen Ritter ohne Zeugen und ohne triftigen Grund zu verurteilen. Dadurch würde er die Achtung der Menge, aber vor allem die seiner Verbündeten und treuen Ritter verlieren. Der ganze Orden würde sich erheben, und es würde seine ohnehin schon wackelige politische Lage noch verschlimmern. Er brauchte jeden Verbündeten.

Die Vergewaltigung einer Dame, wie teuer sie dem Herzen des Landgrafen auch war, zählte nicht zu den Gründen, die eine Bestrafung rechtfertigen würden. Jakob schien zu begreifen, dass Philipp um seine Lüge wusste, und senkte verlegen den Kopf.

Der Landgraf rang um Fassung. »Ich habe mein Urteil gefällt«, verkündete er nun und erhob sich.

Alle Anwesenden taten es ihm nach, außer Martin, der immer noch vor ihm kniete. Anne krallte ihre Fingernägel in Miezies Arm, die es, ohne einen Mucks von sich zu geben, ertrug. Sie konnte das Leid ihrer Herrin förmlich spüren und litt mit ihr. Dann zuckte Anne heftig zusammen, als eine Frau neben ihr rief: »Tod durch den Strang.«

* * *

Schon von Weitem konnte er das Gehöft ausmachen. Es lag verträumt im Schnee, der erst diese Nacht gefallen sein musste.

Hans hielt sein Pferd an und ließ seinen Blick über das umliegende Land streifen, das seit Jahrhunderten seiner Familie gehörte. Stolz stieg in ihm auf.

Er würde zwar kein Gutsherr werden, aber die Aussicht, sein eigenes Stück Land pachten und bebauen zu können, ließ sein Herz höherschlagen. Trotz der Kälte durchfuhr ihn ein wohlig wärmender Schauer. *Endlich wieder daheim*. Er freute sich, seine Mutter wiederzusehen. Sie war immer auf seiner Seite gewesen, hatte es aber nie gewagt, sich seinem *alten Herrn,* wie er seinen Vater heimlich nannte, zu widersetzen.

»Nun mach schon, wo bleibst du denn? Willst du hier Wurzeln schlagen? Ich will jedenfalls schnell einen guten Met trinken.« Wie um seinen Ausruf zu unterstreichen, galoppierte sein Bruder Joachim, gefolgt von ihren beiden Begleitern, davon.

Hans ritt wieder an. Es war alles so schnell gegangen, als sein Bruder auf einmal bei Hofe aufgetaucht war. Joachim hatte selbstbewusst beim Landgrafen vorgesprochen, nachdem dieser von seiner Reise zurückgekehrt war. Ohne viel Aufhebens hatte Philipp die Bitte, Hans freizustellen, bewilligt. Hans wunderte sich, dass dies so einfach vonstattenging, Jakob wurde nicht einmal gefragt. Der Fürst hatte die Geschichte mit einem einfachen Wink abgetan. Ob es daran lag, dass der ganze Hof von seiner Unfähigkeit als Knappe wusste? Bei dem Gedanken lief Hans rot an und hoffte inständig, Miezie hätte davon nichts mitbekommen.

Seine Miene hellte sich wieder auf. »Miezie«, sagte er laut vor sich hin und seufzte. Er hatte kurz vor seiner Abreise noch mit ihr reden können. Endlich hatte er sich getraut und sie um ihre Hand gebeten. Sie hatte ihn angestrahlt und seinen Antrag angenommen. Er versprach ihr, offiziell beim Landgrafen um ihre Hand anzuhalten und sie dann zu sich zu holen. Doch erst musste er seine wirtschaftliche Lage absichern und festigen. Er hatte mehrmals versucht, während der Reise mit seinem Bruder darüber zu sprechen, aber Joachim hatte nur abgewinkt und ihn um Geduld gebeten. Hans konnte es kaum noch aushalten, er wollte Pläne schmieden. Er musste einfach wissen, mit was genau er rechnen konnte, denn erst dann konnte er sich eine genaue Vorstellung davon machen, wann er Miezie zu sich holen konnte.

Für ihn stand es außer Frage, dies als verarmter Pächter seines Bruders zu tun. Er musste sich also erst hocharbeiten, und je größer das ihm zugeteilte Landstück sein würde, umso schneller konnte es ihm gelingen. Außerdem hatte sein Bruder angedeutet, dass er ihn brauchte, wozu auch immer und was auch immer das bedeuten sollte. Wollte er ihn als Handlanger auf dem väterlichen Hof missbrauchen? Das kam für Hans nicht infrage. Er würde nicht zum Knecht seines Bruders werden, damit der sich dann als großer Gutsbesitzer aufspielen konnte. Hans stockte der Atem. Hatte er denn eine Wahl? Er konnte sich schließlich schlecht mit seinem Bruder anlegen. Ihm wurde auf einmal bewusst, dass sich seine Situation nicht um einen Deut gebessert hatte. Er blieb nach wie vor ein Niemand, ohne Habe und ohne jegliche Macht über sein eigenes Leben.

Gemeinsam ritten sie in den Hof ein. Hans stutzte. Lag es am Schnee und an der Kälte, dass alles so verlassen und verwahrlost schien? Das konnte eigentlich nicht sein, denn er erinnerte sich an vergangene Winter, die er auf dem Hof verbracht hatte. Um diese Tageszeit blieb selbst bei Kälte viel zu tun. Gerätschaften, Dachschindeln und Fensterläden mussten ausgebessert, Kühe gemolken, Ställe ausgemistet und das Vieh gefüttert werden. Mägde und Knechte liefen normalerweise geschäftig umher, bereiteten die

Mahlzeiten zu, sammelten Eier ein, rupften Hühner oder hackten Holz.

Es lag eine beängstigende Stille über dem Gehöft. Vereinzelte Hühner schienen verzweifelt etwas Essbares im Schnee zu suchen und pickten auf dem vereisten Boden herum. Enzo, der Hütehund, lag faul auf der Hausmatte und hob nicht einmal den Kopf, als die Reiter eintrafen.

Die Tür zur Stube wurde vorsichtig von innen ein Stück geöffnet, und eine gebrechliche Gestalt schob zaghaft den vermummten Kopf durch den Spalt.

Hans erstarrte.

* * *

»Martin der Sattler, ich verurteile dich zu 60 Peitschenhieben und verbanne dich aus der Stadt und aus ihrem Umfeld von 100 Meilen.«

Überraschte Ausrufe gingen durch die Menge. Protestrufe wurden laut, als ob die Menschen sich um ein Schauspiel betrogen fühlten. Jakob sprang auf und schaute Philipp hasserfüllt an.

Anne wusste nicht, was sie denken sollte. War das gut? Er lebte, er lebte, sie wollte sich freuen, doch schaffte sie das nicht richtig. Sie stand unter Schock. Miezie hingegen wusste, was Martin erwartete, und drückte Anne mitleidig gegen sich.

»Was ist, Miezie, er wird leben, nicht wahr? Miezie, sag doch etwas.«

Ein normaler, kräftiger Mensch konnte 40 Peitschenhiebe überleben, 50 waren unerträglich und kaum wieder gutzumachen, 60 hingegen waren meist tödlich. Noch dazu wirkte Martin noch immer geschwächt. Philipp hatte also Gnade walten lassen, ohne sich die Blöße eines zu milden Urteils zu geben, und legte die Entscheidung in Gottes Hand.

Das konnte Miezie ihr aber nicht sagen. »Sie müssen jetzt stark sein, Anne«, flüsterte sie daher, und Anne fing an zu wimmern.

Jakob kochte, er hatte ihn hängen sehen wollen. Hätte er das milde Urteil erahnt, er hätte den Henker geschmiert, damit er besonders kräftig zuschlug. Aber die Strafe sollte sofort vollzogen werden.

Jakob trat vor: »Ich fordere Genugtuung«, schnauzte er wütend, völlig vergessend, dass er sich an seinen Fürsten wandte.

Philipp schaute ihn angewidert an: »Die sollst du haben. Welches Lehen möchtest du übernehmen, Ritter?«, fragte er nun listig.

Jakob stockte. Er fühlte sich überrumpelt. »Ich, eh …«, stammelte er und fluchte innerlich.

Philipp empfand eine kleine, wenn auch sehr magere Genugtuung. Mit seinem Vorschlag hatte er dem Ritter keine Ausweichmöglichkeit für eine andere Entschädigung gelassen. »Nun«, sagte Philipp erhaben, »wir lassen dir ein paar Tage, um darüber nachzudenken«, und gab Jakob mit einem Wink zu verstehen, dass er das Gespräch für beendet erachtete.

Der Henker begann nun seine Arbeit auf dem Podium, welches in der Mitte des Platzes postiert worden war. Zuerst wurden die milderen Strafen vollzogen, um die Lust und die Anspannung der Menge zu steigern. Der Dieb wurde herangeführt, und alle bewarfen ihn mit faulem Obst und beschimpften ihn. Er wand sich und bettelte um Gnade. Dann fiel das Beil, Blut spritzte, die Menge hielt die Luft an. Sein Jammern ging in einen erbärmlichen, markerschütternden Schrei über. Die Menge jubelte hysterisch, als der Henker die blutverschmierte Hand in die Höhe hielt.

Anne zitterte wie Espenlaub. Nun wurde Martin herangeführt und mit dem Rücken zur Menge am Pfosten des Podiums angebunden.

»Du Schwein«, rief einer, »Verräter«, rief ein anderer, verfaultes Obst und Eier flogen durch die Luft und trafen ihn am ganzen Körper. Der dreckige Lumpen, der ihm als Hemd diente, wurde ihm vom Henker mit einem Ruck runtergerissen, sodass sein Rücken freilag. Anne schluchzte laut auf und hielt sich den Bauch. Ihr schöner, armer Martin würde nun ausgepeitscht werden – wegen seiner Liebe zu ihr. Flehend schaute sie zu Philipp, in der Hoffnung, er würde Einhalt gewähren.

Ihre Blicke trafen sich. Er sah sie voller Mitgefühl an, sein Schmerz, ihr das antun zu müssen, schien unbeschreiblich. Seinen Ellbogen auf die Sitzlehne gestützt, hielt er mit leicht gesenktem Kopf die Faust vor seinen Mund.

Der erste Hieb klatschte, und Martin stöhnte auf und bog sich nach hinten. Die Menge schrie hysterisch: »Feigling«, »Memme«, »Geh zu Mama und heul ihr was vor«, und alle lachten. Der zweite Hieb klatschte, und Martin schrie erneut auf, sein ganzer Körper zitterte.

Anne schloss die Augen und begann zu beten: »Vater unser, der du bist im Himmel, geheiligt werde dein Name …«, erneutes Klatschen der Peitsche, gefolgt von einem qualvollen Schrei Martins, »… dein Reich komme.« Peitschenklatschen, Schrei. »Dein Wille geschehe, wie im Himmel, also auch auf Erden.« Miezie stimmte in das Gebet ein. »Unser täglich Brot gib uns heute. Und vergib uns unsere Schuld, wie wir vergeben unseren Schuldigern.« Sie schaute Philipp geradewegs in die Augen, doch er senkte den Kopf.

Die Peitsche klatschte weiter auf Martins Rücken, zehnmal, zwanzigmal, dreißigmal, Anne wusste es nicht. Bei jedem Hieb zuckte sie zitternd zusammen und durchlebte körperliche Qualen. »Und führe uns nicht in Versuchung, sondern erlöse uns von dem Übel.« Peitschenhieb, Schrei … Anne schloss die Augen. »Denn dein ist das Reich und die Kraft und die Herrlichkeit in Ewigkeit. Amen.« Wieder sauste die Peitsche nieder, aber diesmal kam kein Schrei mehr aus Martins Kehle.

Anne öffnete abrupt und entsetzt die tränenunterlaufenen Augen. Martin hing schlapp am Pfosten. War er tot? Sein blutverschmierter Rücken bestand nur noch aus herunterhängenden Hautfetzen, ein Brei aus Blut, Haut und Rippen. Die Menschen wendeten sich angewidert ab.

Anne stöhnte laut auf, sie hörte einen Klagelaut und merkte, dass er aus ihrem Mund kam, dann übergab sie sich. Sie sah erneut zu Philipp, der ihren Blick bemerkte, es aber nicht mehr schaffte, ihr in die Augen zu schauen.

»Gnade«, brüllte Anne. »Gnade, mein Fürst! Gnade!« Es kam nur noch ein verzweifeltes Krächzen aus ihrer Kehle. Andere Frauen, inzwischen angeekelt von dem Schauspiel, stimmten ein. Auch Miezie fasste Mut und schrie, so laut sie konnte.

Der Henker hielt inne und schaute zu Philipp. Dieser hob die Hand und befahl somit den Abbruch.

Jakob schaute ihn verständnislos an und verließ dann erbost den Platz.

Weinend brach Anne zusammen und fiel in den Schneematsch. Sie wollte für immer so liegen bleiben und am besten gleich sterben.

»Er braucht dich jetzt«, flüsterte Miezie ihr stammelnd zu und versuchte, sie am Arm hochzuzerren.

Anne stutzte. Ja, wie konnte sie es wagen, hier jammernd herumzuliegen und Martin, der hilflos der Menge ausgeliefert war, sich selbst zu überlassen. Sie stand auf, wischte sich die Augen, nickte Miezie dankbar zu und bahnte sich mit ihr einen Weg durch die nun wild durcheinanderredenden Schaulustigen.

Sie waren fast bei ihm, da stiegen Liese und Natascha, die Mägde ihres Onkels, zusammen mit den Hausknechten aufs Podium, machten ihn los und trugen ihn weg.

Erleichtert schauten sich Miezie und Anne an. Sie blickte noch mal auf Philipp, der sie kurz ansah, mit einer Mischung aus Schmerz und Verlust in den Augen, und dann den Kopf abwandte und weiter ins Leere starrte.

Die Menge hatte Martin schon vergessen und wogte, in einer langen Prozession, zum Richtsberg, wo die zwei verurteilten Gauner gehängt werden sollten.

Anne rannte los, gefolgt von Miezie, um sich um Martin zu kümmern. Wenn er noch lebte, so wusste sie, dass Philipp ihr ein großes Geschenk gemacht hatte.

Sie ahnte nicht, dass Katherina aus ihrem üblichen Versteck, dem Seitengang des Schlosses, alles beobachtet hatte. Warum liebten nur alle diese Anne, fragte sie sich hasserfüllt und von Eifersucht zerfressen. Philipp, Jakob, Martin, ja sogar Miezie, die Magd.

* * *

Jakob ging nervös im Zimmer auf und ab und hielt sich die Wange. Sein Zahn tat furchtbar weh. Den Gang zum Bader schob er seit Tagen vor sich hin, in der Hoffnung, dass die Zahnschmerzen von alleine vergehen würden. Dem war aber nicht so. Das letzte Mal, als ihm ein Bader einen Zahn gezogen hatte, glaubte er, sterben zu müssen.

Wo blieb sie nur? Er schaute aus dem Fenster, ging zurück zum Bett, setzte sich, stand kurz darauf wieder auf und ging erneut zum Fenster. Er musste unbedingt mit ihr sprechen. Irgendetwas stimmte da nicht. Martin blieb verschwunden und Anne unauffindbar.

Aus seiner Wut heraus hatte er das Geschehen damals verlassen und sich in einem Wirtshaus besinnungslos betrunken. Man hatte ihm gesagt, Anne und die Angestellten ihres Onkels hätten den leblosen Körper weggeschafft. Am nächsten Tag war er zu dem Haus gegangen, denn einem Verbannten zu helfen, war unter Todesstrafe verboten. Er konnte also von seinem Recht als Ritter des Grafen Gebrauch machen, um das Haus zu durchsuchen, wobei er jedoch nichts fand. Man sagte ihm, Martin sei tot und im Armenfriedhof beigesetzt worden. Anne sei wieder ins Schloss gegangen, mehr wussten sie nicht.

Von Elvira hatte er erfahren, dass Anne ein Kind erwartete und seit Wochen in ihrem Zimmer eingesperrt blieb. Er war also am Vortag zum Friedhof gelaufen, aber keiner wollte den Mann begraben haben. Er musste endlich Gewissheit haben, sonst würde er noch verrückt werden. Nun versuchte er seit Tagen, mit Katherina zu sprechen, jedoch kam diese nie in den Nebenraum. Jakob fasste sich wieder an die Wange und fluchte.

Da ging die Zwischentür auf, und Katherina, die ihn bereits seit geraumer Zeit beobachtet hatte und ihn zappeln ließ, kam hereingeschneit. »Liebster Ritter meines Herzens«, flüsterte sie ihm zu.

»Wo, verdammt, hast du gesteckt, du Hure?«, blaffte er sie an.

»Sagen wir mal, ich habe mir Gedenkzeit eingelegt. Es gab da Dinge, die haben mich nachdenklich gestimmt …« Sie gab ihm zu verstehen, dass sie darauf zunächst nicht weiter einzugehen wünschte. »Was ist denn so dringend?«

»Unsere Rache hat nicht funktioniert«, quengelte er nun.

»Kein Mensch weiß, was aus diesem Hundsfott geworden ist, und Anne verkriecht sich in ihrem Gemach.«

»Ah, daher weht der Wind«, meinte sie gelassen. »Was kann dir das schon ausmachen, wo Anne ist? Gebe ich dir nicht genug Aufregung?«, fragte sie nun spitz und strich mit ihrem zusammengeklappten Fächer unter seinem Kinn entlang.

»Lass das«, schalt er sie, riss ihr den Fächer aus der Hand und schmiss ihn in eine Zimmerecke. Dabei streifte der Fächer eine auf dem Nachttisch stehende chinesische Porzellanvase, die klirrend zu Boden fiel und in tausend Scherben zerbarst.

»Was bist du nur so nervös?«, zischte sie ihn an. »Bist du immer noch nicht über dieses Miststück hinweg?« Sie beobachtete, wie er kurz innehielt, doch dann fing er sich wieder.

»Nicht doch, ich will nur sichergehen, dass beide ihr Fett wegkriegen, ein für alle Mal«, sagte er nun, Gelassenheit vortäuschend.

Katherina überlegte, ging durch das Zimmer und schaute nachdenklich aus dem Fenster. »Ich weiß, wie man das herausbekommen kann«, sagte sie nun beiläufig.

Jakob horchte auf. »Wie?«, krächzte er, dann räusperte er sich, um seine Stimme wieder freizubekommen.

»Ich habe aus meinem Geheimversteck am Tage der Urteilsvollstreckung etwas gesehen, was uns helfen wird. Es gibt eine Person, die genau weiß, was mit Anne und was mit Martin los ist.«

»Wer?«, fragte er aufgeregt. »Sag es mir, Katherina – wer?«

Sie hatte ihn selten so klein gesehen, er ließ sich geradezu herab. Da wusste sie, dass ihre schlimmsten Ahnungen wahr geworden waren. »Du hast mich betrogen«, keifte sie. »Du hast es mit ihr getrieben und es mir verheimlicht.«

»Ich, ich …«, stotterte Jakob und ließ dann die Schultern fallen. Warum sollte er es noch abstreiten? Seine Gefühle standen ihm offensichtlich ins Gesicht geschrieben. »Ja, es ist wahr, Katherina, das habe ich«, sagte er nun resigniert.

Sie ohrfeigte ihn, und er ließ es geschehen.

»War es schön, du Schwein?« Sie wurde hysterisch.

Da sprang er auf, riss ihr die Kleider vom Leib, warf sie aufs Bett, würgte sie mit einer Hand, öffnete seine Schamkapsel und drang gewalttätig in sie ein. Katherina verdrehte vor Verzückung die Augen. »Ja, das war es, es war himmlisch, ich habe es genossen, das kannst du dir gar nicht vorstellen«, sagte er erstickt und ergoss sich nach nur wenigen wilden Bewegungen in ihr.

»Du Widerling!«, schrie Katherina und kam, das erste Mal in ihrem Leben, zuckend zum Höhepunkt. Dann stand Jakob erschöpft auf, hob seine Kappe vom Boden, strich sich die Haare aus dem Gesicht und versuchte, die Fassung zurückzugewinnen.

»Was gibst du mir, wenn ich es dir sage?«, fragte Katherina nun wieder völlig ruhig und ging, sich das zerrissene Kleid vor sich haltend, zum Fenster zurück und starrte hinaus.

Da stellte er sich hinter sie und legte seine Hände auf ihre schmalen Hüften. »Alles, Katherina, alles, was du begehrst«, flüsterte er und küsste ihren Hals.

Sie legte den Kopf nach hinten und schloss die Augen, seine Aufmerksamkeit sichtlich genießend. »Alles? Schwöre!«

»Ja, bei allem, was mir heilig ist, ich schwöre! Nun sag mir schon deine Bedingung. Wen soll ich für dich missbrauchen?«

Sie drehte sich zu ihm um, schaute ihm triumphierend in die Augen und forderte: »Heirate mich!«

* * *

Das Gemach wirkte leer ohne sie, dachte Miezie. Seit vier Wochen war Anne nun mit der Pflege von Martin beschäftigt, und Miezie hatte keine Nachricht mehr von ihr erhalten, seit sie sich im Haus ihres Onkels verabschiedet hatten. Martin war dort sofort nach seiner Auspeitschung hingetragen worden, und Anne und Liese hatten beschlossen, dass er dort nicht bleiben durfte. Er wurde verbannt, und es stand die Todesstrafe darauf, einen verbannten Verbrecher bei sich aufzunehmen. Also hatte Anne entschieden, das Risiko alleine zu tragen. Denn er lebte, und das war das Einzige, das zählte. Sie musste ihn pflegen, koste es, was es wolle. Sie hatte die Knechte, unter dem Schwur des absoluten Stillschweigens, gebeten, ihr Martin bis zu Neslins altem Haus am Waldrand zu tragen.

Miezie hatte den Auftrag bekommen, sofort zum Schloss zurückzukehren, sich in Annes Gemach einzuschließen und keinen Menschen dort einzulassen. Sie solle auf keinen Fall versuchen, sie zu erreichen, und so tun, als würde Anne krank vor Gram in ihrem Bett liegen und niemanden sehen wollen. Die Schwangerschaft würde eine gute Ausrede sein, um diese Lüge zu unterstützen.

So lebte sie nun tagein, tagaus alleine in dem riesigen Gemach, holte Wasser zum Waschen, trug dreimal täglich ein Tablett mit Essen aufs Zimmer und zerknäulte frische Wäsche, als wäre sie verbraucht, und brachte diese dann in die Wäscherei. Sie hatte viel Zeit zum Nachdenken und malte sich aus, wie es wäre, wenn Anne wirklich krank dort liegen würde. Einmal brachte sie sich sogar zum Erbrechen, indem sie einen Finger tief in den Hals steckte, damit die angeblich kranke Schwangere echt wirkte. Das Erbrochene verteilte sie auf dem Laken und gab es in die Wäscherei. Da die Dienstboten gerne miteinander tratschten, erzählte sie ihnen, wie elend sich ihre Herrin fühlte, was ihr angesichts der Laken jeder abnahm.

Alle schienen es normal zu finden, dass sich Anne nach den Ereignissen zurückzog, und Miezie, die anfänglich Angst hatte, dass der Betrug entdeckt werden würde, konnte langsam aufatmen. Allerdings fragte sie sich, wie lange sie das Spiel noch durchhalten müsse, denn früher oder später würde jemand skeptisch werden.

Ein paar Tage zuvor hatte sie gerade noch rechtzeitig und nur ganz knapp eine Katastrophe abwenden können. Des Landgrafen Leibarzt Dr. Baldwin Vigel hatte an die Tür geklopft und, auf Befehl des Herrn, darauf bestanden, die Kranke zu untersuchen. Miezie wäre vor Schreck fast in Ohnmacht gefallen. Durch die verriegelte Tür entgegnete sie, mit zittriger Stimme und sich mit den Händen den Hals umfassend, dass Anne niemanden zu sehen wünschte. Der Arzt hob seine Stimme an und donnerte, es wäre ein Befehl vom Fürsten. Sie rannte verzweifelt im Zimmer herum, und in ihrer Panik sagte sie dann: »Werter Herr, sagen Sie bitte dem Fürsten, dass das Fräulein sich etwas anzutun droht, wenn man sie zwingt, jemanden einzulassen.« Der Arzt stand ein paar Augenblicke sprachlos da, kratzte sich am Kopf und ging unverrichteter Dinge davon. Miezie war erleichtert, aber erschöpft an der Wand heruntergerutscht und war lange Zeit, die Wange gegen die Tür gedrückt, noch so liegen geblieben.

Wie lange würde sie Annes Abwesenheit noch vertuschen können? War Martin noch am Leben? Ging es ihm besser? Würde sie gar mit ihm durchbrennen? Angst packte sie. Was, wenn Anne sie sitzen ließe und mit ihrer Hilfe nur versuchte, einen großen Vorsprung zu bekommen? Nein, warum sollte sie fliehen, dachte sie dann beruhigt. Was hätte Martin ihr und ihrem Kind zu bieten? Liebe, sagte nun eine Stimme in ihrem Kopf. Liebe konnte er ihr geben.

Und Anne liebte Martin so, wie sie selbst Hans liebte. Würde sie mit Hans durchbrennen, wenn er verbannt werden würde? Ja, wahrscheinlich. Ihre Beziehung hatte vor Kurzem erst eine neue Wendung bekommen. Vor ein paar Wochen war Hans zu ihr gekommen, um mit ihr zu reden. Er hatte sehr nervös gewirkt und schien seinen ganzen Mut zusammenzunehmen. Er hatte ihr eröffnet, die landgräfliche Erlaubnis erhalten zu haben, um zu seinem Hof zurückzukehren, wo sein Bruder ihn nun, nach dem Tod seines Vaters, brauchen würde. Danach hatte er von Pacht und Heim und Kindern gesprochen, aber sie hatte nicht alles verstanden. Nur, dass er wegmusste, sie aber nachholen würde, sobald er ein Haus auf seinem neuen Land gebaut hätte.

Nun hoffte sie, er würde erst kommen, wenn Anne wieder zurück war, denn vorher würde sie nicht weggehen können. Verträumt sah sie aus dem Fenster, glücklich über den unbeholfenen Antrag von Hans und traurig über Annes Schicksal.

Plötzlich hörte sie einen lauten, dumpfen Knall an der Tür und schrak zusammen, dass ihr Herz einen Satz machte. Was war das? Sie hatte kaum die Zeit, sich von dem Schreck zu erholen, da rumste es wieder gegen die dicke Eichentür. Rückwärts schob sie sich in die hinterste Ecke des Zimmers und starrte entsetzt auf die Tür, die bei jedem neuen Schlag erzitterte und das große Vorschiebeschloss erschütterte.

Sie nahm den schweren Damastvorhang und hielt ihn vor sich, als ob er sie vor den Eindringlingen schützen könnte. Da kam ihr eine Idee. Sie zog den Vorhang zu und versteckte sich dahinter. Mit ein wenig Glück würden sie nichts merken, und glauben, sie wäre gerade in der Küche oder in der Wäscherei.

Noch ein Schlag, dann sprang das schwere Schloss ab, und die Tür krachte mit großer Wucht auf. Miezie hörte ein Keuchen der Anstrengung, dann vernahm sie Stimmen. Ihr Herz gefror zu Eis, sie erkannte Jakobs Stimme. Sie wagte es nicht mehr zu atmen und zitterte wie Espenlaub. Ängstlich schloss sie die Augen und schickte in Gedanken Stoßgebete in den Himmel.

»Sie ist nicht hier«, sagte nun eine weibliche Stimme, die sie als die Katherinas wiedererkannte.

»Wo kann sie sein?«, hörte sie Jakob fragen.

»Kommt, ich weiß schon, wo sie zu finden ist«, lockte ihn Katherina weg, und die Tür schlug zu. Da lief es heiß an Miezies Beinen herunter, und sie schaute auf den Boden, wo sich eine Lache bildete. Ihre Blase hatte sich vor Schreck entleert. Entsetzt, aber erleichtert stieß sie die angehaltene Luft keuchend aus, wartete noch ein wenig und schob dann den Vorhang langsam beiseite. Dabei achtete sie darauf, sich die Schuhe nicht noch mehr zu besudeln. Als sie den Kopf hob, stand Jakob grinsend und mit verschränkten Armen nur wenige Schritte von ihr entfernt im Zimmer. Sie zuckte zusammen.

»Na, da haben wir sie ja«, sagte dieser gespielt freundlich.

»Was wollen Sie?«, fragte sie zu Tode geängstigt.

»Wir wollen uns nur ein wenig mit dir *unterhalten,* Miezie, unter alten Freunden«, säuselte nun Katherina, die hinter Jakob hervorkam. »Du brauchst keine Angst zu haben, komme nur mit, und dir wird nichts geschehen.«

KAPITEL 11

»Wohin du auch gehst,
geh mit deinem ganzen Herzen.«

Konfuzius (551–479 v.Chr.), chin. Philosoph

Marburg, 1539

Anne deckte Martin zu, prüfte den noch warmen Ziegel in seinem Bett, nahm den leeren Becher vom Nachttisch und zog den Vorhang der Nebenkammer zu. Es ging ihm schon ein wenig besser, aber er konnte weiterhin nicht aufstehen. Seit ein paar Wochen pflegte Anne ihn schon in Neslins Haus. Sie hatte große Angst, man könne sie entdecken, und handelte daher sehr vorsichtig.

Zu Beginn hatte sie geglaubt, die Situation nicht bewältigen zu können. Das Haus befand sich in einem furchtbaren Zustand. Dachschindeln waren vom Schnee eingedrückt, der Kamin verstopft und die Fenster teilweise kaputt. Es verweilte noch in genau dem Zustand, in dem Neslin es verlassen haben musste, nur dass es nun verwahrlost war. Sogar ihre Teetasse hatte noch auf dem Fensterbrett gestanden. Ratten hatten sich breitgemacht und alles noch Essbare verunreinigt.

Mit Liese hatte Anne eine Stelle im Wald verabredet, an der sie ihr im Morgengrauen einen Essenskorb abstellen konnte. Das tat Liese auch fast täglich, und Anne war ihr sehr dankbar dafür. Meistens fand sie Eier und einen Laib Brot darin, manchmal auch eine Süßspeise, Speck oder einen kalten Braten.

Gleich nach ihrer Ankunft hatte Anne angefangen, systematisch alles wieder einigermaßen in Ordnung zu bringen. Sie krempelte die Ärmel hoch und mistete dann alles aus. Das Mehl war mit Larven verseucht und von Ratten besudelt. Sie schmiss alles Essbare weg, außer den eingemachten Gläsern, die zumeist Obst enthielten. Dann hatte sie das Haus ausgekehrt, Spinnweben entfernt und den Boden mit Wasser und alter Asche aus dem Kamin geschrubbt. Unwichtigere Arbeiten, die etwas warten konnten, wie Wäsche waschen und die Kräuterregale inspizieren, hatte sie sich für den nächsten Tag aufgehoben. Auch das Holzhacken hatte warten können, denn sie hatte noch einen vorrätigen Restbestand gefunden.

Bevor sie sich dann endlich um Martin kümmern konnte, hatte sie noch aufs Dach steigen müssen, um den Kamin zu säubern. Die Abenddämmerung war früh hereingebrochen, und sie beeilte sich, wieder ins Haus zu kommen. Trotz der bitteren Kälte hatte sie auf Neuschnee gehofft, der die vielen Fußstapfen verdecken würde.

Martin hatte noch immer ohnmächtig dagelegen, und sein Puls war immer schwächer geworden. Wie eine Ewigkeit war es ihr vorgekommen, bis sie den Kamin mit verbleibenden Schwefelhölzern angezündet hatte. Damit Martin nicht erfror, hatte sie mehrere Ziegelsteine ins Feuer gelegt, die sie ihm dann, so schnell es ging, in Lumpen gewickelt ins Bett legte. Das hatte sie von Liese gelernt, die ihr Bett oft im Winter mit Bettpfannen bedachte und ihr erzählte, dass man früher dazu Ziegel benutzte. Als sie neben Neslins Feuerstelle solche entdeckt hatte, hatte sie sofort daran zurückdenken müssen. Dann hatte sie frische Leinentücher, die sie in einer Truhe unter dem Fenster gefunden hatte, in Streifen gerissen, Wasser aufgekocht und eine Wundsalbe aus Eiern, Speck, Rosenöl und Johanniskrautöl angerührt, so wie Neslin es ihr beigebracht hatte. Sie hatte keine Zeit, um Neslin nachzutrauern, und begab sich so schnell wie möglich an Martins Bettstatt.

Dort hatte sie das staubige Laken ausgewechselt, indem sie ihn sehr behutsam mal nach links, mal nach rechts rollte und so das Laken unter ihm ausbreiten konnte. Dann hatte sie ihn ausgekleidet, da die Hautfetzen inzwischen an dem Laken klebten, in dem Liese ihn notdürftig zum Transport eingewickelt hatte. Dann hatte Anne das warme Wasser geholt und begonnen, ihn behutsam zu waschen. Dabei hatte er leise gewimmert, was sie völlig mitnahm. Die Salbe über den ganzen Rücken verteilt, hatte sie ihn auf die Seite gelegt und ihn dann mit einem Laken und dicken Decken zugedeckt. Eine kleine Holzkiste, die sie hinter ihn auf das Bett stellte, diente ihr dazu, die Laken vom Rücken fernzuhalten.

An diesem Abend hatte sie nicht mehr die Kraft gehabt zu essen, zu weinen oder nachzudenken. Erschöpft war sie neben ihm auf dem Bett eingeschlafen und erst spät am nächsten Morgen erwacht. Es hatte tatsächlich geschneit, und die Eiseskälte war somit ins Haus gekrochen.

Seitdem hatte Anne sich an den harten Rhythmus eines ländlichen Daseins gewöhnt. Sie hatte die Fenster mit dicken dunklen Decken, an denen es bei Neslin nicht fehlte, zugehängt und die Holzverschläge von außen zugenagelt, zum einen, um sich gegen die hereinkriechende Kälte zu schützen, und zum anderen, damit der Schein des Feuers nicht zu sehen war. Sie hackte täglich Holz und legte es zum Trocknen in die Stube, zündete erst abends das Kaminfeuer an, damit man den Rauch nicht entdecken konnte, und achtete darauf, dass sie ihre Fußstapfen im Schnee wieder verwischte. Aus diesem Grund lief sie auch einen weiten Bogen im Wald, um an die Stelle des Korbes zu gelangen, der ihnen das Leben rettete.

Von Philipp wusste Anne, dass die Waldnutzung früher ungeregelt stattgefunden hatte. Doch hatte sich bald herausgestellt, dass es einer Regelung bedurfte, wenn alle genügend Brennholz und Bauholz haben wollten. Diese Regeln waren zunächst in Gewohnheitsregeln niedergelegt worden. Als Brenn- und Feuerholz hatten die Äste der Baumkronen gedient.

Im hessischen Wald, so hatte ihr Philipp weiter erzählt, gab es alte Eichen und Buchenbestände sowie die Wildobstbäume, die besonders nützlich waren. Er hatte ihr außerdem seine Besorgnis darüber anvertraut, dass der Wald nicht nur zur Energie- und Holzversorgung diente, sondern ebenfalls als Weidegebiet. Kühe und Kälber, Ziegen und Schafe bevölkerten die Wälder, durch die vor allem neu gepflanzte Jungbäume beschädigt wurden.

Dies alles wusste Anne nun und versuchte daher, so gut es ging, die Natur zu respektieren. Jedoch war das im Winter nicht unbedingt einfach, und so musste sie so manches Mal mit schlechtem Gewissen Bäume abholzen, die Philipp nicht zur Abholzung freigestellt hatte. Sie seufzte. Wenn es ums Überleben ging, dann konnte man leider auf solche Dinge nicht mehr achten, das musste Philipp eben verstehen, versuchte sie, sich in Gedanken zu rechtfertigen. An ihn zu denken, versetzte ihr einen Stich. Fehlte sie ihm? Bereute er seine Entscheidung?

Mit der Zeit ging es Martin besser, und er konnte auch schon wieder lächeln, aber Anne war bewusst, dass ihr Zusammensein irgendwann ein Ende haben musste. Wie gerne würde sie für immer so mit ihm leben. Im Sommer würde sie Beeren, Kräuter und Wurzeln sammeln, er würde auf die Jagd gehen und in der Lahn oder ihren Nebenflüssen fischen. Sie könnten sich gut selbst versorgen. Anne bereute ein wenig, Liese nicht häufiger in der Küche geholfen zu haben, denn diese Kenntnisse fehlten ihr jetzt. Überhaupt bereute sie so manch freches Verhalten, welches sie Liese gegenüber an den Tag gelegt hatte, und nahm sich vor, ihr dies zu sagen, sobald es ging. Das würde sie bestimmt freuen.

Sie fühlte sich geborgen in dem kleinen Häuschen und bangte vor dem Moment des Abschieds, denn der würde unweigerlich kommen, sobald Martin wieder reisefähig war. Dieser Moment, das fühlte sie, lag nicht mehr fern. Sie seufzte und ihr wurde schwer ums Herz. Miezie konnte zudem nicht ewig die Stellung halten, und sie wollte nicht, dass ihre treue Freundin ihretwegen Schwierigkeiten bekam. Sie setzte sich an den Tisch und streckte ihre müden Glieder von sich. Sie, die nie etwas mit angepackt hatte im Haushalt, musste nun schon seit Wochen, ganz ohne männliche Hilfe, einen Haushalt führen. Sie grinste über die Ironie des Schicksals.

Manchmal stellte sie sich vor, mit Martin zusammen wegzugehen, aber wo sollte das hinführen? Nicht nur, dass sie das Kind eines anderen in sich trug, oder zumindest konnte es von einem anderen sein, doch wie sollte sie, hochschwanger, im tiefsten Winter reisen?

Als es Martin etwas besser gegangen war, hatte sie ihm alles gestanden. Er hatte nicht überrascht reagiert, denn er hatte so etwas schon geahnt. Sie wurden sich einig, dass sie nicht mitkommen konnte, wenn er von hier floh, und sie fragte sich, ob er das überhaupt noch wollte. Er verhielt sich verschlossener und kälter. Bildete sie sich das nur ein, oder gab er ihr die Schuld an allen Geschehnissen?

So ganz falsch wäre es ja nicht, denn sie hatte ihn nicht davon abgehalten, nach Marburg zu kommen. Wer hätte ahnen können, dass so etwas Schlimmes geschehen würde? Es hätte auch anders ausgehen können. Sie schluckte die aufsteigenden Tränen herunter, denn sie fühlte, wenn sie jetzt aufgab, wäre sie verloren.

Sie holte ihr Tagebuch hervor, welches sie seit ihrem Umzug ins Schloss immer an ihren Oberschenkel festgeschnürt bei sich trug, setzte sich wieder an den Tisch und schrieb.

Liebes Tagebuch,

Hoffnung ist Leben, und wir leben. Das ist die Hauptsache. Martin lebt! Nach Folter und vollstrecktem Peitschenurteil konnte ich ihn in Neslins Haus in Sicherheit bringen. Keiner ahnt, dass wir hier sind. Doch bald müssen wir Abschied nehmen. Ich erwarte ein Kind und weiß nicht, von wem, und ich glaube, Martin verzeiht mir das nicht, auch wenn ich nicht wirklich die Schuld trage. Oder doch?

Ich würde mir gerne ein anderes Leben erfinden, in dem ich das Recht habe, mit meinem geliebten Mann in einem kleinen Häuschen zu leben und unsere Kinder aufzuziehen. Ein Leben, in dem ich ihn jeden Morgen neben mir aufwachen sehe und jeden Abend in meinen Armen halte. Es ist so ungerecht. Warum lässt Gott so etwas zu?

Philipp wird sich mit Sicherheit schon verheiratet haben. Diese Neuigkeit hatte er mir noch vor dem Urteilsspruch angekündigt. Es freut mich für ihn, denn er hat es verdient, glücklich zu sein. Aber wird er das wirklich werden? Ich weiß es nicht, denn ich glaube, er hat mich wirklich geliebt.

Und ich ihn! Habe ich vielleicht alles falsch gemacht? Was wird nun aus mir werden? Wo werde ich leben können? Ich bin verzweifelt, aber meine Zukunft ist nicht meine größte Sorge. Die gilt Martin, dass er gesund wird und sich in Sicherheit bringen kann. Und sie gilt meiner süßen, lieben Miezie. Sie hält die Stellung für uns auf dem Schloss und deckt uns. Martin, mich und das in mir heranwachsende Leben. Mein Kind, das ich trotz der Zweifel über die Vaterschaft anfange, lieb zu gewinnen. Ob es der sogenannte mütterliche Instinkt ist?

Was mich wohl am meisten schmerzt, ist das Gefühl, Martin verloren zu haben. Er lächelt mich noch an, aber nicht mehr wie früher. Er liebt mich, sicher, aber ich habe das Gefühl, seitdem er weiß, dass mich ein anderer Mann angefasst hat, bin ich ihm weniger wert. Vielleicht bilde ich mir das nur ein? Was mit mir passiert, ist mir gleich. Manchmal denke ich an meine Eltern und wie es wäre, wieder bei ihnen zu sein. Das wäre vielleicht besser für alle.
Anne

Sie schlug das Tagebuch zu, stand auf und streckte sich, die Hände in die Hüften gestemmt. Sie legte noch drei Holzscheite nach, schlurfte ins Nebenzimmer und legte sich neben Martin aufs Bett. Von der Bewegung aufgeweckt, drehte sich dieser langsam zu ihr herum, legte den Arm um sie und küsste sie auf die Stirn. Anne lag noch lange wach.

Am Morgen stand sie früh auf. Als Erstes zündete sie das Feuer wieder an und setzte Wasser für einen Kräutertee auf. Da es noch sehr früh und draußen dunkel war, konnte sie dies ohne Gefahr machen. Sie musste es erst in einer Stunde erlöschen lassen, das würde reichen, um die Stube ein wenig anzuheizen.

Sie schürte erneut das Feuer und goss den Tee in zwei Tassen auf.

In dem Moment flog die Eingangstür im großen Bogen auf, und Jakob rumpelte ins Haus. Mit gehetztem Blick schaute er sich um. »Hab ich euch endlich, jetzt geht's euch an den Kragen«, brüllte er. Vor Schreck ließ Anne den Schürhaken fallen und verbrannte sich am Fuß. »Jakob«, stieß sie entsetzt aus.

* * *

Als die in mehrere Schals gewickelte Erscheinung die Ankömmlinge erkannte, riss sie die Tür noch weiter auf und schlug sich die Hände an die Wange.

»Hänschen, mein Hänschen, Gott sei's gedankt!«

»Mutter!« Hans blickte sie betroffen an.

Er hatte eine noch halbwegs junge Frau zurückgelassen, und da stand sie nun als Greisin vor ihm. Ihre Haare waren weiß, und tiefe Falten und Furchen durchliefen ihr Gesicht. Sie raffte ihr Umschlagtuch fester um die Schultern und kam vorsichtig über den vereisten Boden auf ihn zu. Hans hätte weinen wollen. War er denn so lange weggeblieben? Er nahm sie in die Arme und drückte sie an sich. Ihr abgemagerter Körper zitterte, und er schloss sie noch fester an sich und grub das Gesicht in ihre Schultern. Tränen liefen ihm gegen seinen Willen über die Wangen.

»Junge, mein Junge. Wie gut, dass du da bist. Nun wird alles wieder gut … Nun komm erst mal rein in die Stube.«

Joachim sah der Szene verächtlich zu, wandte sich ab und brachte die Pferde zu den Ställen. Seine Kumpane folgten ihm. *Der Lieblingssohn ist wieder da,* spöttelte er innerlich. Diese Gefühlsduselei ging ihm auf die Nerven. Als Kind war er immer eifersüchtig auf seinen kleinen Bruder gewesen und auf die Nähe, die Hans mit seiner Mutter verband. Sie hatten oft zusammen gewitzelt und gelacht, doch mit dieser Art kindischem Humor hatte er noch nie etwas anfangen können. Ihm waren die zotigen Späße in Wirtsstuben lieber. Auch Plätzchenbacken mit seiner Alten war nicht so seine Sache. Daher hatte er das gerne *Hänschen* überlassen, so wie auch die anderen, niedrigen Aufgaben am Hof. Er selbst streunte lieber mit den Pächterssöhnen in den Wäldern umher und spielte mal Ritter, mal Räuber.

Hans stellte fest, dass sich zumindest in der Stube nicht viel verändert hatte. Es roch wie früher nach Gebäck und frischem Leinen, und sie war noch genauso anheimelnd. Er putzte seine Füße am Eingang ab und trat ein. Seine Mutter nahm ihm den Übermantel ab und bat ihn, sich zu setzen.

Als auch sein Bruder und dessen Begleiter mit Met versorgt waren, nahm Hans seinen ganzen Mut zusammen. »Was ist hier vorgefallen? Warum ist der Hof so verlassen?« Er blickte von Joachim zu seiner Mutter und registrierte, dass sie den Blick senkte.

Die Pächterssöhne wandten sich nach einer Kopfbewegung

Joachims zur Tür, denn nun wurden Familienangelegenheiten besprochen, die sie nichts angingen.

Sein Bruder wartete ab, bis sie fort waren, und plusterte sich dann auf. »Es ist eben nicht jeder zum Bauernlümmel geboren.«

Die Mutter schaute ihn empört an. Hans runzelte die Stirn.

»Als Vater – Gott sei seiner Seele gnädig – krank wurde, musste ich den Hof alleine führen. Du weißt ja, wie es um mich als Bauer steht, Bruderherz. Ich habe mein Bestes getan, doch dann kamen Missernten, und unsere Pächter konnten ihre Abgaben nicht mehr zahlen. So musste ich Tiere verkaufen, Knechte und Mägde entlassen, damit wir halbwegs die hohen Ausgaben der Instandhaltung und Verpflegung des Hofes sowie die Abgaben an den Landesherrn bewältigen konnten. Vater siechte langsam dahin, und die Hände waren mir gebunden …« Er stockte und schaute verschämt weg.

Die Mutter seufzte und fummelte schluchzend an der kleinen Spitzentischdecke herum.

»Und warum habt ihr mich nicht früher geholt, ich …« Hans hielt inne, denn es musste sich so anhören, als würde er sich für den *Retter* halten. Das kam ihm unerhört vor, aber das schien genau der Fall zu sein.

»Wie gesagt, Brüderchen, mir waren die Hände gebunden.«

»Dein Vater lehnte es vehement ab, dich zurückholen zu lassen«, schluchzte seine Mutter auf.

»Ist schon gut, Mutter, nun bin ich ja da.« Er tätschelte ihre Hände, die immer noch nervös am Tuch herumhantierten. Sie hielt inne und schaute ihn an, Hoffnung glomm in ihren Augen auf.

»Jo, was gedenkst du also zu tun?« Hans hielt die Spannung und die Ungewissheit nicht mehr aus. Er dachte an all die Pächter, die mit Sicherheit hungerten, und ihm wurde klar, dass er in der Falle saß. Egal was sein Bruder nun vorschlagen würde, er musste akzeptieren und sein Bestes geben. Er dachte angestrengt nach. Genau genommen würde es ihn wundern, wenn sein Bruder ihn kommandieren würde, denn dieser verstand nichts von Landwirtschaft. Hans hingegen war im Stall aufgewachsen.

»Ich überschreibe dir den Hof!«

Hans riss die Augen auf und versuchte, seine freudige Überraschung zu dämpfen. Wenn sein Bruder dazu veranlasst war, so musste es wirklich schlecht um das Gut stehen und nichts mehr abwerfen. In seinem Kopf schossen Hunderte von Gedanken durcheinander, und ihn überkamen Hitzewallungen. Er versuchte, gelassen zu wirken.

»Unter einer Bedingung«, setzte Joachim fort.

»Die da wäre?«

»Sobald das Gut wieder Gewinn einbringt, zahlst du mir eine monatliche Rente, die es mir erlaubt, meine Rüstung instand zu halten und auch sonst ein angenehmes Leben zu führen.« Er grinste.

Am liebsten hätte Hans ihm seine Faust ins Gesicht geschlagen.

»In Ordnung«, presste er beherrscht heraus. »Du hast hier dann aber nichts mehr zu sagen, und außer als Besucher will ich dich hier nicht um mich wissen.«

»Keine Sorge, Hänschen, ich lasse dich und Muttchen alleine.«

Hohn lag in seiner Stimme, und seine Mutter schüttelte stirnrunzelnd den Kopf. »Junge, hast du es immer noch nicht begriffen? Lass uns nicht streiten, ich bin so erleichtert, dass unser Jüngster endlich zurückgekommen ist, also wahre bitte den Frieden …«

»Ist schon gut, Mutter, ich werde den Frieden nicht mehr lange stören. Ich habe andere Pläne«, fuhr Joachim ungerührt fort. »Endlich kann ich von diesem vermaledeiten Hof weg. Endlich kann ich meiner eigentlichen Bestimmung nachgehen und Ritter werden.«

Hans nickte nur und schaute zu seiner Mutter, deren Mundwinkel verdächtig zuckten. Mit ihrem Lächeln schienen ihre Fältchen zu verschwinden, und Hans meinte, die junge, energische Frau, die er als seine Mutter kannte, wiederzuerkennen.

* * *

»Ja, meine Anne, ich bin's«, sagte er sarkastisch. »Hab ich dir gefehlt?« Er lachte ätzend und hielt sich die Wange.

»Was ist mit Ihnen?«, fragte sie, Besorgnis heuchelnd.

Jakob stutzte. War es möglich? War es möglich, dass er ihr nicht gleich war?

Anne merkte, wie ihn ihre Bemerkung verunsicherte. »Kann ich Ihnen helfen, Jakob?«, fragte sie nun fast freundlich.

Jakob hielt sich erneut die Wange und bewegte etwas unbeholfen seinen Unterkiefer.

»Verdammte Zahnschmerzen«, stöhnte er und schaute sie misstrauisch an. Wie konnte sie ihm schon helfen? Dann kamen ihm die Gerüchte wieder in den Sinn, Anne würde die Kräuterkunde beherrschen. Auch wenn ihn das im normalen Zustand abgeschreckt, ja sogar angewidert hätte, so hatte er solche Schmerzen, dass er sich jetzt beinahe sehnlichst wünschte, sie würde über solche Kenntnisse verfügen.

Anne erkannte ihre einzige Chance und nahm ihren ganzen Mut zusammen. »Ich kann dir helfen, wenn du das möchtest«, sagte sie so gelassen wie möglich und schlürfte an ihrem heißen Tee.

»Du glaubst wirklich, ich lasse mich von dir einlullen?«, fragte er sie höhnisch. »Wo ist der Hurenbock? Ich werde jetzt mit euch beiden abrechnen.« Er ging auf sie zu und stieß ihr die Tasse aus der Hand, die scheppernd zu Boden fiel.

Sie sah seinen schmerzverzerrten Blick. Sie musste sich etwas einfallen lassen. »Jakob, warum willst du mir Böses? Du hast doch von mir bekommen, was du wolltest. Willst du es wieder?«

»Nein, ich will deinem verdammten Hurenbock die Kehle durchschneiden, so wie er es verdient hat.« Wieder griff er sich an die Wange.

»Jakob, tu es. Er ist mir egal, er liegt im Sterben, kein Mensch kann ihm mehr helfen. Es wäre vielleicht Erlösung für ihn«, log sie. »Aber wenn du mich tötest, vergreifst du dich auch an deinem Sohn.«

Jakob schaute unwillkürlich auf ihren schon gut gewölbten Leib. »Mein was?«, fragte er ungläubig.

»Deinen Sohn, ja, Jakob, du hast richtig gehört. Ich wollte zu dir, sobald das hier fertig ist, um es dir mitzuteilen. Verfahre mit mir, wie du möchtest. Den da«, sie zeigte mit dem Kopf in Richtung Nebenkammer, »den schenk ich dir.« Sie hoffte inbrünstig, dass Martin nebenan wach lag und verstand, warum sie das tat. Sie wusste, er war zu schwach, um aufzustehen, und mit seiner Hilfe konnte sie nicht rechnen. Ihre einzige Waffe blieb die List.

Jakobs Gesicht verzerrte sich erneut krampfartig, und er stöhnte auf.

»Lass mich dir doch helfen, du sturer Bock«, kam es aus Anne heraus, selbst ein wenig überrascht über ihre Kessheit.

»Du hast ihn geliebt«, warf er ihr misstrauisch vor.

»Ja, das stimmt. Ich möchte aber, dass mein Kind mit seinem richtigen Vater aufwächst, und da kannst du mir mehr bieten als ein Sattler, meinst du nicht auch? Immerhin bist du Jakob von Traubenheim, und er«, sie deutete wieder auf das Nebenzimmer, »ist ein Niemand.«

Jakob gefiel, was er da hörte, es leuchtete ihm ein, und er nickte zustimmend.

»Und wer sagt mir, dass es nicht der *Bankert* vom Fürsten ist?« Er schaute sie mit zusammengekniffenen Augen an.

Anne zeigte sich aufrichtig überrascht. »Wo denkst du hin, Mann? Der Fürst hat mich nie angerührt«, empörte sie sich.

Nun schien Jakob überrascht. Er dachte nach. Wenn nur diese verdammten Zahnschmerzen nicht wären, er konnte kaum einen klaren Gedanken fassen.

»Philipp, ich meine, der Landgraf wollte mich ehelichen, und zwar als Jungfrau. Da ich aber schwanger war, konnte er das nicht mehr.«

Das leuchtete Jakob ein. Das erklärte auch den Hass, den er in Philipps Augen gelesen hatte. Sie war noch nicht sein gewesen, er hatte sie sich aufgehoben. Deswegen war er aus Marburg abgereist, ohne mit ihm auch nur ein Wort zu sprechen. »Und der Knilch da drüben?« Jakob zeigte mit einer Kopfbewegung zu Martin. »Er könnte doch auch der Vater sein, du Schlampe! Ich habe euch zusammen gesehen.« Alleine bei dem Gedanken daran kochte die Wut in ihm wieder hoch, und sein Zahn pochte dadurch noch mehr.

»Der da? Wie soll er mich geschwängert haben, Jakob? Der lag die letzten Monate im Kerker. Hast du meinen Bauch wohl nicht richtig angesehen? Er *kann* gar nicht der Vater sein! Rede dich da mal nicht heraus. Es ist *dein* Junge, der in mir wächst, *dein* Blut!«, setzte sie noch einen drauf.

Jakob versuchte angestrengt, nachzudenken. Wenn er Anne ehelichen würde, was geschah dann mit Katherina? Er hatte ihr sein Wort gegeben. Ob er wie der Landgraf auch zwei Ehen eingehen könnte? Die Idee gefiel ihm.

»Nun mach schon und hilf mir, ich halts im Kopf nicht mehr aus«, stöhnte er und ließ sich auf einen Stuhl am großen Küchentisch fallen.

Anne nahm zwei neue Tassen, füllte Kräuter hinein und goss sie mit dem verbliebenen heißen Wasser auf. Sie brachte ihm die Tasse. »Vorsicht, heiß«, sagte sie fürsorglich und lächelte, dann setzte sie sich zu ihm.

Jakob schaute sie misstrauisch an. »Trink du zuerst!«, befahl er.

Damit hatte sie gerechnet. Sie nahm seine Tasse und schlürfte zwei Schlucke hörbar hinunter.

Er brummte zufrieden und fing an zu trinken. Als er die Tasse abstellte, brachte Anne erneut Wasser zum Kochen und gab Kamille in die Tasse.

Jakob erhob sich und schaute sich in der Stube um. »Unglaublich, es geht schon besser.«

»Hier mache ich dir noch einen, damit es anhält.« Sie reichte ihm die dampfende Tasse, und Jakob, vom Nachlassen der Schmerzen begeistert, schlürfte zufrieden alles aus, während Anne ein kleines Fläschchen unter einem Lappen verschwinden ließ. »Was willst du mit deinem Sohn tun?«

»Na, ich werde dich heiraten«, sagte er und fasste sich an den Kragen. »Gott, ist es heiß hier.« Er stand auf und ging zur Tür. Als er sie aufriss, strömte eiskalte Luft in die Stube. Jakob wurde rot im Gesicht.

Er drehte sich langsam zu Anne um und schaute sie scharf an. »Du kleine Kröte, was hast du mir da hineingemischt?«

* * *

Endlich war es so weit. Katherina jubelte. Sie hatte so lange auf diesen Moment gewartet, dass sie ihn nun ganz bewusst auskosten wollte. Noch nie hatte sie Jakob so in Wut gesehen. Ihre Fantasien gingen mit ihr durch. Wie gerne wäre sie dabei gewesen, wenn Jakob mit ihr kurzen Prozess machte, und wie schade, dass er mit

Miezie so schnell fertig gewesen war, da Jakob nur noch zu *ihr* wollte. Gerne hätte sie die Genugtuung über Miezie länger ausgekostet.

Vor ihrem inneren Auge sah sie Gewaltszenen, die ihr Blut in Wallung brachten.

Wenn er doch nur schon wieder zurück sein würde, damit er ihr seine Rache in allen grausamen Einzelheiten schildern konnte. Sie lachte laut auf.

Schlendernd ging sie von einem Fenster zum anderen und starrte über die Dächer in die Ferne.

Wenn das Biest erst mal beseitigt war, gäbe es für sie und Jakob keine Hindernisse mehr. Eigentlich war es lächerlich, sich von so einer nichtssagenden Person das Leben verderben zu lassen.

Eines musste man diesem Luder lassen – aus welchem Grund auch immer –, die Herren hingen an ihr. Dieses Wissen nagte an Katherina. Sie versuchte, den Gedanken abzuschütteln, denn sie wollte ihren Triumph auskosten und nicht in lächerlichen Ängsten zergehen. Katherina schnaubte.

Blöde Gans! Sie hätte den Landgrafen haben können. Man hatte ihm angesehen, dass er vernarrt in sie war, und zwar wahrhaftig. Sie musste gestehen, sie hatte ihn noch nie so erlebt, und an schönen Frauen am Hof mangelte es nun wirklich nicht.

Anstatt also den Landgrafen zu ehelichen, hat sie sich in die Arme eines Knechtes geschmissen und den landgräflichen Schutz somit verwirkt. Aus *Liebe*, ha! Wie naiv!

Sie ging an ihrem Spiegel vorbei und hielt kurz inne. Sie hatte sich verändert. Durch die Geschwüre, die sie davon bekam, konnte sie kein Bleiweiß mehr auflegen, und die Augen durfte sie auch nicht mehr verschönern. Am Anfang hatte sie sich nicht gefallen und es kaum gewagt, aus ihrem Gemach zu gehen. Nur die wilde Lust in ihr, Jakob zu besitzen, hatte sie dazu gebracht. Und überraschenderweise schien er sie so viel schöner zu finden. Nun hatte sie sich daran gewöhnt, und solange er ihr Meister blieb, würde es ihr reichen. Was wollte sie noch mehr? Sie hatte mit ihm alles, was sie brauchte. Nur eines fehlte ihr noch: die offizielle Anerkennung! Aber das würde nun auch geschehen, sie hatte sein Wort darauf bekommen. Trotz ihres Hochgefühls und ihrem Versuch, die aufsteigenden Zweifel fortzuwischen, kamen die eifersüchtigen Gedanken immer wieder dazwischen. Sie krochen in ihr hoch wie ein giftiger Wurm, der sich durch einen Apfel fraß und immer dicker wurde. Denn Jakob schien verrückt nach dieser Bauerndirne. Was für eine Schmach.

Konnte er es nicht wie mit den anderen halten? Sie einfach mal kräftig vögeln und dann abschieben? Katherinas Magen krampfte sich zusammen bei der Vorstellung, dass er dazu nicht in der Lage zu sein schien. Er hatte diese Ziege hinter ihrem Rücken wochenlang genommen und nicht mit ihr geteilt. Wie sollte sie das auffassen? Sie hatten ein Abkommen gehabt, einen feierlichen Eid geschworen. Er hatte ihr versichert, sie nie zu betrügen, außer wenn sie zusah. Und das war kein Betrug, das war ihre Macht über ihn. Also warum musste er diesen heiligen Eid brechen? Sie wusste es, er blieb Anne verfallen. Oh Gott, ja. Er liebte sie! Die Erkenntnis schmerzte sie so sehr, dass sie sich keuchend auf einen Sessel fallen ließ und sich wand.

Sie hätte mitgehen sollen. Sie hätte ihn nicht mit ihr alleine lassen sollen …

Katherina haderte mit sich selbst. Warum dieser Streit, warum hatte sie ihm die kalte Schulter gezeigt und die stolze Prinzessin gespielt? Jakob war ein Mann, über den sie Macht haben konnte, aber nur, wenn er es selbst nicht wusste.

Mit hysterischen Szenen kam sie bei ihm nicht weiter, das war ihr bewusst, und trotzdem konnte sie es nicht lassen.

Er hatte Katherina sein Ehrenwort gegeben, sie zu ehelichen, sie reckte ihr Kinn stolz in die Höhe. Warum sollte er das brechen?

Aber was war sein Ehrenwort wert? Ihr schauderte.

Am liebsten wollte sie ihm folgen. Doch grauste ihr vor dem, was sie dann sehen würde.

Sie hätte jetzt bei ihm sein können. Sie hätte den Sieg über Anne auskosten und mit ihm gemeinsam das Werk vollenden sollen.

* * *

»Was redest du da, Jakob?«, sagte sie gelassen. »Es ist ein Schmerzmittel, das als Nebenwirkung Hitzewallungen hat, das ist alles. Der Schmerz ist doch weg, oder nicht?«

»Ja, das stimmt.« Er fing an, verschwommen zu sehen. Große Schatten huschten an ihm vorbei, dann krachte er zu Boden.

Anne rannte zu ihm hin und tastete nach seinem Puls. Sein Herz raste. Die Augen weit geöffnet, wirkten seine Pupillen riesig, die typische Wirkung der Tollkirschen, von deren Saft sie eine große Menge in die zweite Tasse geschüttet hatte. »Gott, vergib mir«, stammelte sie. Sie rannte zu Martin.

Der hatte sich im Bett aufgesetzt und schaute sie ruhig an. »Du hast das einzig Richtige getan«, sagte er zu ihrer Erleichterung.

Alles schien immer nur einfach mit ihm, das war es, was sie so an ihm liebte. Sie verstanden sich ohne viele Worte.

Es dauerte nicht lange, da verfiel Jakob in ein Koma, und wenige Stunden später entschlief er. Martin, der sich nur mit aller Mühe aufraffen konnte, half Anne in der folgenden Nacht, Jakobs leblosen Körper in das alte verklebte Laken einzuwickeln und zu vergraben.

Sie fanden sein Pferd ungefähr 100 Fuß vom Haus entfernt an einen Baum angebunden. Martin nahm es und brachte es zum Haus.

Beide sahen sich an und wussten, dass es nun so weit war. Man würde Jakob bald vermissen und nach ihm suchen. Sein Pferd durfte nicht gefunden werden, und es bot Martin eine gute Gelegenheit, hier wegzukommen. Zu Fuß, mitten im Winter, hatte er so gut wie keine Chancen, lebend irgendwo anzukommen. Zu Pferd schon.

Anne wickelte ihm den Laib Brot aus Lieses Korb in ein Tuch, zusammen mit den Eiern, die sie vorher hart gekocht hatte, Bratenresten, Speck und Käse. Auch Jakobs gefüllten Geldbeutel konnte Martin mit auf seine Reise nehmen, das sei nur gerecht, meinte Anne.

Die Stimmung war betrübt, und sie wagten es nicht, sich anzuschauen oder zu sprechen. Beide beobachteten den anderen aus dem Augenwinkel, wenn dieser gerade nicht hinschaute. Sie vergruben die am Sattel hängenden Habseligkeiten, die auf die Identität des Ritters hätten schließen können, und aßen dann zusammen, ohne wirklichen Appetit, zu Abend. Die ganze Nacht hielten sie sich wortlos in den Armen, jeder abwechselnd von Weinkrämpfen geschüttelt.

Noch vor Anbruch des Tages verband Anne ihm ein letztes Mal den Rücken, hauchte ihm einen Kuss auf die Schulter, und er zog sich das von ihr genähte Hemd über den Kopf. Aus dicken Samtgardinen hatte sie ihm auch ein Wams geschneidert, und er warf sich Jakobs weiten Mantel über die Schultern. Anne fand ihn bildschön, und ihr Herz krampfte sich zusammen. Sie begleitete ihn zum Pferd, dem er sanft über die Flanke streichelte, und Anne ertappte sich dabei, auf das Pferd eifersüchtig zu sein.

Weiße Wölkchen bildeten sich durch ihren Atem, und ihre Gesichter drohten einzufrieren, so klirrend kalt war die Nacht. Panik stieg in ihr auf. »Nimm mich mit, Liebster«, flehte sie.

Martin schaute sie an und nahm ihr schönes Gesicht zwischen seine noch warmen Hände. »Denke an dein Kind, denk an dich.

Ich habe euch nichts zu bieten, Anne. Wenn ich kann, lasse ich dich holen. Ich werde mich nach Frankfurt durchschlagen, wenn ich es schaffe. Bitte, Liebste, mache es mir nicht schwerer, als es ist. Mit dir hätte ich große Sorgen, denn es kann viel auf dem Weg geschehen.« Er schaute ihr direkt in die Augen, und sein Blick war voller Liebe.

Anne wusste, dass er recht hatte.

Aus einem kleinen Innenbeutel seiner Beinlinge holte er ein gefaltetes Seidenpapier heraus, drückte es ihr in die Hand und schloss seine Finger um die ihren. »Öffne es erst später«, bat er sie.

Dicke, runde Tränen kullerten aus ihren Augen, ohne dass sie diese zurückzuhalten vermochte. Sie versuchte, sich zusammenzureißen, steckte das Blatt in ihr Mieder und nickte tapfer.

Martin küsste sie sanft und lange auf den Mund, zog sie an sich und hielt sie eine lange Weile im Arm. Auch ihm liefen die Tränen aus den Augen, und er verfluchte das Schicksal, welches sie nun trennen würde. »Lebe wohl, meine Anne.«

»Lebe wohl, Martin, mein Leben«, schluchzte sie.

Er ließ sie los, stieg auf und ritt an, ohne sie noch einmal anzusehen. Er wäre sonst nicht weggekommen.

Anne stand schluchzend im Schnee, fühlte keine Kälte mehr, nur noch Kummer und Trauer.

Im beginnenden Morgengrauen hoppelte ein Schneehase über die Lichtung und schlug Haken, als das Pferd sich näherte. Martin erreichte den gegenüberliegenden Waldrand, drehte den Hengst noch einmal herum, verblieb einen Augenblick in dieser Stellung und schaute zu Anne zurück. Er hob seine rechte Hand zum Gruß und ritt davon.

Anne fiel auf die Knie in den kalten Schnee, das Gesicht in den Händen verborgen, und weinte wie noch nie in ihrem Leben. Sie weinte um Martin, um sich, um ihre Liebe, um ihr Kind, sogar um

Philipp, dessen Gesellschaft ihr fehlte, und zuletzt weinte sie darum, zur Mörderin geworden zu sein.

* * *

Liebes Tagebuch,

er ist weg. Mein Martin. Weg! Ich habe ihn gesund gepflegt, und er ist auf Jakobs Pferd davongeritten. Es musste sein. Er musste sich retten, und ich muss hierbleiben und für mein Kind sorgen. Er sagt, er käme wieder, aber ich glaub es nicht recht.

Ich habe Jakob auf dem Gewissen. Ich hatte keine andere Wahl, denn unser beider Leben war bedroht. Aber es lastet schwer auf mir, auch wenn ich es wieder tun würde.

Heute früh ist Martin ins Unbekannte geritten und hat mich hier zurückgelassen. Ich weiß, dass er mich liebt, und doch, ein Wort von ihm hätte genügt, und ich wäre mit ihm gegangen. Das Wort blieb jedoch aus. Er schien so vernünftig, und er erklärte mir, dass ich an das werdende Leben in meinem Bauch denken müsse und er ohne mich mehr Überlebenschancen hätte. Er hat mit Sicherheit recht, aber es tut so weh.

Ich werde nun ins Schloss zurückkehren und Miezie erlösen, damit sie mich nicht mehr zu decken braucht. Ich habe das Leben mit Martin in Neslins Haus geliebt, auch wenn die Umstände weniger schön waren, durfte ich für kurze Zeit das Leben meiner Träume leben, mit dem Mann meines Lebens. Ich werde nie wieder hierherkommen, denn das Haus verbinde ich nun mit zwei Menschen, die ich liebte und die mich verließen. Sie taten es nicht

freiwillig und bestimmt nicht ohne Trauer, aber die Erinnerungen sind zu lebendig und die Leere zu groß. Lebe wohl, Martin, lebe wohl, Neslin. Ich liebe euch.
Anne

Anne schloss langsam das Buch, klemmte es sich wieder unter ihren Rock, blickte sich wehmütig um und verließ schnellen Schrittes das Haus. Sie sehnte sich nach einem frischen Kleid, denn das, welches sie sich von Neslin genommen hatte, war an manchen Stellen von Motten zerfressen und staubig. Es ähnelte eher einem Lumpen oder einem weiten Altarkleid, welches sie sich mühsam um den Körper hielt.

Sie achtete darauf, die Seitenpfade zu benutzen, denn sie wollte ungern in diesem Zustand gesehen werden. Am liebsten hätte sie die Nacht abgewartet, aber das schien ihr nicht möglich. Unbewusst zog sie sich ihren Schal fester um den Kopf, sodass nur noch die Augen zu sehen waren.

Der festgefrorene Pfad schlängelte sich durch den Wald. Angestrengt schaute sie nach unten, um allzu rutschigen Stellen aus dem Weg zu gehen.

Als sie den Kopf kurz hob, sah sie in der Ferne etwas Dunkles im Schnee liegen.

Ihr erster Reflex war, sich zu verstecken, und sie sprang hinter den nächsten Baum und ging in die Hocke.

Sie wartete ab. Nichts geschah. Was konnte das sein? Ein Tier? Ein alter Mantel, den jemand im Schnee vergessen hatte? Das kam ihr seltsam vor.

Sie hielt den Atem an und horchte. Angst stieg in ihr hoch. Lauerte ihr jemand auf? Sie zog ihr Kleid und den Schal instinktiv noch enger um sich. Außer dem Knacken der Baumkronen konnte sie nichts hören. Nach einiger Zeit, ohne dass etwas passiert war, lugte sie vorsichtig aus ihrem Versteck hervor. Sie kniff die Augen zusammen, um schärfer sehen zu können. Nichts bewegte sich. Sie schlich langsam vorwärts, versteckte sich aber hinter jedem Baum und hangelte sich so langsam vor.

Nun stand sie nur noch zehn Fuß von der Stelle entfernt. Vorsichtig beugte sie sich vor und nahm eine Menschengestalt wahr. Als sie näher kam, wusste sie, um wen es sich handelte. Ihr wurde abwechselnd heiß und kalt, und ihr Herz fing an zu rasen.

* * *

Seine Mutter stand wie früher am Ofen und buk Plätzchen. Hans fühlte sich heimelig. Sie hatten die Übergabepapiere unterschrieben, und Joachim hatte sich verpflichtet, auf das Gut völlig zu verzichten. Hans konnte sein Glück immer noch nicht fassen. Er würde wohl einige Zeit brauchen, um sich an die Tatsache zu gewöhnen, Großgrundbesitzer zu sein.

Er war nun der alleinige Herr über den Rosenhof, der sich seit Jahrhunderten im Besitz seiner Familie befand.

Auch seine Mutter blühte auf. Zwar würde es noch dauern, bis das Gut wieder etwas abwarf, und die Zeiten würden hart werden, aber er wollte kämpfen. Nicht gegen Ritter, sondern gegen Hunger und Missernten.

Er war schon von Pacht zu Pacht geritten, hatte die missmutigen Bauern begrüßt und versucht, ihnen Mut zuzusprechen. Doch das schien nicht so einfach, wie er sich das vorgestellt hatte. Diese Menschen brauchten keine leeren Worte, sondern eine warme Suppe auf dem Tisch. Er hatte sich also entschlossen, das wenige, was ihnen noch blieb, mit seinen Pächtern zu teilen. Morgen würde das Austeilen von Grundlebensmitteln beginnen. Seine Mutter war einverstanden und verstand seine Geste. Denn wie sollte man ein Gut retten, wenn die Arbeitskräfte nicht mehr in der Lage waren, ein Werkzeug anzuheben?

Er würde doppelt so hart arbeiten müssen, doch das machte ihm nichts aus. Im Gegenteil. Endlich hatte er den Sinn seines Lebens wiedergefunden, und er wusste, dass er die Aufgabe bewältigen würde.

Sein Bruder hatte nur den Kopf geschüttelt und ihn einen Dummkopf gescholten. »Wie willst du über den Winter kommen, wenn du alles teilst?«, hatte er ihn gefragt und verschwand. Er hatte seine Sachen zusammengepackt, sich von der Mutter verabschiedet und war davongeritten. Wäre das Gut ein Lebewesen, so hätte man es förmlich aufatmen hören können.

Hans jedenfalls fehlte er nicht. Auch seine Mutter schien nicht wirklich traurig zu sein.

Sie drehte sich nun zu ihm um und lächelte ihn an. »Willst du abschmecken?«

Er nickte, stand auf und leckte den Teig vom ihm hingehaltenen Löffel. »Hmm, lecker, Mutti.« Er küsste sie zärtlich auf die Wange.

Er wagte einen Vorsprung. »Mutter, ich würde gerne mit dir über etwas reden.«

»Ja, nur zu, mein Junge. Bei allem, was passiert ist, wird es wohl kaum noch etwas geben, was mich erschüttern könnte«, meinte sie augenzwinkernd.

Er grinste. »Erschütternd ist es eigentlich auch nicht.«

Neugierig sah sie ihn an.

»Ich werde heiraten«, brachte er nun mutig hervor.

»Wie schön!« Sie schlug die Hände zustimmend zusammen und umarmte ihn stürmisch. »Wer ist sie? Wie heißt sie?«

»Sie heißt Miezie, und sie ist eine Magd am Hofe des Landgrafen.«

»Ja, dann hole sie doch her. Jetzt bist du der Herr«, antwortete seine Mutter bestimmt.

»Ich weiß nicht, was noch geschehen wird, und ich möchte ihr kein hartes Leben zumuten.«

Seine Mutter nickte verständnisvoll.

»Nicht, dass ihr Leben besonders einfach am Hof wäre, aber hungern muss sie dort wenigstens nicht.«

»Dann freue ich mich umso mehr auf den Frühling, denn dann werde ich hoffentlich meine zukünftige Schwiegertochter kennenlernen.« Damit drehte sie sich wieder zu ihrem Teig und summte zufrieden vor sich hin. »Doch, Hans?«

»Ja, Mutter?«

»Wenn sie aber deine Frau werden möchte, muss sie sich an schwierige Zeiten gewöhnen.«

Hans nickte gedankenverloren vor sich hin. »Ja, Mutter, da ist was dran.«

* * *

»Mieziiiie!« Sie hörte ihre eigene Stimme laut durch den Wald hallen und erschrak. Anne rannte zu ihrer Freundin und warf sich neben sie in den Schnee, wo Miezie zusammengekauert wie ein Häufchen Elend lag. Anne konnte nicht fassen, was sie da sah. Sie untersuchte das verfrorene Mädchen und stellte fest, dass sie atmete. Erleichterung überkam sie. Doch Miezie schien unter starker Unterkühlung zu leiden. Anne rubbelte sie von unten bis oben ab. »Miezie, Miezie!« Sie schüttelte das Mädchen und rubbelte weiter.

»Aufhören«, wimmerte Miezie plötzlich schwach. »Aufhören, das tut weh.«

Aber Anne hörte nicht auf. Es war ein gutes Zeichen, wenn es wehtat, denn das hieß, dass das Blut wieder ins Fließen kam. Miezie richtete sich empört auf.

»Nein, ich werde dich hier nicht erfrieren lassen. Steh endlich auf, ich bringe dich in mein Haus.«

»Anne, ich …«

»Nichts da. Ich dulde keinen Widerspruch.«

Resigniert ließ Miezie das Rubbeln und das schmerzhafte Kribbeln in den Gliedern über sich ergehen. Sie hatte nur noch sterben wollen vor Scham und Trauer.

Sie hatte sich an ihrer Freundin schuldig gemacht, und nun wurde sie ausgerechnet von Anne gerettet.

Miezie sank in sich zusammen, doch Anne ließ ihr keine Chance und keine Zeit, sich selbst zu bemitleiden. Miezie wurde das Rubbeln so leid, dass sie sich schließlich mühsam aufrichtete und langsam, von Anne gestützt, voranschritt.

»Anne, ich …«

»Pscht!«

»Aber …«

»Das kannst du mir alles zu Hause erzählen. Jetzt behalte deine Kraft zum Laufen, denn ich möchte nicht, dass uns jemand sieht.«

Eigentlich hatte sie ins Schloss zurückkehren wollen, doch nun waren sie bei ihrem Onkel wohl erst einmal besser aufgehoben. Sie hatte ja sowieso nur Miezies wegen ins Schloss zurückgewollt.

Nach einigen Verschnaufpausen und einem mühseligen Weg kamen sie endlich im Stadthaus ihres Onkels an. Niemand hatte sie bemerkt. Als Liese Geräusche auf dem Hof wahrnahm, schaute sie durch das Fenster, sah die beiden Mädchen kommen und eilte ihnen entgegen, um die humpelnde Miezie von der anderen Seite zu stützen. Anne seufzte vor Erleichterung. Erst jetzt bemerkte sie, dass Miezies Kleider zerrissen an ihr herunterhingen. Sie ahnte Schlimmes.

Langsam konnte sie sich die Geschichte zusammenreimen. Wie sonst hätte Jakob wissen sollen, wo sie sich aufhielt? Oje.

Angstvoll starrte sie ihre Freundin an.

»War das Jakob?«

Das Mädchen nickte.

»Hat er …?« Sie wagte den Satz nicht auszusprechen.

»Nein«, schluchzte Miezie. »Ich habe euch verraten, Anne, ich hatte solche Angst vor ihm und vor Katherina …« Miezie fiel es schwer, daran zurückzudenken.

In der Küche setzten sie sich auf die Bank, und Liese servierte heiße Milch.

»Trinkt! Ihr seht beide so aus, als würdet ihr eine Stärkung brauchen.«

Dankbar nahmen die Mädchen das heiße Getränk entgegen.

Miezie berichtete nun, was geschehen war. Erst stockend, dann immer flüssiger.

Wie Jakob und Katherina auf einmal in Annes Gemach eingebrochen waren und sie erwischt hatten, wie sie dann in eine Kammer verschleppt und ausgehorcht worden war.

Sie erzählte von den entsetzlichen Geräten, die auf dem Bett ausgebreitet lagen, und wie Katherina diese sanft streichelte und Jakob fragte, mit welchem er anfangen wolle.

»Da verlor ich die Nerven und gestand alles, Anne, alles. Ich habe euch verraten … es tut mir so leid, ich hatte solche Angst.« Schluchzend ließ Miezie den Kopf hängen.

»Ist schon gut, armes Kind, ist schon gut.« Liese strich ihr über den Kopf.

Anne nahm Miezies Hände. »Du bist die einzige Freundin, die ich noch habe, und du hast mehr für uns getan, als du dir vorstellen kannst. Dank dir ist Martin davongekommen …«

»Ist das wahr?«, unterbrach Miezie sie und fing gleich wieder an zu schluchzen, diesmal aus Erleichterung.

»Ja, Miezie, er ist gerettet«, sagte Anne nun wehmütig, denn er war am Leben, doch für sie verloren. »Ohne dich hätte ich ihn nie so ungestört und lange pflegen können. Du hast alles richtig gemacht. Ich hätte auch keine Folter durchgehalten.«

Wieder beruhigt, fuhr Miezie fort: »Als ich alles erzählt hatte, brach ein Streit zwischen den beiden aus. Irgendwie wollte Katherina, dass Jakob mit mir noch weitermachte ›wie üblich‹, sagte sie. Doch Jakob wollte irgendwie nicht. Er meinte: ›Die hat keinen Reiz mehr für mich, schon drin gewesen.‹« Miezie hielt inne.

Anne konnte sich denken, was das zu bedeuten hatte, sagte aber nichts. Liese riss entsetzt die Augen auf. *Die Arme,* dachte Anne, *wenn sie wüsste, was am Hof alles passierte.*

»Sie stritten sich so heftig, denn Jakob wollte nur eines: dich aufsuchen! Katherina fing an, hysterisch zu werden und auf ihn einzuschlagen. Es gab ein heftiges Gerangel, und dabei fielen sie auf das Bett. Katherina schrie und schlug, und Jakob tat es ihr gleich. Da sah ich meine Chance, und ich schlich mich aus dem Zimmer.«

»Und dann?«, wollte Liese wissen.

»Ich hatte panische Angst und wollte nur noch weg. Zu Beginn habe ich mich in einer leeren Kammer im Obergeschoss versteckt. Dort blieb ich einen Tag. Aber mir wurde bald klar, dass ich dort nicht ewig bleiben konnte. So habe ich mich am frühen Morgen in der Dunkelheit aufgemacht und habe mich aus dem Schloss geschlichen. Dann rannte ich los, bis ich keine Luft mehr bekam. Ich wollte nur noch weg und fühlte mich elend. Ich lief in den Wald … wo du mich fandst. Ich wollte mich nur kurz ausruhen und muss vor Erschöpfung eingeschlafen sein.«

»Du liebe Zeit!«, rief Liese und schlug die Hand vor den Mund.

»Das war nur zum Teil aus Erschöpfung, als ich dich fand, warst du halb zu Tode gefroren. Wenn man erfriert, schläft man einfach ein …« Anne riss Miezie an sich und fing an zu weinen.

»Ich hätte es nicht ertragen, dich auch noch zu verlieren, Miezie. Nicht dich auch noch …«

Liese hatte Tränen der Rührung in den Augen, schniefte ein wenig und drehte sich weg.

»So«, meinte sie dann und schlug mit der Hand leicht auf den Tisch, während sie sich erhob und mit ihrer Schürze diskret ein paar Tränen wegwischte, »dann machen wir uns jetzt doch mal was Kräftiges zu essen, was, Mädels?«

* * *

Im Jahre des Herrn 1540

Liebes Tagebuch,

mein Kind wurde geboren und Philipp getauft. Man nahm ihn mir gleich nach der Geburt weg und gab ihn zu einer Amme, damit ich keine Bindung zu ihm aufbauen konnte. Manchmal sehe ich ihn noch von Weitem, und mein Herz zieht sich zusammen. Er hat hellblaue Augen, genau wie sein Vater …

Lange ist es her, dass ich dir geschrieben habe, und die letzten Monate sind für mich so verschwommen. Es fällt mir schwer, alles aufzuschreiben. Nachdem ich Miezie habe retten können, haben wir uns bei meinem Onkel eingerichtet. Meine Schwangerschaft verlief ohne Schwierigkeiten. Zu Beginn meiner Rückkehr verbrachte ich Stunden damit, an die Wand zu starren, und dachte an nichts mehr. Ich erwartete, dass man mich bald abführen würde, da Jakobs Verschwinden mittlerweile hätte auffallen müssen. Und Katherina, die seine Komplizin gewesen sein musste, hätte sich leicht das Geschehene zusammenreimen können. Doch nichts geschah.

Ich bin also zu dem Schluss gekommen, dass sie entweder nichts ahnte, aber das scheint mir wenig plausibel, oder Bescheid wusste, aber nicht reagieren konnte. Warum, das ist mir erst vor Kurzem klar geworden, als ich mich an Miezies Worte erinnerte. Sie trieb wohl Dinge, die, einmal aufgedeckt, zu einer hohen Bestrafung führen könnten, denn Philipp ist ein sehr frommer Mann, was immer man auch von ihm sagt. Auch Katherina weiß das. So lässt sie mich zufrieden, und ich lasse sie zufrieden. Ich will nur noch Ruhe und Vergebung.

Man hatte mir nahegelegt, meine Schwangerschaft auf dem Schloss zu verbringen, das war für mich aber nach all den Geschehnissen nicht mehr denkbar. Erst als meine Wehen einsetzten, brachten mich Liese und der Knecht ins Schloss. Dort habe ich entbunden und wurde gemäß unserer Abmachung nach einigen Tagen »entlassen«, ohne auch nur einmal mein Kleines an mich gedrückt zu haben.

Nun warte ich auf meine Strafe. Aber sie bleibt aus. Oder ist meine Strafe, ein Leben ohne die Menschen leben zu müssen, die ich liebe? Ohne Martin, meinen Liebsten, ohne meinen Sohn und ohne Neslin? Wenigstens ist mir mein Heim geblieben, und Miezie. Doch auch sie wird mich bald verlassen. Sie war außer sich bei dem Gedanken, Hans könne sie am Landgrafenhof suchen und wieder gehen, wenn er sie nicht finden könnte. Wir haben ihm also einen Boten geschickt, damit er weiß, wo Miezie sich befindet. Auch er ließ ihr eine mündliche Nachricht übermitteln, denn weder er noch Miezie können lesen oder schreiben: Er würde Ende des Sommers kommen und sie

»heimholen«. Ich freue mich sehr für sie, auch wenn sie mir wirklich fehlen wird.

Mein Onkel kam vor einigen Wochen von seiner Europatour zurück, und es ist etwas Schreckliches geschehen. Nachdem man ihm alles, was vorgefallen war, so behutsam wie möglich beigebracht hatte, traf ihn der Schlag. Er ist auf einer Seite völlig gelähmt und wird bis ans Ende seiner Tage ans Bett gefesselt bleiben, so sagen zumindest die Ärzte.

Ich widme mich daher ganz seiner Pflege. Das bin ich ihm schuldig, er hat so viel für mich getan, und Liese ist froh, eine Hilfe mehr im Haus zu haben. Wir behalten Stillschweigen über das Geschehene, und es ist mir nur recht. Mein Onkel kann mich nicht mehr aus dem Haus werfen, selbst wenn er das wollte, denn er kann nicht mehr sprechen. Manchmal schaut er mir direkt in die Augen, und ich habe das Gefühl, er möchte mir etwas mitteilen. Dann dreht er den Kopf weg.

Wenn ich meinem Onkel nicht gerade aus seinen Lieblingsbüchern vorlese, wofür ich seinen dankbaren Blick zu spüren meine, oder Liese im Haushalt helfe, denn ich weiß nun, was es heißt, ein Haus alleine führen zu müssen, dann gehe ich im Marburger Hospital freiwillig bei der Krankenpflege zur Hand. So habe ich mich verdingt, Gutes zu tun, und hoffe, diese Art von Buße wird mir im Himmelreich angerechnet werden und dass meine Eltern und Geschwister nicht zu schlecht von mir denken.

Ohne es zu wollen, sind viele Menschen, die ich liebe, an mir zerbrochen, und ich trage so wenig die Schuld daran wie der Baum schuld daran ist, dass sich der Wind in ihm verfängt …
Anne

Epilog

Rosenhof, 1560

»Kommt herein, junge Leut«, rief Hans begeistert, als sich die Haustür öffnete und er Anne und Martin davorstehen sah.

Natürlich wurden sie erwartet, doch schien diese Tatsache Hans' Freude nicht zu mindern.

Miezie, die in der Küche stand und am Ofen hantierte, drehte sich freudig zu ihnen, wischte sich die Hände an ihrer Schürze sauber und kam mit strahlendem Lächeln auf sie zugeeilt, um sie zu begrüßen.

Bei Miezies Anblick schnürte sich Annes Hals zusammen, und Tränen traten gegen ihren Willen in ihre Augen. Auch Miezie schien berührt, was ihre verräterisch wässrigen Augen bewiesen.

Miezie hatte um die Hüften zugelegt, »die Kinder, das Alter und die Liebe«, wie sie stolz behauptete.

»Du siehst herrlich aus«, versicherte ihr Anne und drückte die Freundin, wobei ihr vornehmes Täschchen, welches um ihr Handgelenk baumelte, nun auf Miezies Rücken tanzte.

»Und du erst, meine Anne, so stattlich, eine echte Städterin.« Miezie zwinkerte.

»Wir freuen uns so, euch bei uns zu haben. Nun kommt erst einmal herein, setzt euch und trinkt einen Schoppen mit uns«, bat Hans seine Besucher ins Haus.

Martin legte seine große Hand auf Annes Rücken und schob sie liebevoll ins Haus, um der Aufforderung Folge zu leisten.

»Ein gutes Glas Met will ich mir nicht entgehen lassen«, grinste er, und Hans lachte vergnügt.

So lange hatten sie sich nicht mehr gesehen. 20 Jahre. Anne staunte, denn der Faden ihrer Freundschaft mit Miezie schien nicht gerissen, und sie fühlten weder Verlegenheit noch Schwierigkeiten, Gesprächsstoff zu finden. Auch Martin und Hans verstanden sich prächtig.

Anne hatte ihren Onkel bis zu seinem Tode gepflegt, und später auch Liese, die an einem schweren Fieber erkrankt war und daran starb. Jahrelang hatte sie versucht, ihren Sohn besuchen zu dürfen, doch Philipp blieb stur. Sie hatte ihm schwören müssen, dem Jungen seine wahre Herkunft nie zu offenbaren. Als ihr Sohn elf Jahre alt geworden war, wurde er als *Geisel* zum französischen Hof gesandt, um das Bestehen des Vertrags von Chambord zu gewährleisten, und ganz Marburg hatte darüber gesprochen. Monate hatte Anne mit ihrer Sorge um ihn leben müssen, ohne jemals darüber reden zu dürfen, nicht einmal mit Liese. Später, wenn sie auf dem Markt Einkäufe erledigte, sah sie ihn, von Rittern umgeben, durch die Gassen schlendern, und ihr Herz schwoll an. Das Gefühl von tiefer Trauer, vermischt mit Stolz, ergriff sie dann, doch sie hielt sich von ihm fern. Nur einmal, da war er an einen Stand mit Bändern gekommen, an dem sie gerade verweilte. Sein Ärmel hatte den ihren gestreift, als er nach einem hübschen roten Bändchen griff. *Geschenk des Hauses für den Fürstensohn,* hatte der Händler geträllert und dem jungen Mann zugezwinkert. Wie schön er war, groß und schlank. Es gab keinen Zweifel, er hatte Martins Augen geerbt und auch dessen Züge. Anne hatte die Augen geschlossen und seinen Duft eingesogen, eine Mischung aus Seife und Pferdestall. Als sie die Augen wieder aufschlug, hatte er sie angelacht, sich leicht verbeugt. »Werte Dame, geht es Ihnen gut?«, hatte er galant wissen wollen. »Oh, ja …«, hatte Anne verdattert ausgerufen, und mit einem freundlichen »Gott zum Gruße« hatte sich ihr Sohn erneut verbeugt und war zu seinen Begleitern zurückgekehrt. »Na, der hast du es aber angetan, Junge, so ehrfürchtig reagieren die Städter selten«, hatte ein Knappe gewitzelt, und ihr Sohn hatte herzhaft gelacht und sich noch einmal zu ihr umgedreht. Sein Blick bohrte sich in den ihren. Ahnte er etwas, hatte sie sich gefragt. Vor Schreck hatte sie den Blick abgewandt und war erschüttert heimgekehrt. Noch Tage später hatte sie sich schwach und unglücklich gefühlt. Hin- und hergerissen zwischen der Freude, ihn so nahe gesehen zu haben, und der Trauer, sich nicht als seine Mutter ausgeben zu dürfen, hatte sie sich in ihre Hausarbeit vergraben.

Sein Ziehvater, der Landgraf, hatte eine schwere Gefangenschaft hinter sich und verweilte nun wieder in Marburg. Seine zweite Frau, Margarethe, hatte den Hof während seiner Abwesenheit verlassen müssen, denn Philipps Kinder hatten sie und ihre Kinder nie geduldet.

Mit Martin hatte Anne nie darüber gesprochen. Er stellte keine Fragen, als hätte er Angst vor der Antwort. Denn was immer sie ihm sagen würde, es konnte ihn nur schmerzen. Doch könnte er ihn sehen, wäre er sicher mächtig stolz auf seinen Sohn.

Miezie strahlte ihre Besucher an.

»Als wir eure Einladung erhielten, haben wir uns so gefreut«, meinte Anne aufrichtig. »Es ist so lange her …«

Sie erwähnte natürlich nicht, wie verwundert sie beide waren, eine schriftliche Einladung von Menschen zu erhalten, die nie das Schreiben erlernt hatten.

»Ja, das stimmt, Anne. Es waren schwere Zeiten, die letzten Jahre für uns. Du weißt ja, der Hof war total heruntergekommen. Doch dank Hans' harter Arbeit und seiner Intelligenz …«

»Ach, Frau, lass das doch …«, wehrte Hans beschämt ab und stellte vier Humpen auf den Holztisch.

»Nein, nein, das muss doch mal gesagt werden.« Anne sah, wie verliebt die beiden noch immer waren, und schmunzelte. Die schüchterne Miezie hatte sich zu einer selbstbewussten Gutsbesitzerin gemausert, stellte Anne nicht ohne Stolz fest.

»Es ist so schön, euch beide … zusammen zu sehen«, sagte Miezie.

Ja, dachte Anne, so lange mussten sie warten, so lange hatte sie ihn gesucht. Als sie ihn dann endlich gefunden hatte, verhielt Martin sich wie ein verletztes, ängstliches Tier. Es war kein Wiedersehen, wie sie es sich erträumt hatte, mit Tränen und Liebesschwüren. Das war wohl zu viel verlangt, denn zu viel Unheil und Leid waren geschehen. Doch mit der Zeit taute Martin auf und zeigte ihr mehr und mehr seine Freude über ihr Beisammensein. Dann ergab das eine das andere, und sie blieben zusammen, heirateten. Nur für Kinder war es zu spät, was Anne bitter bereute.

Wie auf Kommando tobte auf einmal eine Horde Kinder in die Stube und blieb wie angewurzelt stehen. Anne schlug die Hand vor den Mund. Sie zählte. Es waren acht Kinder von vier bis dreizehn Jahren. Mit weit aufgerissenen Augen starrte sie von den Kindern zu Miezie und wieder zurück. Miezie lachte laut auf.

»Raus mit euch, ihr Wildfänge. Macht euch draußen nützlich, wir haben Besuch.« Die Kinder knicksten und machten kehrt.

»Das sind alle eure Kinder?«

»Ja, alles unsere Brut, und die beiden Ältesten waren noch nicht dabei«, lachte Miezie wieder. Martin und Anne wechselten einen kurzen Blick. Anne musste sich eingestehen: Sie war eifersüchtig. Doch freute sie sich ehrlich für ihre Freundin.

»Nun, es wäre nicht so, dass ich unbedingt zehn Bälger wollte, aber gegen die Natur kann man nichts machen …« Hans grinste und kniff Miezie leicht in die Wange. Miezie schlug seine Hand verspielt böse weg. »Jaja, gegen *deine* Natur kann man nichts machen«, erwiderte Miezie zwinkernd, und alle lachten wissend.

Nachdem sie eine Zeit lang Neuigkeiten austauschten, räusperte sich Hans förmlich, und eine beklemmende Stille legte sich plötzlich zwischen sie. Anne verstand nicht recht.

Miezie erhob sich und stellte sich neben Hans, eine Hand auf seinen Schultern.

»Wir haben euch aus einem besonderen Grund eingeladen«, fing Miezie etwas verlegen an und strich sich eine rebellische Haarsträhne unter die Haube. Anne und Martin schauten sich fragend an. Was hatte das zu bedeuten? Anne dachte angestrengt nach. Brauchten sie etwa Geld? Oder Hilfe? Sie sah sich um und konnte nur Wohlstand erkennen. Die Essenskammer schien reichlich gefüllt, es roch herrlich nach Kuchen, die Fässer waren auch voll, und die Kinder schienen gut genährt. Das konnte es also nicht sein.

»Nun«, fing Hans an, »man hat uns gebeten, euch hierherzubestellen.«

Annes Herz fing an zu rasen. Mein Gott. Wer konnte das sein?

Ihr erster Gedanke ging zu ihrem Sohn, den sie aber sofort wieder verwarf. Er wusste schließlich nicht einmal, dass Martin und sie seine Eltern waren. Oder hatte der Landgraf auf seine alten Tage Gewissensbisse bekommen und geredet? Nein, er würde nie zugeben, dass er ein Kuckuckskind großzog, noch dazu von armen Untertanen. Heute hatten sie zwar ein gutes Leben in Frankfurt, waren angesehen, und ihnen fehlte es an nichts, doch schien das nicht genug, um von Interesse für einen Landgrafensohn zu sein, der noch dazu mit höchster Wahrscheinlichkeit nie von ihrer Existenz erfahren hatte.

»Nun, wir wollen es nicht noch spannender machen.«

Hans stand von seinem Stuhl auf, schritt durch die Stube und öffnete eine Tür, die zu einem Zimmer führte.

Eine kleine Gestalt erhob sich von einem Hocker, stützte sich auf einen Stock und kam langsam näher.

Martin und Anne sahen sich verwundert an.

Die Gestalt kam vor Anne zum Stehen, hob ihre Kapuze hoch und lächelte zahnlos. Anne stockte der Atem. Sie fasste sich an die Brust. Ihr Herz raste, und ihr Hals schnürte sich zu. Tränen schossen ihr in die Augen und kullerten über ihre Wangen. War es möglich? Die Frau hatte weiße Haare, viele Falten, doch trotz ihrer fehlenden Zähne war ihr Lächeln noch erkennbar, vor allem das ihrer Augen. Alte Bilder schossen Anne durch den Kopf, Situationen, Gespräche, Vertrautheit … ihr Geruch …

Anne trat langsam auf die alte Frau zu, zog sie behutsam an sich und flüsterte bewegt: »Neslin, mein Gott, meine Neslin …«

Ende

Die Romanfiguren

Existierende Persönlichkeiten:

Landgraf Philipp

Philipp I., genannt *Der Großmütige,* aus dem Haus Hessen (*1504 in Marburg; †1567 in Kassel), war von 1509/1518 bis 1567 Landgraf der Landgrafschaft Hessen und einer der bedeutendsten Landesfürsten und politischen Führer im Zeitalter von Reformation und Renaissance im Heiligen Römischen Reich. Am 1. Juli 1527 gründete Landgraf Philipp die heute nach ihm benannte Universität in Marburg.

Ihm wurde tatsächlich ein unnatürlich hoher Appetit auf Sex nachgesagt, und dies wurde von seinen Ärzten mit seiner körperlichen Anomalie, seinem dritten Hoden, erklärt.

Seine Frau Christine

Christine von Sachsen (*1505; †1549 in Kassel) war eine Prinzessin von Sachsen und wurde durch ihre Heirat mit Philipp I. Landgräfin von Hessen. Sie schenkte ihrem Mann, trotz angeblicher gegenseitiger Abneigung, zehn Kinder.

Seine Frau Margarethe

Margarethe von der Saale, (*1522; †1566) war die zweite Ehefrau von Landgraf Philipp von Hessen, eine Ehe, die »zur linken Hand« geschlossen wurde.

Philipps Ritter

Jakob von Traubenheim (†nach 1538) war ein Ritter und Doktor der Rechte in Diensten des Landgrafen Philipp von Hessen, der dem Landgrafen als Soldat, Ratgeber und Gesandter diente. Man weiß nicht, wie und wann genau er verstarb.

Katherinas Vater

Louis de Lorraine (*1500; †1528) war Bischof von Verdun von 1508 bis 1522 und wurde dann zum Grafen von Vaudémont ernannt. Er begleitete König François I. auf seinem Feldzug nach Italien und starb 1528 während der Belagerung Neapels an der Pest. Die Tochter Katherina wurde erfunden, hätte aber durchaus existieren können.

Martin Luther

Martin Luther (*1483 in Eisleben, Grafschaft Mansfeld; †1543 ebenda) war der theologische Urheber der Reformation. Als zu den Augustiner-Eremiten gehörender Theologieprofessor entdeckte er Gottes Gnadenzusage im Neuen Testament wieder und orientierte sich fortan ausschließlich an Jesus Christus. Nach diesem Maßstab wollte er Fehlentwicklungen der Christentumsgeschichte und in der Kirche seiner Zeit überwinden.

Martin Bucer

Martin Bucer (*1491 im elsässischen Schlettstadt; †1551 in Cambridge) gehörte zu den bedeutendsten Theologen der Reformation und gilt als der Reformator Straßburgs und des Elsass.

Philipp Melanchthon

Philipp Melanchthon (eigentlich Philipp Schwartzerdt; *1497 in Bretten; †1560 in Wittenberg) war ein Philologe, Philosoph,

Humanist, Theologe, Lehrbuchautor und neulateinischer Dichter. Neben Martin Luther trieb er die deutsche und europäische kirchenpolitische Reformation voran und wurde auch Praeceptor Germaniae (Lehrer Deutschlands) genannt.

Neslins große Liebe

Philippus Theophrastus Aureolus Bombastus von Hohenheim, getauft als *Theophrastus Bombastus von Hohenheim,* genannt **Paracelsus** (*vermutlich 1493 in Egg, Schweiz; †1541 in Salzburg) war ein Arzt, Alchemist, Astrologe, Mystiker, Laientheologe und Philosoph.

»Lieblingsdichter« Philipps

Martin Opitz von Boberfeld (*1597 in Bunzlau Herzogtum Schweidnitz-Jauer; †1639 in Danzig) war der Begründer der Schlesischen Dichterschule, deutscher Dichter und ein bedeutender Theoretiker des Barock. Er lebte nicht zur Zeit Philipps, ich nahm mir aber die Freiheit heraus, ihn als seinen Lieblingsdichter zu verwenden, da seine Gedichte gut in die Stimmung des Romans passten.

Neslins Mentor

Eucharius Rösslin der Ältere, auch **Eucharius Rößlin** (*1470; †1526 in Frankfurt am Main) war ein deutscher Arzt.

»Der schwangeren Frauen und Hebammen Rosengarten«, wie der vollständige Titel lautet, war das erste bedeutende Handbuch zur Geburtshilfe. Es beruht auf alten Texten, insbesondere Werken von Soranos von Ephesos (antiker griechischer Arzt).

Die 13 Kapitel enthalten 25 angefertigte Holzschnitte, auf denen verschiedene Kindslagen und ein Gebärstuhl dargestellt werden. Das Buch wurde durch zahlreiche Neuauflagen für lange Zeit zum Standardwerk für Hebammen.

Im Laufe des 16. Jahrhunderts wurde der »Rose(n)garten« aus dem Deutschen und Lateinischen in viele europäische Sprachen übersetzt und teilweise bis ins 18. Jahrhundert neu aufgelegt.

* * *

Erfundene Persönlichkeiten:

Anne
Jeronimus
Martin
Neslin
Liese
Miezie
Katherina
weitere Nebenfiguren

Allgemeines

Ich habe mich, so gut es ging, an wahre geschichtliche Begebenheiten und Daten gehalten. Von der angenommenen Liebesgeschichte zwischen Philipp und Anne und anderen erfundenen Figuren der Geschichte mal abgesehen, sind die Einzelheiten, Philipps Leben betreffend, auf überlieferte Texte aufgebaut. Sein Sohn Philipp II. wurde allerdings 1541 zur Welt gebracht und nicht schon 1540, wie ich es im Roman beschreibe. Ich habe mir die Freiheit zu dieser Änderung herausgenommen, damit es zum Geschichtsverlauf passt.

Auch das beschriebene allgemeine Leben im Mittelalter ist an Berichte von bekannten Historikern angelehnt. So waren die Menschen damals, im Gegensatz zu manchen Vorurteilen, durchaus sauberkeitsliebend und hielten Haus und Kleider, ihren Verhältnissen und Mitteln entsprechend, sauber. Stinkende und verschmutzte Menschen wurden schon damals abgelehnt, und es war rufschädigend. Mit der Abfallversorgung hingegen war es durchaus etwas anderes.

Auch Rezepte, Heilmethoden, Kräuter, Kleider und Schminke entsprechen historischen Überlieferungen. Oft sind sich die Historiker in ihren Meinungen jedoch selbst nicht einig.

Sollten mir also trotz gründlicher Recherche Fehler unterlaufen sein, so bitte ich Sie dafür um Verzeihung.

Danksagungen

Ganz besonders herzlich bedanke ich mich für die Unterstützung, die Hinweise, den Rat und die Buchvorschläge von Frau Dr. Katharina Schaal, Archiv der Philipps-Universität Marburg, sowie bei Herrn Dr. Wilhelm Ernst Winterhager von der Universität Marburg.

Auch möchte ich mich auch bei einem sehr lieben Jugendfreund bedanken, der mich mehr als jeder andere zu diesem Roman inspiriert hat, sozusagen meine Muse war.

Auch bei meinen Söhnen bedanke ich mich von Herzen, die mir den Mut gaben, einfach loszulegen.

Es grüßt Sie herzlichst,
Sibylle Baillon

Quellen

Bücher

Hessen im Zentrum der Reform – Landgraf Philipp der Großmütige von Ursula Braasch-Schwersmann, Hans Schneider und Wilhelm Ernst Winterhager

Im Mittelalter von Ian Mortimer, Piper Verlag

Schwein gehabt – Redewendungen des Mittelalters – Gerhard Wagner der Deutschen Burgenvereinigung

Die Renaissance – Ausbruch aus dem Mittelalter – Der Spiegel

Das Leben im Mittelalter – Der Alltag von Rittern, Bauern, Kaufleuten – Der Spiegel

Das Mittelalter von Franco Cardini, Theiss Verlag

… und viele historische Romane, von denen ich viel gelernt habe und die mir die Lust zum Schreiben gaben!

Web-Seiten

http://www.deutsche-liebeslyrik.de

http://www.aphorismen.de

http://www.figuren-modellbau.de

http://www.wald-und-forst.de/wald-mittelalter.php

http://www.arte.tv/de/mittelalterliche-kuechen/
975390,CmC=976582.html

http://archiv.ub.uni-marburg.de

http://www.mittelalter-gewandung.net

http://www.fahrendehaendler.de
http://www.gbv.de/dms/spk/sbb/recht/toc/275152375.pdf
http://zitate.net/
http://www.chefkoch.de
http://www.uni-leipzig.de